骆驼草丛书

贺绪林作品精选

贺绪林◎著

華夏出版社
HUAXIA PUBLISHING HOUSE

图书在版编目（CIP）数据

贺绪林作品精选 / 贺绪林著. —北京：华夏出版社，2016.1
（骆驼草丛书）

ISBN 978-7-5080-8694-1

Ⅰ. ①贺… Ⅱ. ①贺… Ⅲ. ①散文集－中国－当代Ⅳ. ①I267

中国版本图书馆 CIP 数据核字（2015）第 303446 号

贺绪林作品精选

作　　者　贺绪林
本书策划　刘　晨
责任编辑　刘　晨　罗　云

出版发行　华夏出版社
经　　销　新华书店
印　　刷　三河市少明印务有限公司
装　　订　三河市少明印务有限公司
版　　次　2016 年 1 月北京第 1 版
　　　　　2016 年 1 月北京第 1 次印刷
开　　本　720×1030　1/16 开
印　　张　20.25
字　　数　211 千字
定　　价　36.00 元

华夏出版社　地址：北京市东直门外香河园北里 4 号　邮编：100028
网址：www.hxph.com.cn　电话：（010）64663331（转）

目录

散文

说南道北

散文

含泪而歌

父　亲

一

在这个世界上，我最怕的人是父亲。其实，父亲是十分疼爱我的。我是他唯一的儿子，他能不疼不爱吗？

听母亲说，我刚生下来时缺奶吃，时值隆冬季节，而且恰逢天降大雪，滴水成冰，天地一片白茫茫，积雪达一尺多深。父亲每天都要用铁锨铲开积雪，去五里外的村子为我取羊奶。回来时父亲成了冰雪人，揣在怀里的奶瓶子成了冰坨子。父爱之情由此可见一斑，然而，我还是怕他。

父亲的身躯健壮、魁伟，村里人都叫他大个子。我见过他年轻时的照片，绝对不会辱没“英俊”这个词的，他是我心目中的英雄。

在幼小的我的眼光里，世界上没有他办不到的事。我家有个大水瓮，能盛六七担水，是父亲用独轮车从六七十里地外的北山推回来的。据村里老年人说，那年去北山推瓮的人很多，只有父亲推回了瓮，其他人的瓮都在半道上摔破了。

我长大成人后，曾想象过父亲当年推瓮的情景。瓮竖起来装就挡住了视线，怎么走道？放倒装必须用绳子捆好，稍不留神就会车倒瓮破。我想，没有一头牛的力气是很难推回瓮的。

父亲幼年时上过两年私塾，会背诵“人之初，性本善”和“赵钱孙李”，还能打算盘，却不熟练。由于我小时候多病，还由于父亲十分赏识的一位表弟是教师，因此，父亲最羡慕医生和教师的职业。他立志想把我培养成为医生，或者教师。他对我读书要求极严，老要我背书，背书我倒不怕，却十分怕父亲那小簸箕似的大巴掌。那巴掌的滋味我领教过，至今回忆起来还有点儿胆寒。我嘴里背着书，眼睛却盯着父亲那在我面前晃悠悠的大巴掌，思想一开小差，怎么也记不起课文来。这时父亲的大巴掌就毫不留情地扇我的屁股。平日舍不得碰我一指头的母亲也不来劝父亲，我便杀猪似的哭号。

过后，我偎在母亲怀里抽泣，母亲红着眼圈，轻轻地揉着我发肿的屁股蛋，埋怨父亲：“你心也太狠了，娃娃家指教指教就行了，看你把娃打成啥了。”

父亲却瞪起了眼珠：“你知道个啥！‘养不教，父之过’。”念罢他的三字经，又说：“你是想还叫娃打牛后半截（吆牛犁地种庄稼）?!”

这时，母亲便训导我：“林娃，把气争上，好好念书。念成了书就能吃上大白馍。”

在他们看来，能吃上大白馍便是我的最好前程，也是他们最大的愿望和祝福。

我向母亲点着头，心里却恨父亲，恨他的巴掌太狠。

晚上，迷糊中我感到父亲那粗糙的大巴掌在抚摸我还在发疼的屁股蛋。

“我只说教训他几下，没想到把娃打成了这个样。”父亲自责地说。

“你那巴掌看大人受得了。”母亲埋怨说。

“把他家的，我这手咋不觉着就使了劲，委屈我娃了。”

白日心中的怨恨烟消云散了，我在一片温暖之中又迷糊了过去……

二

父亲常说我生来没福分，没有美美吃过大白馍。

吃大食堂之初，咥了几顿饱饭，再后一直勒紧裤带过日子。父母亲把每餐供给的四两馍都尽着我吃，可我还老喊饿。大食堂散了伙，家里的粮食少得可怜，父亲怕维持不到收麦，把粮食给母亲过了秤，每顿绝对不许超过半斤的标准。我的母亲是最能节俭过日子的，每顿给多半锅青菜汤里像撒调料似的撒一两把面。就这，她还是尽着我和父亲吃，自己只喝点儿青菜汤充饥。

我忍受不了这样的饥饿，整天价哭闹着跟母亲要吃的。母亲不忍心看着我这么哭闹，跟邻居三嫂借了点儿玉米面。遗憾的是玉米面太少，无法上蒸锅，母亲便每天做午饭时和一点面，拍成狗舌头似的饼子，放在锅灶火边为我烤熟。

我的"偷吃"行径被父亲发现了。父亲饿昏了头，身上完全没了肉，只剩下了一副大骨架，眼窝出奇的大，颧骨又是那么的突出，很是有点儿吓人。

"好啊，你娘儿俩背着我在家偷吃！"父亲舍不得打我，扬起手中的旱烟锅在母亲的头上敲了一下。

一股殷红的鲜血渗出了母亲的发际，顺着那消瘦蜡黄的脸庞流了下来。母亲动也不动地看着父亲，像尊大理石雕像。

"妈！"我吓傻了，哭叫着一头扑进母亲的怀里，却还紧紧地拿着那烧焦的"狗舌头"。

父亲也呆住了，他没想到能把母亲打成这样。

邻居三嫂闻声赶来，一见此景，急忙给母亲包住伤口，埋怨父亲："十一爸（父亲排行十一），你是饿糊涂了还是咋的？你知道不，家里的粮食我十一娘都给你和我兄弟吃了。你看看我十一娘吃的是啥！"

三嫂揭开了锅盖，后锅盛着一碗为父亲做的玉米面糊涂，前锅煮着半锅野菜，绿汤上漂着能数得清的几片玉米皮皮。

父亲看着两样饭食，眼光发直了。

“老三……”母亲想制止住三嫂不要再说了。

三嫂却只管往下说：“我兄弟小，耐不住饿。我十一娘跟我借了点儿玉米面，给我兄弟弄点儿吃的，你咋能说我十一娘背着你偷吃？你呀，是饿糊涂了！”

母亲再也忍不住了，泪水小河似的流淌下来。

“妈……”我放声大哭。

父亲打了自己一拳，双手抱住头蹲在脚地。半晌，他把我拉进他的怀中，摸着我的大脑袋和皮包骨头的身子，手在发抖。我抽泣着，不无怨恨地看着他。他高大的身躯紧缩成一团，显得十分疲惫、可怜。

“爹对不住我娃，对不住你妈……”他的声音发颤，几滴泪珠滚出了深陷的眼窝。

这是我第一次看见父亲流泪。

三

在我的记忆中，父亲不信鬼神，却信命。他年轻时算过命，算命先生说他是鸡儿命，刨一口吃一口。那位算命先生不幸言中了，一生的坎坷经历使父亲成为一个虔诚的宿命论者，他从不对命运抱有幻想。在我看来，那位算命先生言过其实了。父亲还不如鸡儿，他有时干刨终日，却得不到一点儿吃食。

解放之初，父亲正当而立之年，且家境不错，三口之家，二十亩地一头牛，过着小康日子。再后几年，土地归了社，牲口归了大槽，然而，一条壮汉只养活两口人，日子过得也很红火。谁知命运不照顾他，不久，母亲患了子宫肌瘤，在宝鸡大医院住了几个月，花光了多年的积蓄。值得庆幸的是母亲的病得到了根治。紧接着是三年困难时期，一生处处要强的父亲彻底被饥饿之神打垮了。

饥饿在向深度和广度发展。我终日在喊饿，母亲的身体完全垮了，只有父亲还挺得住，这应该感谢爷爷奶奶给了父亲一个健壮的身体。

一日，我实在耐不住饥饿的摧残，哭着缠着母亲要吃的。无法可想的母亲流着泪，禁不住埋怨父亲："人家都能弄下吃的，你就不能想想办法。"

"我能有啥办法。"父亲抱着脑袋圪蹴在炕边上，一筹莫展。

母亲说："听他三嫂说，晚上许多人都去队里的苜蓿地弄苜蓿菜……"

父亲瞪起了眼睛："你是叫我去偷?!"

父亲的做人准则是，亏死不告状，饿死不做贼。母亲说这话，不由得他不发火。母亲不言语了，泪水泉涌而出。

这时，我六爸来了。他埋怨父亲："好我的哥哩，都这光景了，你还正派啥呢！村里哪个没去弄苜蓿菜？我都去了好几回呢。把我嫂和娃饿成了这样子你就不心疼么?"

父亲耷拉下脑袋，双手蒙住脸面，不吭声了。我清楚地看见泪水从他的指缝间涌了出来。

晚上，下起了牛毛细雨。父亲不知干什么去了，母亲坐在灯下做针线，却失去了往日的平静，很是心神不安。起初我陪着母亲，后来迷迷糊糊地睡着了。不知过了多久，我被开门声惊醒，睁开眼睛，父亲站在地上，浑身上下被黄泥浆了，像只在泥水里挣扎过的落汤鸡，手里提着一个沾满泥水的空布袋。

“你咋弄成了这样？”母亲大吃一惊。

“我……我弄苜蓿菜去了……”父亲浑身筛糠，牙齿直打架。

母亲急忙拿出干衣服替父亲换上。

“菜呢？”母亲问。

父亲说：“我刚走到地边，觉着有人盯着我，转身就跑，没小心从土埂上跌了下来……”

“伤着哪了？”母亲急忙端起油灯查看父亲的身体。

“没伤着。”

“那就好……”母亲喃喃地说，放下油灯，捏着空布袋，背过身去。

我看见有两颗晶亮的泪珠落在了她的衣襟上。

四

父亲一生最大的希望是盼着我能把书念成。他并不是期望他的儿子做官，只是希望我不再像他那样终生受苦，而是能吃上白馍。我的家乡紧挨着一所全国著名的农业大学，父亲常去大学里做副业工，他最羡慕大学里那些人大口吃白馍。

“文革”开始后，学校停了课，我自然辍学回家。父亲为此终日叹气，常常自言自语说出半句让我这个初中一年级学生无法理解的话：“唉，这世道……”

一九七〇年，学校复课了，开始招收高中学生，队里推荐我去上学。这无疑是件喜事。然而，这时父亲患了肋膜炎，几经治疗，病情得到了控制，可他那一节钢似的身体却完全垮了。

这次上学的机会十分难得，可我看到父亲那被病魔折磨得已经完全衰老的面容，却不想去了。我已经十七岁了，应该，也能接过父亲肩上的养家重担。

父亲却高兴得合不拢嘴，精神添了许多，似乎也年轻了十多岁。他要母亲给我准备一套像样的衣服。他从来都认为读书人应该有读书人的样子。

我看着父亲那早已驼起的腰背，那如霜的华发，那黄里透青的脸色，鼻子直发酸，好半晌，说："爹，我不想念书……"

父亲一愣，脸色陡然一变："你说啥？你不想念书想干啥？你是想跟你爹一样打一辈子牛后半截？啃一辈子粑粑馍？嗯！"

"你有病……"我怯怯地说。

"我的病早好了！"父亲把胸脯拍得震天价响。"你怕啥？怕你爹供不起你，还是咋的？就你爹这身体村里还没谁能比得了……"话未说完，他却咳嗽起来。

我急忙上前为父亲捶背。好半天，父亲才止住了咳嗽，看着我，说："书，说啥也要念！"

我看着父亲，心里直想哭。

母亲拿来毛巾，替父亲擦去沾在胡子上的唾液，红着眼圈对我说："听你爹的话，去念书吧。"

"嗯。"我答应一声，急忙走开了。我怕在父母亲面前哭出声来。

五

我上学了，父亲却带病上工了。

我和母亲都没有想到死神正在跟踪着父亲。父亲的肋膜炎并没有好转，控制只是一种假象。他的病情迅速恶化了，而且引起了心脏病。

父亲再也支撑不住了，躺倒在床上。我不得不停了学。尽管父亲十二分不乐意，可他已经再没力气指责我了。他拉着我的手，好半晌，喃喃地说："爹对不住你……"

"爹，你甭说了……"我哭了。

那时医疗技术还很落后，父亲的病没有特效的治疗办法和药物。大夫说，要想延续父亲的生命，必须加强营养。家里虽不像前些年那样困难，但还是无力给父亲加强营养。每每看见父亲强咽碜牙的玉米糁子和玉米面搅团，母亲的眼圈就发红，我心里也很不是滋味。

一天，母亲不知从哪里借来了些白面，单另给父亲蒸了些馍馍。父亲却发了火："你是不想过日子了？这么吃，王十万（当地的一个大财主）也会吃穷的！"

父亲的秉性母亲最清楚。她什么也没说，只是暗暗垂泪。

到了冬天，父亲的病情更加沉重了。家里实在拿不出钱让父亲去住院治疗。父亲终日躺在炕上，用生命的全部力量去应付困难的呼吸。他出气像拉风箱，整个面部肿得很是吓人。一到晚上，浑身疼痛，无法入睡，从炕的这头折腾到那头，呻吟声不绝。

看着父亲如此受罪，母亲决定哪怕是砸锅卖铁，也要送父亲去住院治疗！

母亲把决定给父亲说了。父亲闭上眼睛，什么也没说。我虽然还懂不了人世间许多事情，但看得出父亲不愿等死。父亲是不怕死的，但却不想死。谁想死呢？我的父亲只有六十岁啊！

次日清晨，我和叔伯兄长用架子车拉父亲去医院。我们要搀扶父亲上车，他却说啥也不要我们搀扶。希望之光驱散了他的病痛，他竟像健康时那样迈着大步走出街门，上了架子车。我万万没有想到父亲没能再走回来……

到了医院，父亲的精神骤然十分疲惫，已经没力气登上医院门口的台阶了，他不再拒绝我和兄长的搀扶。我和兄长搀着他上了台阶，走了十多米远，父亲突然身子往下溜。

“爹！”我惊叫起来，和兄长竭尽全力搀扶住父亲，父亲闭住了眼睛，口不能语。

“爹！”

“爸！”

我和兄长的哭喊声惊动了大夫。大夫们急忙把父亲抬进了急救室，打了几针，插上了氧气。兄长到街上找村里人去给母亲报信，我守在父亲身边默默流泪。

不知过了多久，抢救父亲的一位中年女大夫翻开父亲的眼皮，用手电筒照了照，半天，声音低沉地对我说：“你父亲不行了。”

“大夫，求求您……”我痛哭失声，几乎要给她下跪了。

“别这样，别这样……”女大夫急忙拦住我，“我们已尽了最大努力……你兄弟几个？”

我哽咽着说：“就我一个……”

女大夫态度十分和善地对我说：“那你可得拿主意。我家也在农村，知道乡下的迷信规矩很多，人死了是不许进村的。”

我惊愕得不会哭了。还有这样的规矩?!

女大夫给我出主意：“你现在拿定主意，用被子把你父亲蒙住拉回家去，不要对人说你父亲死了。要不，就把你父亲放在太平间？”

“不不……”我泪流满面，连连摇头。

怎么能让父亲安息在太平间？劳累一生的父亲死后为什么不能进村？为什么不能回家？

兄长回来了，我哽咽着对兄长说：“咱爸不行了，咱们回家吧。”兄长看了父亲半天，红了眼圈，什么也没说，便和我把父亲拉进了村，拉回了家……

四年后，我不幸受伤致残。村里许多人说这是因为我把父亲的尸体搬回家的缘故。如果真的是这样，我永远也不后悔！

我是父亲的儿子啊！

十多年过去了，父亲早已和脚下的大地融为一体了。我常常这样想：如果父亲能活到现在，恐怕不再只是希望他的儿子能吃上白馍了吧？

1986 年 6 月 6 日

唱给母亲的歌

一

我是个五音不全的人，因此，也是个音盲。

一日，朋友拿来一台收录机让我欣赏歌曲，虽不喜欢，朋友盛情却不能不领。电键一按，婉转深情的歌声顿时飘满了屋子。

无论走到海角天涯，
忘不了您呀妈妈！
无论送走多少年华，
忘不了您呀妈妈！
忘不了您缝的书包，
忘不了您补的小褂，
忘不了您送我上路，
春风吹动您的白发……

啊，多么令人动情的歌曲！我的心被深深地打动了，泪水不禁涌出了眼眶。谁能忘了自己的妈妈？

二

我是在妈妈的溺爱中长大的。即使在我最淘气的时候，妈妈也舍不得打我一巴掌。

我六岁那年，饥饿之神恐怖地笼罩着中国大地。一斤苞谷卖到了三元钱，苞谷芯子做的淀粉成了主食，萝卜干上升为营养品。从来挑食的我变成了小狼崽子，菜团子、高粱饼子、麸子疙瘩，抓起来就往嘴里塞。

我是妈妈唯一的儿子，妈妈把我当作眼珠子，含在嘴里怕化了，捧在手上怕摔了。家里有了吃食，妈妈先是尽着我，其次是父亲，最后才是她自个儿。

那年吃大食堂，三口之家，每顿只有四两馍。这点儿食物自然是我独吞。每当我大口香甜地吃着馍馍，妈妈消瘦的脸上就现出了慈祥的微笑。饭后，妈妈给她自己煮野菜吃，不懂事的我却问：“妈，你咋那么爱吃野菜？我一点儿也不爱吃。”

妈妈抚摸着我的头，喃喃地说：“妈爱吃，我娃不吃……”

父亲也很疼爱我，却老是对我板着脸，我很怕他。父亲长得高大魁伟，脾气十分暴躁，常常骂妈妈，有时还动手打妈妈。每逢父亲打骂妈妈，我就十分恨他，甚至在心里滋长出长大后为妈妈报仇的念头。

清楚地记得，一次妈妈去食堂打饭，排了个头名。回到家中，才知道吃了大亏。一斤二两饭票仅买回一小碗面条，剩下的全是面汤！那一碗面条自然填进了我的肚子，干了一晌重活的父亲喝了两碗光面汤，雷霆大发，骂妈妈饿死鬼掏肠子，吃饭那么腿快。父亲的意思是，妈妈晚去一会儿，说不定会多买点儿面条回来。妈妈已经吃过一次大亏，晚去打饭，仅买回半盆子光汤，连一小碗面条也没有！那次妈妈挨了父亲一个耳光。父亲骂妈妈吃饭也懒得去排队，是个懒虫。

父亲骂得天昏地暗，妈妈一声不吭只是流眼泪。我偎进妈妈怀里，拭去妈妈脸上的泪水，说：“妈，你甭哭，我长大了给你报仇，狠狠打他一顿………”

妈妈一把堵住了我的嘴：“傻娃，快甭胡说了，不怨你爹……”

不怨父亲，那怨谁呢？我的小脑袋想不了这个问题。

食水未进一口的妈妈，挎着笼子，抹干眼泪，拐着小脚出了门。

不知过了多久，妈妈回来了，挎着一笼子野菜。刚进家门，妈妈险乎跌倒在地，额头上黄豆大的汗珠直往下滚。好半晌，妈妈才喘过气来，煮了一锅野菜，先给父亲盛了一碗，再后她一连吃了三大碗。

我吃了一筷头，差点儿吐了出来。那是个啥味哟，难吃死了！

一天，我肚子饿了，哭闹着向妈妈要吃食。妈妈实在无法给我拿出可吃的东西。

“我娃乖，食堂开了饭妈就给我娃买。”妈妈的深眼窝里水蒙蒙的。

无知的我哪里听得进去，哭闹起来，还用土块砸妈妈。妈妈有点儿火了，起身想拉住我，我撒腿就跑。肚里只有野菜的妈妈哪能追上我。妈妈不追我了，我又返回来哭闹。闹得妈妈无法，便藏在街门背后。我以为妈妈回了屋，又返回去哭闹。刚一进街门，妈妈猛地闭上街门，我吓得哭叫起来：“妈，甭打我，我再不要吃的了……”

妈妈一把把我搂进怀里，两行泪水从深眼窝里滚了出来：“妈不打我娃……都怨妈不好，叫我娃受委屈了……”

妈妈的泪水滴在我的头上、脸上……

三

第二年秋月，我要上学了。

妈妈用黑粗布给我缝了一身学生服和一个花书包，把我打扮得精精神神的。学校就在村口，妈妈却要背我去上学。（小时候我身体很差，六岁时还常常趴在妈妈的背上。）妈妈把我背到了学校门口，我说啥也不要妈妈背了，我怕小伙伴们笑话我。我跑进学校大门，要进教室时我回过了头。妈妈伫立在学校门口，呆呆地凝望着我，微风吹动着她散乱的头发。

“妈！”我叫着跑了回来，一头扑进妈妈怀里。

妈妈轻轻抚摸着我的头发，在我脸蛋上亲了一下：“快去吧，要上课了。”

我抬起头望着妈妈。妈妈微笑着低头看着我，眼里却滚动着泪水。

“听老师的话，好好念书。”

“嗯。”我懂事地点着头。

可是，我却辜负了妈妈的期望，学坏了。我开始偷父亲的钱，买零食买小人书。这一恶劣行径很快就被妈妈发现了。还有什么比希望破灭更让人难过呢？妈妈哭了，十分伤心。

妈妈不敢把我偷钱的事讲给父亲。她知道父亲脾气坏，巴掌重。一天父亲不在家，妈妈叫来了邻居大婶，自己用笤帚疙瘩吓唬着教训儿子，让邻居大婶在一旁护着我，催我快认错，并保证以后再不偷钱。妈妈的笤帚疙瘩扬得很高，落得却很轻，加上邻居大婶在一旁护着我，我的屁股蛋上只是轻轻地挨了几下。

晚上睡觉时，妈妈紧紧搂着我，抚摸着我的屁股蛋，问我痛不痛。

“痛。”我故意撒娇说。

“妈不好，心太狠了。”

我觉着脸蛋有点儿水的冰凉。啊，妈妈哭了！

我慌了，急忙说：“妈，我不痛，刚才我哄你哩。”

妈妈亲着我：“我娃真乖。妈给你讲个故事——很早以前，有两个娃娃，一个叫牛牛，一个叫马马。他俩在一个学堂念书，书都念得很好。有一天，他俩出去玩耍，看见草坡上睡着一个孩子，戴着一对金镯。他俩一人捋了一个拿回了家。牛牛的妈问牛牛金镯是哪达来的。牛牛说了实话。牛牛的妈把牛牛打了一顿，让牛牛把金镯还给人家，不许他再拿人家的东西。马马的妈却给马马炒了两个鸡蛋，还夸马马本事大……后来，牛牛中了状元，马马偷了一家杂货铺，还伤了人命，被抓住判了死刑。杀马马那天，马马的妈去法场祭奠。马马早已是大小伙子了，却要吃一口他妈的奶。他妈把奶头掏出来让儿子吃。马马一口把他妈的奶头咬了下来，哭着说：‘都是你害了我!’……林娃，你睡着了?”

“没，我听着哩。”

那一夜，我久久不能入睡，老想着妈妈讲的故事。

四

妈妈目不识丁，但对我读书寄托着莫大的希望。

我读书是用功的。每天晚上我在煤油灯下做作业，妈妈就坐在我的身边久久地凝望着我是怎样写字的，不时地用针为我挑拨灯焰，脸上现出欣喜的微笑。

一次，我在一张纸上大大地写了几个字，让妈妈看。妈妈摇摇头，长长叹了一口气。

“我爱妈妈。”我大声念给妈妈听。

妈妈一下把我搂进怀里，眼里闪着泪花，亲得我都喘不过气来。

父亲上过几天私塾，是我的启蒙老师。父亲师承了他的老师的教育方法，老要我背书，背书我倒不怕，怕的是父亲的大巴掌。思想一开小差，书就背不下去，父亲的大巴掌就毫不留情地扇我的屁股蛋。妈妈这时也不护我。每次过后，妈妈摸着我的屁股埋怨父亲："你的心也太狠了……"说着，泪水哗哗的。

父亲却说："你知道个啥！'养不教，父之过'。"

我上初中时，恰逢"文革"开始。学校乱了套，我只得回了家。那天中午我背着书包回到家，妈妈诧异地问："咋这么早就放了学？"

我说："造反了，不念书了。"

"啥？你说啥？"妈妈大吃一惊，"造啥反？"

"造老师的反，他们都是牛鬼蛇神。"

"胡说！"妈妈的脸色变得十分难看。她从没发过这么大的火，"你崽娃子是逃学了？！"她一把拧住我的耳朵。

我咋说妈妈也不相信，非要我领她去学校看看，我只好含着委屈的泪水领着妈妈去学校。

跨进学校大门，妈妈愣住了。呈现在她面前的是铺天盖地的大字报、砸烂的门窗、玻璃，几个戴红袖标的小将正在大声训斥几个灰溜溜的老师……

好半天，妈妈一把拉住我的胳膊转身就走。路上妈妈告诫我："书念不成就甭去学堂了。反让人家造去，你不要造那个孽。"

几年后，学校恢复了教学，村里推荐我上高中。我重新跨进了校门。不到一个月，劳累了一生的父亲心脏病发作，撇下我们母子与世长辞了。

父亲是家里的生活支柱。支柱虽然倒了，但房子是不能让塌顶的，我这根小桩子得顶上。我要退学，挑起奉养妈妈的重担。可妈妈说啥也不许我退学。亲友们不理解，纷纷劝妈妈不要再让我去上学。连两个姐姐也这样劝妈妈："妈，叫我兄弟甭念书了，念书能顶啥用？你都快六十的人了，叫他回来挣工分吧。"

"你俩知道个啥！"妈妈生了气，训斥两个姐姐，"念书能出息人哩。没叫你俩念书，我后悔了一辈子。只要我的胳膊腿能动弹，就要让你兄弟念书！"

在我上高中的两年半里，妈妈吃尽了苦头。妈妈年迈体弱，又是小脚，不能参加队里的劳动。妈妈便养猪喂鸡，省吃俭用，一分一分地攒钱，供我读书。两年半里，妈妈没有给自己添一件新衣，却给我做了两身衣服，她怕同学们笑话我穿得窝囊。

邻居大婶来我家串门，时常对我说："你妈待你好尽了，成人了千万甭忘了你妈的恩。"

这话还用大婶说么！

五

高中毕业了，我又回到了家。我没有像妈妈期望的那样，成为一个有出息的人。但是，我成人了，有健康的身躯、有力的双臂、使不完的力气。奉养妈妈的重担我完全承担得起！

寸草之心，要报三春之晖！

一日收工回家，妈妈在院子劈柴。我急忙上前抢下她手中的斧子，扶她起身，埋怨说："妈，不是给您说过了，往后啥也不许您干。您没事就上我大婶家拉拉闲话散散心。”妈妈撩了一把贴在额头的散发，笑着说：“妈闲着心里就发慌。”

还有得这号病的，妈妈真个是！

我脱掉衫子，给手心吐了口唾沫，双手一搓，扬起斧子劈起柴来。不大的工夫，劈柴就堆起了一大堆。

妈妈拿来毛巾，捏着我胳膊上突起的肌肉疙瘩，脸上现出欣慰慈祥的笑容，替我拭去脸上的汗珠……

六

天有不测风云，人有旦夕祸福。万万没有料到一场天灾降在了我的头上，我不幸从树上摔下来，摔伤了腰，导致下肢瘫痪。

飞来的横祸完全把我击毁了。我躺在病床上，几乎成了个木头人。妈妈来医院看望我，我一头扑进妈妈的怀抱，失声痛哭。

妈妈轻轻擦去我脸上的泪珠：“我娃不哭。我问过大夫，大夫说你的伤病不要紧，会好的……”妈妈在我面前没有掉一滴眼泪，微笑着对我说。但是，我看见妈妈灰白的头发完全花白了，面容憔悴，眼窝塌陷了许多。妈妈把悲痛隐藏在微笑之中，希望能唤起儿子重新生活的勇气和信心！

久病身虚，夜夜噩梦不断。

一夜，我梦见一只猛虎追我。我跑呀跑呀，忽然，一道深渊横在了我的面前！我收脚不住，惨叫一声，一头栽了下去。幸好一棵大树挡住了我，我慌忙紧紧抱住了树干……

“林娃，醒醒！”睡在我身边的妈妈叫醒了我。我这才知道自己紧紧抱着的是妈妈！

“妈，我怕……”我忘记了自己的年龄，把冷汗淋漓的身子直往妈妈的怀里偎。

“甭怕，有妈哩……”妈妈紧紧抱着我，亲着我的额头。

打我上中学后，妈妈就不再这样亲昵地爱我了。妈妈把我当作一个男子汉看了。可当我受伤致残后，妈妈又把我当娃娃看了。妈妈为我铺床拉被理枕头，擦洗身子洗衣服，用勺子喂饭汤……一举一动，细心而执着。

我受伤致残后，家里经济十分拮据，生活极其艰难，粗粮仅能糊口，难得吃上一顿白面。我卧病在床，需要营养，而且食欲减退，吃啥都不香。

妈妈给我单吃另做，自己却吃玉米高粱。我哪能忍心看着六十多岁的老妈妈啃玉米面粑粑呢！

“妈，你吃这个吧。”我把白面馍递给妈妈。

妈妈没有接：“你吃。妈没了牙，咬不动白面馍。玉米面粑粑酥，妈爱吃。”说着，妈妈大口吃了起来，咀嚼有声，十分香甜的样子。

我忽然想起小时候看妈吃野菜的情景……

我真想放声大哭，但是，我让泪水流进了肚里。我不能，也不愿让妈妈再看见我的眼泪。我已经让妈妈伤够了心，岂能再让妈妈伤心！

七

春天到了，阳光格外明媚。矮屋里却见不上阳光，散发着一股潮湿的霉味。

“林娃，出去晒晒太阳吧。”妈妈说。

我是多么希望能得到太阳的温暖啊！可是腿动弹不得，咋个出去？

妈妈弯下腰，把脊背对着我：“妈背你到院子去。”

这怎么能行？妈妈早已到了该我背她的年龄，可却还要背我！老天哪，我诅咒你！

“不不，妈……”我哭了。

“看你这娃，哭啥哩，妈背得动你，晒晒太阳对你的伤病有好处。”

我趴在妈妈瘦骨嶙峋的背上，泪水像断了线的珠子直往下滚。

妈妈的背明显地佝偻了，腰往下塌，背往上凸。可是，年迈力衰的妈妈依然拉着沉重的生活纤绳，还有儿子加在她身上的一个累赘包袱。然而，妈妈却没有失去信心和勇气，坚定不移地朝前拉着，拉着！

八

久卧病床，最难忍受的不是病痛，而是寂寞。

妈妈找出我过去的书，递到我面前，慈祥的面容挂着几丝微笑：“心里闷，就看看书吧。”我颤抖着双手接过妈妈手中的书，心里说不出是什么滋味。

为我读书，妈妈曾经倾注过多少心血啊！可我……唉！

我含着热泪望着妈妈。妈妈老多了。除了岁月无情外，妈妈那雪白的头发更多的是被儿子一根一根染白的，脸上密如蛛网的皱纹更多的是被儿子一道一道刻上的。妈妈的眼里流露着淡淡的哀愁，但更多现出的是慈祥的笑容。妈妈瘦得只剩下皮包骨头了，但却用生命的全部力量，温暖着儿子受了创伤的心田。妈妈已是风中残烛了，可仍是我生命的雨露、阳光！

我心中萌发了学习写作的念头，开始在纸上涂鸦。起初，妈妈不知道我要干什么，我也没有告诉她我要干什么。我知道文路极其艰难，成功的希望十分渺茫，我不愿让妈妈再一次失望。

渐渐地，妈妈从我和一些同学、朋友的谈话中知道了我所要干的事情。写东西仅需要笔墨纸张，可家里困难得连这些东西都买不起。妈妈为此很难过。后来，不知妈妈向谁借了点儿钱，买了廉价的包装纸，裁得整整齐齐，默默无语地放在我面前，浑黄的眼珠里流露出不安和歉意。

我想对妈妈说些什么，却喉咙哽塞，鼻子发酸，什么也说不出来。

文路崎岖，而我阅历浅、涉世不深，加之水平太低，迎接我的自然是失败。寄出的稿子接二连三地被退了回来。每当乡邮员送来我的信件，妈妈总是眼巴巴地望着我，问道："信上咋说了？还要你写么？"

我对妈妈做着笑脸，说："信上说我还行，要我还写。"

这话是安慰妈妈，也是安慰我自己。

时间长了，妈妈不再问我了。从我的情绪上她就知道了稿子的结局。每当我收到一封退稿信，妈妈就默不作声地给我做点儿可口的饭菜。

啊，妈妈，您的慈爱和鼓励尽在无言之中！

九

妈妈最终没有看到我的习作变成铅字。

那是一九八一年十二月二日下午，天空布满着铅灰色的云层，北风呼呼刮着，零零星星的雪花在空中飞舞，院里落秃叶子的树枝在朔风中发出痛苦的哀鸣。我拄着拐杖在院中活动麻痹的双腿，实在太冷，只好进了屋。

妈妈在抱柴火，步履蹒跚，颤颤巍巍，寒风吹散了她雪白的头发。她放下柴火，想把炉子往我跟前挪挪。她使尽全力，刚端起炉子，不料一条腿“咕咚”一下跪倒在地。

我惊叫起来：“妈！”

妈妈朝我笑笑，挣扎着要站起身，却没站得起。我伸手去拉妈妈，没承想不但没拉起妈妈，我险乎也从椅子上跌了下来。我慌了，大声喊叫同住一个院的桂芳嫂：“大嫂，快来！”

“甭叫你嫂，我能起……来……”妈妈说话含混不清了。

我失声惊叫起来：“妈，你咋了？”

妈妈已经不能回答我了，无力地靠在墙壁上，口眼歪斜，翻着白眼……

大嫂跑了过来，把妈妈抱到炕上，我扑在妈妈身上大声呼喊：“妈！妈！”可妈妈未能再回答我一声……

妈妈是为我而累死的。可我曾多次粗暴地对待过妈妈。对妈妈我是有罪的啊！

记得有一次，我拄着拐杖在院子里学习走路，妈妈怕我摔倒，牵着我的衣襟，紧紧地跟在我的身后。麻痹的双腿好像不是我身上长的，一点儿也不听使唤，每挪动一步都十分艰难。妈妈用她的小脚踢拨着我的脚后跟，帮我前行。一不小心，拐杖滑了一下，打了个趔趄，我摔倒了。妈妈没护住我，也摔倒在我身上。

我却火了："都是你，把我弄倒了！"打我受伤致残后，脾气变得十分暴躁，常常会发一些无名火。

"谁叫你拉我的衣襟！"

妈妈一声未吭，扶起我，拍打着我身上的尘土。我却还嘟嘟哝哝埋怨个不住嘴。

在一旁的大嫂忍不住数说起了我："兄弟，你的脾气得好好改改，对咱娘说话咋能是这声气！"

我进了屋子，听见妈妈对大嫂说："你甭数说他了，他心里不好受，不到我跟前发火，到谁跟前去发火。"

我再也忍不住了，趴在枕头上失声痛哭……

再后不久，家里来了位比妈年龄略小的大姨。那位大姨进得屋来，把我左瞧右看，看得我都有点儿不好意思了。妈妈对我说："林娃，这是你的亲妈……"

"什么?!"我以为自己的耳朵出了毛病，痴呆呆地望着妈妈。

"……你生下来三天，我抱养了你……"妈妈诉说着抱养我的经过。

"你妈说的都是真的……"大姨撩起衣襟擦着红红的眼睛。

我泥雕木刻似的呆望着妈妈和大姨，好半天，才明白过来。

"不，不啊……"我一头扑进妈妈的怀中，小娃娃似的哭喊着：

"你就是我的亲妈……"

世界上还有谁比我的妈妈更可亲，更可敬，更可爱！

……

妈妈呀妈妈！

我喊哑了嗓子，妈妈却永远听不见了。妈妈用她生命的全部力量鼓起了儿子生命的风帆，使儿子这艘遭到暴风雨袭击的小船没有沉没，而她心力交瘁，过早地闭上了眼睛。

十

无论走到海角天涯，
忘不了您呀妈妈！
无论送走多少年华，
忘不了您呀妈妈！
忘不了您的抚爱，
忘不了您叮咛的话，
忘不了您深情的眼睛，
闪动着希望的泪花……

深情动人的歌声在我耳畔萦绕，妈妈的影子在我眼前愈来愈高大，愈来愈清晰。渐渐地，又被一层水雾淹没了……

写于母亲三周年忌日

遥寄天国的家书

嫂，你走上不归路已经整整一百天了。我自信还不是个孱弱的人，可在这一百天里，我不知为你流了多少泪！你远行了，把悲伤和思念留给了我，让我的生命如何承受得了！我想，你的灵魂一定还在守望着我，守望着这个家。那么请你在这夜深人静的时候，听一听我的倾诉……

对于这个家，对于我，你付出的太多太多，得到的却太少太少。正如人们常说的那样，你吃的是干草，挤出的却是牛奶。长此以往，你的身体怎能吃得消！去年，你的身体明显不如以前，腰板不再挺直，面容已显憔悴衰老，两鬓添了许多白发。到了冬季，你常常感到腰酸腿疼，干活也有点力不从心。腰腿疼的毛病是你这个年龄段的人的常见病。你不在意，我也没在意。我和你都以为是劳累过度所致，只要好好休息休息就会好的。

过了春节，你的腿疾却不见好转，反而还有所加重，面部也呈现轻度浮肿。孩子们劝你去医院看看，你笑着说不要紧，除了腿疼啥都好着哩，腿离心远着哩，要不了命。糊涂的我竟然也这么认为。

后来在孩子们的再三劝说下，你去了医院。命运真是捉弄人，你遇到了一个庸医，说你什么都好着，只是血压有点高，开了几十块钱的药，除了降压药，还有一瓶“五福心脑康”，一盒“阿司匹林肠溶片”。这才真是腿疼医头。你吃了两天药，腰腿疼的症状不但没有减轻，反而有了药物引起的不良反应。你笑骂大夫医术不高，说是钱白撂了，干脆不吃那药。

过了十多天，你的腿疾越来越严重，站起时都要借助外力，走路都需扶杖。我慌了，你也心焦起来。你再次去了医院，大夫诊断为坐骨神经疼。给你做了封闭治疗，并开了许多镇痛药，但均不见效。这时你才真正着急起来，因为腿疾已使你举步维艰。可就是在这种情况下，你每日拄着拐杖还在为全家人做饭，还要给我铺床理被，帮我活动锻炼麻痹的双腿。那时你忍受了多大的痛苦！如今回想起来，禁不住泪水泫然，直恨自己太傻，不但没有减轻你的病痛，反而还给你添了不少负担。我真恨自己呵！

再次去医院，大夫给你做了拍片检查。大夫说是“腰椎间盘突出”。这是个很痛苦，且又治疗十分麻烦的病。我十分着急，也十分不安。你不仅是家里的顶梁柱，也是我的精神支柱和依靠，你一旦倒下去，怎么得了！

为了尽快治好你的病，减轻你的病痛，亲友们四处奔走，找了一个专治这病的大夫给你做针刺治疗。由于你行动不便，少忠兄让你住在他家治疗（他每天把大夫请到家里来给你扎针）。这时我心才稍安。

五天过去了，我去看望你。你的腿疾不但没有减轻，反而有所加重，竟然连床也下不了。我又惊又急，托人请来杨凌医院一位素有盛名的大夫给你做检查。大夫检查罢出了屋，面色沉重地说，可能是骨结核，必须去咸阳做 CT 检查才能确诊。

听到这个消息，我十分震惊，心头似乎压上了一块巨石。怎么会是骨结核呢？这个大夫是不是徒有虚名？他在胡说八道吧。

可 CT 检查的结果却比这个诊断糟糕一万倍！

骨瘤，已转移！

看着CT检查单，我的手在颤抖，眼前发黑。我只觉得天就要塌了，脑子一片空白。好半晌，我明白过来，再也无法控制自己，失声痛哭……

自咱娘去世后，我从没有这样悲伤过，泪水似决堤的江河在我的面颊上肆意流淌。我怕哭声传出去，蒙上了被子。一个男人强抑的哭声似一匹绝地苍狼在嗥叫！

嫂啊，我实在无法接受这个事实。你的身体一直很健康，平日里很少吃药。尽管生活很沉重，你似一头忍辱负重的老黄牛拉着这辆沉重的车默默前进，从没被疾病打倒过。清楚地记得，那年《三月风》杂志社邀请我去杭州参加一个笔会，那时我刚做完手术，且行动不便，不想去。你却说，机会难得，出去开开眼界，还能结识些朋友，对我的创作一定能有所促进。在你的鼓励下我去了杭州，是你陪着我。一路上车下车转车都是你背着我，期间的艰辛是外人难以想象的。归途中，在南京转车时我们上了行李车（我坐着手摇轮椅车），好心的乘务员告诉我们，鉴于我有残疾，可以补办卧铺票。可卧铺车厢在车尾，你背着我一口气从车头走到车尾，整整十三节车厢，足有一百多米。过后你笑着说，你也不明白当时咋就有那么大的劲。往事历历在目，清晰如昨。万万没有想到你竟然患了如此恶疾，举步维艰，而且危及生命！

那天晚上我无法入睡，巨大的悲痛吞噬着我的心灵和肉体，禁不住的泪水浸透了枕巾……我想，我是个有罪的人，上苍已经给了我最残酷的惩罚。我也愿意替所有的亲人和朋友赎罪受过。我们闲谈时，我常对你说，我已经替一家人把病害完了，你们平安无事了。

我做梦都没想到厄运会降到你的身上……

老天爷呀，你为什么要如此对待一个良善、淳朴、忠厚、贤惠的女人！你为什么这样的不公平！

第二天一大早我就去看望你。关于你的病情，我和孩子们及亲友商量过，一定要瞒着你。我对孩子们说，我们共同努力，一定要照顾好你的饮食起居，让你心情舒畅地度过每一个日出日落。我和孩子们都企盼着能有奇迹出现。

我进屋时你躺在炕上正和女儿说着话，看上去精神还不错。看到我，你露出了笑颜，说你今日感觉不错，要我不要再来了，过两天病情一好转就回家去。那一刻泪水几乎要涌出眼眶，我强抑着把泪水吞进肚里，扮着笑脸和你说话，可我的心却一直在滴血。

那天我一直陪着你说话。窗外的阳光消失了，屋里的光线渐现暗淡。你几次催我回家，我嘴里应着，却不忍离去。如此的陪伴还能有多少次？我不敢去想。回到家时已是万家灯火，迎接我的又是一个难眠之夜……

孩子们和亲友四处奔波为你求医问药。我们不能没有你啊！哪怕有一线希望我们都要百分之百地去努力。去了几趟西安，一次比一次让人失望。几家大医院都明白无误地说，你的病已是晚期，任何药物和手术都不会奏效。这无疑是下了死亡通知书。少忠兄无可奈何地对我说，该尽的力咱们都尽了，准备后事吧。

嫂啊，那一刻我的心都碎了，极度的悲痛再次吞噬了我。我失去了理智，完全没了主意，唯以泪洗面。难道真的尘埃落定了吗？苍天呀，你为什么如此残酷无情？你为什么杀人不用刀啊?!

悲痛无奈之中，大伙商量决定，让你回家疗养。我真不知该怎样对你开口，少忠兄说，这话他对你说。少忠兄找了一个合适的时机对你说，大夫说了，你的病一是手术治疗，二是保守治疗。手术治疗效果好，但要受很多的痛苦。保守治疗时间较长，但痛苦小，仅用药和牵引而已。你抬眼看我，我强忍着没让泪水流出来，点了点头。你说你不要做手术。说罢，又看看我。我忍悲说，咱们不做手术，咱们回家吃药疗养。我因伤病做过几次手术，住院都是你陪着我。我受的那份痛苦你一直看在眼里痛在心里，至今余悸未散。我完全明白你是不愿做手术的，因此才和少忠兄编此谎言来诳你。我也知道，在这个世界上你最信任我和少忠兄，你怎么也不会想到，两个你最信任的人合伙欺骗了你。你怨恨我们吗？

接你回家之前，我让孩子们把你住的屋收拾了一番，特意把电视机搬了过去。你给我说过，夜真长，特别是前半夜怎么也睡不着。我想，看看电视能给你解解闷。我不知道还能为你做点什么。

回到家你的精神状况还真的不错。我理解你，金窝银窝不如自家的土窝。少忠兄是你的亲弟弟，他家在杨凌市内，条件优越，你住在那里诸多方便，可你却一直感到拘束。现在你回到自己的家，一切都可随意，你的心情自然就好。

看到你的笑颜，我的心情也好了起来，几乎都忘了你缠身的病魔。儿女们的心也宽了许多，小孙子在你的床前跑来跑去，家里又有了欢声笑语。没有料到两天后，你的腿突然疼得很厉害，动都不敢动。我稍安的心又悬了起来。

火炕你睡着不舒服；木板床你睡着也受罪，铺上海棉垫起初尚好，后来就不行了，只好取掉。看着你如此受罪，我于心何忍！决意给你定做一个活动折叠床，方便你的饮食起居，减轻你的病痛。

活动折叠床的要价很高，我丝毫没有犹豫，只要能减轻你的病痛，花多少钱我也在所不惜。

我怕你心疼，舍不得花钱，告诉儿女们瞒住你，说这种床并不贵，只花了五百块钱。你辛劳一生，节俭过日子，每一分钱都要花在地方上，从没有大手大脚花过钱。那几年家里穷，你总是把大女儿的旧衣服改小给小女儿穿，再把小女儿的旧衣服改小给儿子穿。我不记得你都有什么像样的衣服，出门换上一套新衣，回到家赶紧脱了，一件新衣少说也要穿三年五载。你常对儿女们说，细水长流，过日子千万不可大手大脚。如果给你说了实话，你一定不会让我买床的。后来，你从一位亲戚口中知道了床的真实价码，果然埋怨我为啥不给你说实话，埋怨我不该胡乱花钱，早知道这么贵，说啥也不买，腿疼一阵就过去了，你能忍得住。我笑着脸说："不贵，也就是我两个月的工资，权当今年只领了十个月的工资。"可心里在流泪。你为了这个家付出了多少汗水、多少心血，现在染上了恶疾，可你想到的不是自己，而是这个家！

有了活动折叠床，不仅减轻了你的病痛，也给你的生活添了一些乐趣。老躺在屋里你觉得憋闷心慌，阳光好的日子，儿女们把你推到了院子里。

屋外的空气真清新，春日的阳光格外明媚温暖。蓝天如洗，白云飘浮；葡萄架上的枝叶繁茂嫩绿，葡萄串已显雏形；燕子飞来飞去，黄鹂在树梢鸣叫……人活着尽管有许多烦心事，但春光却无限美好。你躺在葡萄架下和儿女们说笑，逗着孙子，其乐融融。我站在一旁眼含泪花微笑地看着你，你面带慈祥的微笑，享受着生活的乐趣，一副满足的神态。我真希望时间就此凝固，不要再前进一步。

可是，没有什么力量能够阻止时间老人的步伐。时间一天一天过去，病魔显露出凶残的面目，在你的身体上施展淫威。你声音沙哑了，不断地干咳；不思饮食，喝口水也十分困难；腿疼加剧，且全身不舒服，特别是脖子都不敢转动。你的身体极快地衰弱了。看着你如此受苦受难的模样，我心如刀割，却又束手无策。还有什么比眼巴巴地看着最亲的人受痛苦，却毫无办法更让人痛心的事呢！

你开始对自己的病产生了极大的疑虑。你问我为啥你的病不见好转，反而一天比一天加重，你问我是不是在哄骗你。我无法回答，强颜为欢，说你在床上躺的时间长了就会感到不舒服，好人都会睡病的，何况你本来就有病。我怎能把实情告知你！倘若真的告知了你，你的精神会不会垮掉！我一直企盼着奇迹的出现，企盼着你从病床上走下来，和以往一样为全家人操劳忙碌。这就是我一直不告诉你真实病情的原因。你能原谅我吗？

时间老人的脚步已经跨进了21世纪，人类的科学技术有了飞跃的发展，医疗技术应该说也有了长足的进步。可面对许多疾病，人类竟然如此束手无策。在病魔面前，人类竟然这么脆弱，这么不堪一击。夜静更深，我不能成眠，悲叹你和我的不幸命运，因此在心中发誓：倘若有来生，我一定要做一名医生！为了今世的你，也为了今世的我。

儿女们和亲友请来了神汉巫婆，为你祈禳祝福。我知道这是无奈的选择，我们还能有什么办法可想？我虔诚地向上帝向佛祖向神灵祷告，祈求保佑一切善良的人，赐给他们健康和欢乐。我对一位神汉说，我什么也不给自己祈求，只祈求上帝能赐给你健康。你问一位信女，你还能活多久。那位好心人安慰你，说你不会死的，说我还需要你照顾。回想起当时的情景，禁不住泪水潸潸……

然而，生死原有定数，冥冥之中似乎早已做好了安排，人类的科学技术对此束手无策，就是上帝佛祖神仙也难改变既定的命运。经历了这一场劫难，我成了一个宿命论者，不知这可不可悲？

你的病情一天比一天恶化，我心中的疼痛一天比一天加剧。为了减轻你的痛苦，我和儿女们轮流给你按摩。你不忍看着我拄着双拐按摩的艰难劲儿，三番五次地要我歇一歇。可我怎么能歇下手！我还能为你做什么呢？

那一年我臀部生了褥疮，住院治疗吧，咱家的经济条件不允许；每日去医院换药吧，我行动不便也办不到。你便向大夫请教了换药技术和注意事项，自己动手为我换药疗伤。两年多来，你每天都要为我清洗疮口，换药包扎。你从没说过一声脏，叫过一声累。每每看着你猫着腰，用镊子夹出那带着脓血的纱条，我的热泪禁不住夺眶而出……回想往事，我现在做的这么一点算得了什么。嫂啊，我的生活中怎能没有你！这个家怎能没有你！我不敢去想失去你的日子怎样度过，失去你这个家还是家么……我把心中的苦心中的痛向谁去诉说？

2001 年 5 月 20 日（农历四月廿八），这是一个铭心刻骨的日子，太阳虽然还一如既往地升起，照耀着万物，可我却感觉不到她的温暖。你躺在床上，忍受着病痛的折磨，用生命的全部力量艰难地呼吸着。我坐在你身边，忍悲含泪握着你的手，希望能给你一点力量，减轻一点痛苦。

少忠兄走进屋，低声对我说，想搬你到里屋去。我对你说了这话，你说，你哪里都不去。少忠兄叹了口气，出了屋。

我明白你剩下的时间不多了，流着泪呼唤你，叫你睁开眼睛再看看我。你慢慢睁开眼睛看了我一眼，你说你很困很乏，连睁眼睛的力气都没有了。我说，那你就睡吧。你闭上了眼睛。少顷，我心有不甘，问你还有什么话要对我说，你闭着眼什么也不说。那时我心痛如刀割，真不想再瞒你，要把病情如实地告知你。可我到底还是什么也没说。

这时少忠兄又进屋来，要我劝你搬到里屋去。我说，嫂，这里离街门太近，太吵，咱们搬到里屋去吧。你点了一下头。我又说，嫂，你放心，家里的事有我哩，我会尽力处理好的。言罢，泪如雨下……

一颗泪珠悄然从你的眼角滚落出来。你明白了，明白了大限在即，可你还是什么话也没有说。嫂呵，你为什么不给我说一句话呀？你是怨恨我吗？怨恨我瞒哄了你？怨恨你最信任的人也不给你讲实话？

我有时在想，那些日子你真的对自己的病情就没有觉察？你也怀疑过，多次追问过我你到底得的是什么病。我编造的谎言破绽百出，可你竟然都相信了。现在我终于明白了，你是不愿意往坏处想，也不想往坏处想。你并不老，才五十九岁，且身体一直很好，你怎么会去想死呢！艰辛的日子刚刚熬过来，家里的情况刚刚有了起色，你还要享一享儿女们的清福哩，你怎能去往坏处想呢！

可你却走了，走得那么匆忙！

你走了，不再回头！

你走了，把悲痛和思念留给了我和儿女们……

我原以为我身遭伤残，这辈子会走在你的前头，做梦也没想到你竟然抛我先行了！苍天呵，这是怎么了?!

嫂，你生在乱世，家境贫寒，饱尝了饥寒之苦，因此与读书无缘。你虽目不识丁，却极明事理。你秉性忠厚淳朴，心地善良，言少手勤，乐于助人，人缘极好。你十九岁嫁进我们贺家，那时正逢“瓜菜代”年月。我们贺家也是一贫如洗，迎娶你那天的宴席上只有三斤兔肉。后来你忆起此事，常常感叹不已，却没有怨言。你说，那时家家都吃菜咽糠，能有三斤兔肉吃也算不错了。

你进了我们贺家门，没有享过一天清福。兄长是个愚直实诚人，家里的重担你一肩挑了。为了使六个儿女有饭吃有衣穿有书读，你节俭度日，日夜操劳。白日里你纺棉织布，还要出工做饭；晚上缝衣绱鞋，直到鸡叫。你瘦了身体，儿女们却茁壮成长；儿女们出嫁娶妻，你却鬓染霜雪。如今六个儿女都已自立，劳累一生的你，本应是含饴弄孙坐享清福，可你却积劳成疾，撒手人寰！我们于心何忍！

嫂呵，二十年前咱娘殁了，在最危难的时刻是你伸出温暖的手，拯救我于水火之中。“兄弟，再甭胡思乱想了，谁在世上还没有个三灾六难。咱娘殁了还有我哩，只要有我吃的就把你饿不下。你不要熬煎忧愁，放宽心地活人……”，这话犹在耳畔。可现在你却走上不归路，阴阳两界把你我分隔在了两个世界，我满腹的话向谁去诉说?

我怎能忘记，你每日给我端吃端喝，嘘寒问暖，帮我扎腿，活动麻痹的双腿；

我怎能忘记，你每日把我抱出抱进，让我呼吸清新的空气，享受阳光的温暖；

我怎能忘记，你每日为我铺床理被，缝缝补补，拆拆洗洗……

我怎能忘记昔日的一切！

整整二十年呵，七千多个日日夜夜！你给了我无微不至的关怀和照顾，让我感受到了亲如家人的温暖，使我有了活下去的勇气和信心。你我虽不是姐弟，却胜过姐弟。大恩难言报，我知道在你面前说什么样的感激话都是苍白无力的。因此，我什么都没有对你说过，唯有一颗感激的心时刻面对着你……

你远行了，整整一百天。可我一直不相信这个事实。我常常长久地扶杖站在院子里，眼巴巴地望着街门。我总觉着你出远门去了，一定会回来的，会突然出现在那个墙角拐弯处，会突然出现在我的面前。我等呵等，直到进入梦境，才看见你含笑向我走来……睁开眼睛，你却离我而去。我环目四顾，却分明看见你的身影……你在厨房操劳，你在缝补浆洗，你在为我铺床理被，你在给孙儿洗澡换衣……行笔至此，泪水又一次模糊了我的眼睛。我不知道什么时候才能走出悲痛的沼泽地！

嫂呵，你在听我说么？夜已经很深了，窗外万籁俱寂。我感觉得到，你就在我的身边，你还在守望着我，守望着这个家。你一定听见我的倾诉了吧？

此时此刻，我还想对你说，既然命运之神已经把你我分隔在了两个世界，你就在那个世界安心生活吧，不要太多牵挂。在没有你的日子里，我会保重自己的，我会照顾好这个家的。

嫂呵，如果有来生，我还愿做你的弟弟。

写于嫂子百天忌日

怀念大姐

清明时节，总有一种沉甸甸的情愫萦绕在心头……

前年5月20日（农历四月初七）的清晨，刚打开手机，就来了电话，是大外甥打来的。他告诉了我一个噩耗，他的母亲——我的大姐，凌晨五时辞世了！我惊呆了，半晌说不出话来。外甥以为我没听清，又说了一遍，我“哦”一声，挂了电话，默然流泪。

几天前大姐走路时突然发晕，幸亏外甥媳妇在跟前，急忙搀扶住，但还是扭伤了胯骨。得到消息，我当即就和妻子带着孩子去看望大姐，由于年事已高，加之疼痛，大姐神志有点儿不清，但还认得我们。两岁半的女儿拉住她的手稚声稚气地说：“姑妈好！”她笑了，很开心的样子。我多少放下心了，觉得腿伤无大碍，多则半年少则三个月就会康复的。昨天我们一家人又去看望她，她在家里做牵引治疗。她精神状况比前两天还好些，神志完全清楚了，说是不怎么疼了，跟我说了会儿话。我怕她劳累，让她休息休息。我和妻子带着女儿来到院子里跟外甥两口子说闲话，外甥媳妇拿出一双崭新的童鞋，说是她妈再三叮咛她，要她给毛毛做双鞋，还说要亲自送来。我年过半百才有了女儿，大姐比我还疼爱她。听着外甥媳妇的话，我的眼眶不由得湿润了。临别时，大姐睡着了，我没有叫醒她，只想着过两天我再来看她，没料到昨天一见竟为永诀，我感到锥心般的痛，唯有泪两行……

母亲在世时常给我说：“你大姐是个苦命人。”母亲说这话自有缘由。在我的记忆中大姐似乎没年轻过，我没见她穿过颜色鲜亮的衣服，一年四季不是一身靓蓝粗布裤褂就是一身黑色裤衫。我每次去她家，她都在田地里劳作，没见她清闲过。她的家实在很穷，两间矮房——一间住人，一间做厨房，住人的屋子仅有一个平柜，连把椅子都没有，前半截院子没有围墙，常年用玉米秆堵着，当作“墙”。用“家徒四壁”这个词形容她那时的家并不为过。

我读高中时，一天和同学去杨凌街道游玩，忽然看见大姐提个竹篮从街那头走来，我刚想走过去跟她打招呼，她却瞥了我一眼，慌忙低下头匆匆而过。当时我心里很是疑惑，大姐明明看见了我，为啥要躲避我呢？回到家我跟母亲说了这事，母亲说，你姐没看见你。我肯定地说：“我姐看见我才躲的。”母亲沉默了半晌，才说：“你姐家断顿了，她出去讨要，怕给你丢脸……”母亲眼里闪出了泪花。

我愕然了，我知道大姐家穷，但没料到穷到了如此地步。

母亲还告诉我，大姐出门讨要已经很长时间了，她从不在附近村庄讨要，怕被熟人碰见……

听了母亲的话，我半天无语，心里似乎打翻了五味瓶，只觉得鼻子里好像滴进了醋。我暗暗恨自己，恨自己无能，不能帮大姐。

俱往矣！如今大姐的几个儿女日子都过得不错，我时常在他们面前提起他们母亲当年讨饭养育他们的事情。有一次，二姐的女儿也在一旁，过后，她对我说：“舅，我姨当年讨饭的事你往后再甭在我哥我姐面前说了，他们会不高兴的。”我没有听她的劝阻，还是时常在他们面前念叨。我无意对外甥外甥女们进行忆苦思甜教育，我只是希望他们能时刻记住母亲的养育之恩。让我感到欣慰的是外甥、外甥女们都没有怪罪我，而且时刻铭记着他们当年生活的艰辛和不易。

二十一岁那年，我不幸从树上摔下，摔伤了脊椎骨，导致下肢瘫痪。医生已明确地告知，恢复健康的希望不大，但母亲和两个姐姐还是四处求医问药，渴盼能有奇迹出现。是时，社会上盛传扶风某地打出了一眼神井，喝了神井的神水包治百病。大姐闻风而动，带上干粮去求神水。

两天后，大姐风尘仆仆地回来了，一脸的疲惫。她来不及歇一口气，就喜滋滋地拿出一瓶浑浊的“神水”，让我快喝。我拧开瓶盖，喝了一口。母亲和大姐眼巴巴地在一旁看着。大姐问：“好喝么?”原来求“神水”的人很多，她好不容易才求了一瓶，自己都没舍得喝一口。说实在话，“神水”并不好喝，有点苦涩。可我说了句谎话：“好喝，甜。”随后把那瓶“神水”喝了。当然，奇迹没有出现。

那夜我失眠了，我并不是因为“神水”没有创造出奇迹而难受。我是在想大姐是怎样去求取“神水”的。近二百里路，没有车可坐，就是有车坐，也买不起票，一个年过四十的女人凭着两条腿，两天时间走了她完全陌生的路，而且无饭可吃，只是啃干馍而已。我的大姐，为了她的小弟付出的真是太多太多了。想到此，我的热泪不禁夺眶而出……

艰难的日子在一天一天地流淌，不知不觉中大姐的儿女们长大成人了，而且相继成家立业。这些年外甥外甥女们的日子都过得有声有色，大姐已儿孙满堂。我每每去看望她时，她都很高兴。与二姐相比，她虽然年事已高，但身子骨硬朗，只是耳朵稍有些背。我时常在想，大姐年轻时吃尽了苦，受尽了罪，应该有个安乐的晚年，没想到她这么快就走了。

母亲别世的那一年，可能预感到了什么，多次对我说："我下世后，只有你和两个姐姐了，你们要相互照应，走（来往）得好好的。"2007 年秋月，二姐先离我们而去，如今大姐也远行了，只留下我孤零零一人。

在这里我想对母亲和两个姐姐说，其实，我并不孤单，我有妻子和女儿，三位一体，一个幸福美满的家。你们不要牵挂我，在那边相互照应，好好地生活。

2011 年清明节

秋日里的追怀

暮秋的一个上午，我在书桌前码字，门铃响了。来人是二姐的堂弟，他带来了噩耗，二姐于昨晚十时去世了——这一天是 2007 年农历九月十八日。二姐的去世在我的意料之中，但我没想到这么突然这么快。二姐的堂弟走了许久，我的脑子里还是一片空白，我一时无法接受这个事实。

四年多前，二姐患了中风，留下了后遗症，行动不便，走路需要拄拐杖。那年我去看望她，她精神尚好，思维清晰。她见到我很高兴，话很多，埋怨自己的腿病怎么一直不见好，老给别人添麻烦。我安慰她，说是病来如山倒，病去如抽丝；又说睡好的眼，转好的腿，要她多活动活动，不要心急。她点头说是。

此后她的身体状况每况愈下，一年不如一年。一个多月前，外甥女给我电话，说她母亲近来的情况很不好，老疾未去，又添新病，患上了老年痴呆症，且不思饮食，恐怕支持不了多久。听得这个消息，我心里不禁一沉，一夜未眠，第二天就去看望她。二姐已瘦得失了形，过去那么健壮的一个人瘦得只剩下了皮包骨，我几乎都认不出她来了。见了我她只是痴呆呆地看着，我大声叫她，她嘴张着却说不出话来，看看我，又望望坐在一旁的姐夫，不时地伸出手去抓姐夫的手。她和姐夫一生相濡以沫，感情笃深，从没红过脸。此时此刻她孩子似的无助地去抓姐夫的手，这是下意识的动作？还是期望跟她相濡以沫一生的人能帮帮她渡过难关？看着这一幕，我心里好像打翻了五味瓶，不知是什么滋味。

回到家，我彻夜难眠，脑子里全是二姐的影子。我清楚地感觉到二姐的日子不多了，这段时间一定要常去看看她。谁知今年秋天的雨水特别的多，我心里一直惦记着二姐的安危，却因阴雨连绵一直不能成行。现在我再也见不到她了，想到此禁不住的泪水涌出了眼眶……

二姐年长我十七岁，在我的记忆中她是十分的精明能干，针线活、地里活样样拿得起放得下。那个年代的人结婚比较早，她十八岁就出嫁了。我一直对她怀有对长辈人般的敬畏。其实她从没打过我，也没骂过我，对我疼爱有加。记得我六岁时，母亲患病去宝鸡住院治疗，父亲要照顾母亲，便让二姐把我带到她家去住。白天我和小我三岁的外甥女玩得很开心，到了天黑我想妈妈，不吃也不睡。起初二姐厉声呵斥我，让我赶快吃饭，吃完了早点上炕睡觉。我有点怕她，但思母之心胜过了对她的畏惧。我以缄默和泪水反抗。她见我如此这般模样，就把我搂在怀中，柔声安慰我，让我听话。我思母的痛苦和焦急被她的温柔融化了，乖乖地听了她的话。在母亲住院的一个多月中，二姐给我偏吃偏喝，生怕我受到什么委屈。在那些日子里，是二姐用她母性特有的温情，抚平了我那颗稚嫩的思念母亲的痛苦焦急的心。

读中学时我对自己的衣着很注重。因为我上学的那所中学有相当一部分同学来自城镇，他们的衣着很是时髦，少年的虚荣在作祟，我怕穿得寒酸会被他们笑话、看不起。母亲做的衣服式样很土气，加之年龄大了眼睛花了，做针线活十分困难。二姐就把给我做衣服做鞋的活包揽了。她的手很巧，做的衣服式样不比城镇同学的差，而且做的八眼鞋更是技高一筹，穿上舒服，看上去美观。我们班的一个城镇同学要用一双新球鞋换我脚上的八眼鞋，我没舍得换。那位同学说我小气。我不是小气，二姐给我做的鞋，我怎么能给别人?!

1974 年秋，我不幸受伤双腿致残。那年的秋天与今年秋天十分相似，阴雨连绵，二姐三天两头地往娘家跑。女儿不管出嫁了多少年，心里可能装得最多的还是娘家。她唯一的弟弟伤了双腿，她能不急不痛吗？可她家也有一大堆难场事。婆家的两位老人都被疾病缠身，需要有人在身边照顾，二姐两头都得顾。那时交通很不方便，来回二十多里泥泞路全靠两条腿跑。一天她进了家门，我看见她浑身上下沾满了泥巴，惊问她是怎么回事。她笑着说，不小心滑了一跤。我急问摔伤了没有。她说没事，一笑了之。

清楚地记得有一次，二姐来家扫地时见笤帚秃了，说姐夫扎了好多笤帚，下回她带两把来。几天后，她带来了两把笤帚，当时隔壁的五嫂正好来串门，笑着说："女子走娘家不能拿笤帚，那会把与娘家的路扫断的。"二姐也笑着说："就是拉一架子车笤帚，也把走娘家的路扫不断。"

是啊，女儿与娘家的那份亲情别说是笤帚，就是用利刀也割舍不断。可是二姐已有好几年没有走娘家这条路了，不是她不想走，而是病魔缠住了她。我十分清楚，她心里一直牵挂着身有残疾的弟弟，可她心有余而力不足啊！

国庆节前夕，远在贵阳工作的大外甥回家省亲。他来家看望我时，跟我谈到他母亲的状况，不禁悲从中来，脸上写满了忧伤，痛责自己不能在母亲身边尽人子之孝，又说学校派他去美国学习，行期预定在十一月份。机会难得，可他母亲又是那样一个状况，他担心如果他去了美国恐怕再也看不到母亲了。他夹在孝母与事业的两难之中，问我他该不该去美国。我思忖良久，说："去吧，你母亲如果现在头脑清醒，一定也会让你去的。"我知道二姐从来把儿女的事情看得比什么都重要，她不会因为自己而耽误了儿子的前程。

长假结束后，大外甥怀着沉重的心情返回贵阳。不到一个月，二姐驾鹤西去。大外甥匆匆赶回，伏在母亲的灵柩前放声大哭。亲朋好友劝他节哀，说你母亲走得正是时候。

人生自古谁无死，可谁又愿意去死？可是，当一个人活着只是一种形式的时候，不能再给这个世界上创造点什么，或者说不能在这个世界上享受点幸福，还要忍受病魔带给自己的痛苦，还要给别人带来许多麻烦，哪怕这个"别人"是自己的儿女，那就真该走了。鉴于这一点，我也感到二姐走得正是时候，尽管我的心很痛。

佛教把死叫往生，认为生命是循环不绝的，生即死，死即生，生生不息。我希望人的生命真能如此，那么一个人这一生没有实现的愿望以及遗憾和缺失就可以在来生中得到实现、补偿和满足。

二姐没有死，是往生去了。但愿她来生的生活幸福美满，万事如意。

2007 年 10 月 9 日

永远的忏悔

在这个世界上，我欠母亲的最多，而回报母亲的最少，在母亲临危之时，我又欠下了一笔永远无法偿还的债……

难忘那铭心刻骨的日子——1981 年 12 月 2 日下午，天气阴霾，雪花飘零，院子里落秃叶子的树枝在凛冽的朔风中发出痛苦的哀鸣。我拄着拐杖，活动着受伤致残麻痹的双腿。

母亲在抱柴火。她老人家已年近七旬，又有腿脚疼的老毛病，加之抱的柴火太多，步履蹒跚，颤颤巍巍。看着母亲被寒风吹乱了的一头白发，我心里不知是什么滋味。天要变了，母亲必须赶在下雪之前把晒干的柴火全部抱进屋垛起来。风雪天没柴火烧的罪比饿肚子的罪更难熬。

母亲虽已是风烛残年，但给儿子的永远是温暖。我望着母亲瘦弱的背影，眼里蒙上了一层泪花，心疼地说："妈，你少抱点。"

"嗯，"母亲回头一笑，关切地说，"你快进屋吧，院里风太大，当心冻着了。”

我回屋坐下。母亲堆好柴火，看着我冻得发青的脸，疼爱地说：“天冷你就早点进屋，万一冻着咋得了。”说着，把火炉往我跟前挪。

母亲使尽全力，刚提起炉子，不料腿一软，“咕咚”一下跪倒在地。我立时惊叫起来：“妈，你咋了？”

母亲朝我一笑，说声：“没啥。”挣扎着要站起身，却没站得起。我伸手去拉母亲，不但没拉起，险些也从椅子上跌了下去。我慌了，大声喊叫同住一院的桂芳嫂。

桂芳嫂疾跑过来，把母亲抱到炕上。我扑在母亲身上大声呼喊：“妈！妈！……”可母亲已经口眼歪斜，不省人事，不能再回答我。

大夫来了，给母亲挂起了吊针。输液瓶点点滴滴，滴着我的希望和祝福。

我和两个姐姐守护在母亲身边。母亲双目紧闭，脸色蜡黄，要不是胸脯还在微弱起伏，不会有人以为她的生命还在延续。这全是我这个儿子的罪过啊！

这些年来母亲为我吃尽了苦，受尽了艰难，累坏了身子。她的头发由黑变灰，由灰变白，红润的脸膛日渐消瘦憔悴，整齐洁白的牙齿掉光了，身板塌了，腰身佝偻起来。可儿子给她了什么呢？想着想着，我的泪水泉涌而出，肆意在面颊流淌。

母亲整整昏迷了两天两夜。到了第三天，母亲的眼睛睁开了。我欣喜万分，却突然发现母亲的双眼黯然无神，失去了光泽。伸手试探一下，母亲的眼睛竟眨也不眨。

“妈，你的眼睛！”我哭出了声。两个姐姐也成了泪人。

大夫告诉我，母亲患的是脑溢血，双目已经失明，右侧身体完全不能动弹了。我恳求大夫一定要治好母亲的病。大夫没说什么，只是给输液瓶加了几样药。

又是两天过去了，母亲的病情毫无转机，时而昏迷，时而清醒。我眼巴巴地望着大夫，盼着他能有起死回生之术。大夫却冷峻地摇着头，说是尽了一切努力。

又过了两天，大夫问我："还用不用药？"

这是什么话！我有点生气地看着大夫。大夫却委婉地告诉我："现在用药是白花钱。老人年纪大了，药物很难奏效。就是药物真的能起作用，也只能保住性命，不会再康复了。"

我惊呆了，怔怔地望着两个姐姐。她们也眼巴巴地看着我，满眼含泪。虽说她们已早我一步知道了母亲的病情，仍要我这个做儿子的拿主意。

我望着还在滴的输液瓶，泪水模糊了眼睛，心里痛叫一声："妈！"糊里糊涂点了一下头。看着大夫拔掉扎在母亲胳膊上的针头，我的心一下子就碎了，几乎昏了过去……

母亲辛劳一生，为我累成了这个样子。可我这个不孝之子，却这样回报她……

第二天黎明时分，母亲的神志突然完全清醒了，能动的左手不停地捶打着土炕和墙壁，嘴里含糊不清地说着什么。

大姐以为母亲担心没有寿衣，哽咽着说："妈，你是怕没寿衣吧？你摸摸，这是，全都做好了。"她把叠放在母亲身旁的寿衣往母亲手边推了推。

母亲没有摸寿衣，摇摇头，还是捶打土炕和墙壁。

二姐啜泣道："妈，你是怕没材（棺材）吧？你放心，材已经买好了。”

母亲还是摇头。她突然伸出能动的左手要抓什么，嘴里含糊不清地叫着我的名字。我拄着拐俯下身子拉住母亲的手，叫了声：“妈!”泪水就吞没了我的声音。

母亲紧紧抓住我的手摇着。我完全明白母亲的心思，她老人家是放心不下我呀!

母亲六十八岁了，已是风烛残年。在这个世界上她还留恋什么呢？唯有我这个身有伤残的儿子使她放心不下!

人世间还有什么情感比母爱更伟大？更无私？

这一刻我的心完全碎了。我要叫大夫来，给母亲打针用药，打最好的针，用最好的药!

然而，已经晚了，母亲拉我的手突然松开了，闭上了眼睛。

我悲痛欲绝，呼唤着母亲，母亲却永远不能回答我了。

母亲到另一个世界去了，带着对儿子未来生活的担心。母亲没有享过一天福，没有歇息过一天。打我受伤致残后，母亲像照管婴儿似的照管已是大小伙的儿子，端吃端喝，擦屎倒尿，熬汤煎药，铺床理被，从没嫌弃过儿子。她的身体累垮了，心力交瘁了，终于倒在辛劳的途中。她老人家本应有一个安乐的晚年，却没有安乐过一天。

母亲去世后，亲朋好友来家吊丧，但我对谁也没提起我点头不给母亲用药一事。我把这件事藏在心中，并不是怕别人指责我痛骂我，只是不愿再去回顾。

后来有一次，两个姐姐来家和我说起母亲之死，都说母亲年迈体弱，是寿数尽了，对我并无一句抱怨之言，但我心里一直很不安宁。我常常这样想：如果是我病成了那样，母亲会拒绝给我用药吗？不会的，绝对不会的！我受伤致残这么多年，医院已明确表示我的病目前没法治，可母亲却到处找大夫寻偏方，甚至相信巫婆神汉的胡言乱语，找来许多稀奇古怪的药让我吃。我不愿吃，母亲哄娃娃似的哄劝："再试试，不吃你咋能知道没效果。吃吧，我娃听话……"那份耐心和慈爱令我永生难忘。

行笔至此，泪水又一次模糊了我的眼睛，许多年来我一直在心里向母亲做无言的忏悔。我不乞求母亲在天之灵宽恕我，只愿天下的儿子能和天下的母亲情同一心、心同一理。

1989 年 3 月 16 日

祭　兄

哥哥，我们曾相约见面作秉烛长谈。我朝朝暮暮企盼着这一天。然而，上帝却太不照顾我们，不给我们这个机会。没奈何，我只好把一腔衷肠倾诉笔端，遥寄天国。

你我虽是同胞兄弟，但我们今生今世仅仅见过一面！

那是 1986 年正月初三的早晨，你携妻带女和众位兄弟一同来看望我。我望着陌生的你默然无语，你却亲热地拉着我的手十分关切地询问我的病情。你问一句我答一句，没有多余的话语。你看出我的淡漠，便坐在我的床前说："我是这次回家才知道有你这个弟弟。你别怨恨父母，他们当年把你送人是出于无奈。再说，我们兄弟众多，家境贫寒，都挤在父母跟前不见得就比现在好。只是你的命运太不幸……”你说着泪水潸然而下。

众兄弟凄然无语。

其实，我早已知道你这个在北京工作的哥哥。你和我命运一样，自小被父母送了人。这番话出自你的口比出自其他兄弟的口更能打动我的心，但我没有流泪。

说心里话，我不愿相信我是被人抱养的这个事实。你说的“父母”在我的心中没有一点儿印记。我心中只有抚养我成人的爹妈。他们含辛茹苦把我抚养成人，难道愿意让我把除他们之外的人喊爹喊妈吗？我不愿伤他们的心，也不想伤他们的心。没有他们就没有我，我永远爱我的爹妈。若是他们今天还健在的话，尽管你不远千里从北京回家来看望我，我也不会叫你一声“哥”的。

哥，你能理解我当时的心情吗？

后来，我给你写过一封长信，诉说了我当时的心情，并说我一点儿也不怨恨生身父母。这都是心里话。尽管我后来受伤致残，许多人都说我若在生母身边不会有此灾难。但我从没这样想过。爹妈的养育之恩天高地厚，没齿不忘。我受伤致残是我的冒失和犟脾气所造成的，爹妈何罪之有！

我还写了很多。你没有给我回信，你一定是对我那天冷漠的态度有怨尤吧！现在我把一腔衷肠都掏出来给你看，你能原谅你这个不懂事的弟弟吗？

记得那天临别时你对我说：“有啥困难就写信来。”并把地址留给了我。我点头作答，但在心中决定绝不给你添麻烦。你可能也从我的神情中看出了这一点。

你带着相机，想让我和众兄弟合张影留作纪念。却因我刚做过第二次手术，身体太虚，连床都下不了，只好作罢，而遗恨终生！

后来，你要去了我的一张小照。那张小照还是好几年前我被吸收为陕西省作家协会会员时，为办会员证照的，已经有点儿不像我了。你却十分珍惜地夹在你的工作证里，装进贴身衣袋。那一刻，你的一片亲情感动了我，泪水几乎涌出了眼眶……

你走后不到半个月，五哥突然来家，并带来了一台电视机，说是你给我买的。我十分惊喜，摸着电视机喃喃地说：“买这个干啥……”

五哥说：“永苍哥说你搞创作，腿脚不方便，困难太大，有台电视机看看新闻会有帮助的。再说心里闷了烦了，看看也能开开心。”

我久久地抚摸着电视机如同紧紧地握住你的手一样，喉咙哽咽得说不出话来。我现在要说的是，绝不是你给我买了电视机我就拣好话说给你听。哥，从那一刻起，我时时刻刻都能感受到手足之情的温暖。我没有理由不接受你对我的馈赠和帮助。都是自家兄弟，我也就不说“谢谢”了。

不多久，我给你写了那封长信，你一直没有回信来。我便没有再写信给你。直到有一天，八弟突然来家告诉我，说你患肝病，现在住了医院，他准备去北京看望你。

听此消息，我十分震惊，当即写了一封信，让八弟带给你。八弟走后，我默默向上苍祈祷，保佑你早日康复。

我也曾想，你在京城工作，即使身患重病也不会有啥事的。北京有那么多的大医院，那么多的名大夫，还能治不好你的病！

时隔不久，八弟返家，说你已经出院回家，只是身体还没有完全康复。由于身体太虚弱，没有带信给我，只是捎话给我，说你的病不要紧，让我不必挂念。八弟还告诉我，你患肝病已多年，工作繁忙，又不注意身体，以致病情日渐严重。这次是肝硬化引起的腹水，住院做了手术，现在情况已大有好转。我的心宽了许多，给你写了一封信，并寄去我新近发表的一篇散文，希望能给你带去一点儿欢乐和安慰。

不几天，收到了你的信。信很长，满满五大页，洋洋几千言，一片深深的手足之情溢满了字里行间。

你是在病榻上写写停停、停停写写，花了一整天时间写完这封长信的。你在信中只是轻描淡写地谈了一下你的病情，而更多的是关心我。

你在信中说道，你过去没有给我写信是你的不对。你心里很想给我写信，但想法太多。你说，你和我都是从小被别人抱养的，养父养母把我们都看成亲生儿子、掌上明珠，为我们吃够了苦受尽了累。他们不愿我们和生父生母家有来往，这是完全可以理解的。我们应该更爱他们。

哥，你说的这些话正是我心中要说的话！

你在信中还说，你一直把我挂在心上。我给你的那张照片你一直夹在工作证里，随身携带，有空就拿出来瞧瞧。你说，每当你在马路上看见坐轮椅的人就会立刻想到我。你说，不知为什么咱俩虽只见过一面，但你却对我产生了一种特殊的感情，也许是我俩的命运有相同之处吧！

你又说，那年回到家里，看见兄弟们都已娶妻生子，住进新瓦房，各家都热热闹闹地在酝酿着搬家盖楼房的事。而我却住在一间矮小的旧瓦房里，夏不能避暑，冬不能御寒，又因腿残整天被禁锢在这小小的天地里。你于心何忍！

读着你的信，我泪水潸潸。我不是哭自己不幸的命运、贫寒的生活，而是被你一片血浓于水的骨肉之情所感动……

此后，你的病时好时坏。北京亚运会期间我收到你的一封信及一沓照片。照片中你明显地消瘦了，但精神尚好。你和女儿玥玥合影的那张照片令我动情。孩子偎在你胸前，你搂着孩子的肩，消瘦的脸上溢满着慈祥的微笑，一片父女深情尽在其中。嫂子和玥玥的合影也照得不错，那是你的杰作吧？看到你一家人幸福欢乐，我悬着的心完全放下了。

忽一日，收到北京一封来信，信皮上地址是你的，字迹却不是你的。我的心头顿时蒙上了不祥的阴影。以往的信都是你亲笔所写，怎么这封信变了笔迹？拆开信，方知是嫂子写的。她告诉我你的病又复发了，住进了医院，前几日竟昏倒在厕所里！嫂子又说，医生找她谈过你的病情，他们对你的病已觉无能为力，看来预后很不好。嫂子最后说，是否告诉父母和其他兄弟，让我酌情处理。

看罢信，我呆住了，脑子里一片空白。我只知道你得的病很不好，也曾和八弟说过你今生可能不会长寿的，但怎么也没料到你的病情竟这么快地恶化了！上帝这是怎么了？

好半天，我灵醒了过来，急慌慌地让侄儿把嫂子的信给五哥和八弟送去，要他们先瞒住父母。第二日清晨，五哥和八弟便心急火燎地登上了开往北京的火车，也带走我一颗焦虑的心。

不几天，五哥返回家，告诉我你的病情稳定了下来。医院不留陪人，你家住房也小，他不便久留，留下八弟陪你。我的心稍稍放了下来。可八弟却迟迟不归，也没有书信寄来。我的心又悬了起来，便写信去问你的病情，但仍不见信来。

一夜，我做了个梦，梦见八弟从北京归来，见了我一语不发，只是呆呆地望着我。我便从他的眼神里看到你已经到另一个世界去了。

我做梦很少应验过，那一次却百分之一百地应验了。第二天中午八弟果然来家，告诉我他昨日从北京返家，随后无语。那黯然的神情竟和我昨夜睡梦中的情景一模一样！

还用再问么？一切都明白无误地写在了八弟那张黯然神伤的脸上！我禁不住地打了个寒战，浑身一阵发冷。

默然良久，八弟告诉了我你辞世的日期——1994 年 4 月 11 日，并拿出你生前用过的半导体收音机送给我。我接过收音机呆呆地望着，泪水夺眶而出……

哥，你曾答应过我回家住一段时间，好好休息休息治治你的病，咱们兄弟欢聚一堂美美谝一谝；你也曾邀我去北京玩，说要为我做导游，让我饱览一下京城的风光。我只道我们兄弟今后相聚的日子很多，怎么也没想到 1986 年春节那一次相聚竟是我俩今生今世见的第一面，也是最后一面！早知这样，那次无论如何我也不该冷淡你。

此刻，我怀着无比悔恨的心情向你忏悔。哥，你能听到吗？

好久，我问八弟，你临终留下什么话没有？

八弟摇头。

我又问八弟，你临终时痛苦么？

八弟说你最后的时刻一直昏迷不醒。

我再问八弟，你对自己的大限有预感么？

八弟说，你一直没说过这方面的话。

是呀，你才四十四岁，正值英年，怎么会去想死呢！

然而，你却走了，走得太匆忙，扔下了爱妻娇女，扔下了父母兄弟姊妹，扔下了你所热爱的事业……

每当我夜不能寐时，就想到了你，想和你说几句心里话，不知你能否听到？

哥，你出生于农家，由于家贫，自幼被父母送人。你的养父养母也是农人，家境也很贫寒。他们没有儿女，视你为亲生。你聪颖好学，不甘贫苦，苦读不辍，终以优异的成绩考上了省城的学校。后来又当了工程师，并在世人向往的北京城工作。在乡人们的眼里，你一直是个了不起的角色。在兄弟们中你也是佼佼者，给养育你的父母争了气，也为我们争了光。你应该为此感到骄傲和自豪。

哥，你虽然走得太匆忙太急促，却比我幸运。你曾有一个贤惠的好妻子，一个聪明漂亮的好女儿，一个幸福温暖的家。你在这个世界上是一个平平常常的人，如同一棵小草一样平常。然而，你生活过，工作过，学习过，奋斗过；爱过人，也被人爱过。你做过你能做的一切。你没有虚度此生。

哥，你爱过的父亲、母亲、妻子、女儿、兄弟姐妹、同事、朋友，他们永远爱着你，不会忘记你！

哥，我说的这些话你听到了吗？

安息吧，哥！

1992 年 4 月 11 日

挽歌如诉

我和莲儿相识似有缘，也似一场误会。

那时我刚刚受伤致残，终日躺在病床上痛苦得要死。为了打发难熬的病床生活，我找了些书来消磨时光，后来鬼使神差迷恋上了文学，斗胆捉笔涂鸦，但迎接我的是失败。这样的无效劳动还有什么意义？我躺在病床上呆望着土楼板，思索着“生，还是死”这个问题。就在这时，她走进了我的生活。

她和我同村，十分俊俏，是村里挑梢的女子。受伤前我与她很少说过话，只是碰面偶尔打声招呼。那天她是特地来看望我的。她拿来了许多鸡蛋和食品，微笑着一张俊脸说：“我妈太忙，让我来看看你。”我很感动，不知说什么才好。她大大方方地坐在炕边，询问我的伤病，安慰我安心养伤，不要胡思乱想。随后跟我说起村里最近发生的逸闻趣事，笑语盈盈。我受了她的感染，心情顿时开朗了许多，脸上也泛起了笑纹。那一天，我觉得时间过得特别快。

此后，她一有空便来陪我谝谝闲传。我虽然年逾二十，但很少和女孩接触，更别说闲谝了。最初我十分拘谨，渐渐地无束无拘，口若悬河，显露出我肚里装的墨水来。每每这时，她双手托腮，一双毛眼眼望着我，聆听我讲书本里的故事。看到她如此纯情可爱的模样，我心头的阴云一扫而光，只觉得生活充满了阳光和雨露。

再后来，她几乎每天都来我家，甚至一天来两三趟。她一来我寂寞的小屋就有了欢声笑语。她年长我一岁，按乡俗我应该叫她一声“姐”，可我从没这样叫过她。不是我不尊重她，只是觉着叫她“姐”是跟她生分。她在我面前表现得时而像姐姐，时而像妹妹。她也从不直呼我的名字。我们从各自的一言一语、一举一动中就能明了对方的所思所想。更让我感动的是，她从不把我当残疾人看待。和她在一起我忘记了痛苦和不幸，没有了悲哀和愁苦。有她在身边，我的天空有了彩云，生活有了亮色，我重新寻找到了自信、勇气和希望。

一天晚上，村里放电影，片子很不错。院门外传来乡亲们呼儿喊女看电影的热闹声。我孤单单地待在屋里顿生悲哀。忽然，她推门而进。我问她怎么不去看电影。她摇头说，不想看。我看她脸色不好，问她怎么了。她说，看我不高兴她心里不好受。那一刻我感动得几乎要流泪。我问她为啥要这么对我好。她说，她说不出为啥，只是愿意和我在一起，愿意让我高兴快乐。那天晚上她一直陪我到电影散场。我时常想，以我一个伤残之躯，能得到她这样一个美丽俊俏姑娘的爱情，真是上苍赐福，三生有幸！

忽然有段时间，她来我家的次数稀少了，我心有不安。一天，她来了，我便问她原因，她不肯说。我再三追问，她垂下长长的睫毛，半晌说：“我妈不让我来……”

我忙问：“为啥？”

她说：“我妈说有人说闲话……”

我惊愕无语。

她忽然扬起眉毛说：“我就要和你好，谁爱说谁说去，我不怕！”

一股暖流涌上心头，我眼里有了泪花。她拉住了我的手，眼里也泪光盈盈。我们手执手泪眼相望，无语凝噎。

许久，我强抑着心底澎湃的情感，说："听你妈的话，她是为你好……"泪水却流了一脸。

此后，她来我家的次数更稀少了（她的父母把她看管得很严）。

不久，我从别人口中知道，她的父母托人给她介绍了好几个对象，都被她拒绝了。

一天中午，我倚在被子上读一本杂志，忽然听见母亲在院子和她说话。

"莲儿，你甭进去了，往后也再甭来了。"

"婶！"她的声音发颤。

"婶知道你是个好娃，可你俩的事不得成。你爹你妈找过我，他们不答应，嫌他是个残身子……"母亲在抹泪，"长痛不如短痛，你再甭往他心里搁石头了……"

听不见她的声音，好半晌，啜泣声伴着一阵脚步声跑出了院门。

我扑到窗口想喊住她，却没有动，眼睁睁地看着她的背影消失了，任凭大颗的泪珠顺着脸颊滚落……

那一夜我失眠了，心潮逐浪高。她父母的选择也许是对的。我如果真正爱她，就应该给她幸福和欢乐，可我能给她幸福和欢乐吗？我自信还算是男子汉，遗憾的是上帝太不照顾我，将残缺的肢体和健全的神经扭结在一起强加在我的身上。自尊和自卑交织着统领着我的心灵，我想爱却不敢爱。我是汪洋中的一叶破舟，托浮不起她想要摘取幸福之星的三角帆。我不愿让她失望和痛苦。母亲说得对，长痛不如短痛。我咬碎牙咽下泪斩断情丝，唯在心底祝福她永远幸福快乐。

时隔不久，她结婚了，听说她的丈夫是个手艺人，很能干，我衷心为她高兴。

一年后她有了孩子，是个可爱的女孩，后来又听说她与丈夫关系不睦。那个手艺人拉起了一个建筑队，手头有了钱，也正应了“男人有钱就变坏”的俚语，又赌又嫖，常常夜不归宿。她是个极要强的人，找到赌场强劝男人金盆洗手不要再赌。男人却认为她是扫他的面皮，当着众人的面对她大打出手。一个如花似玉的女人被一个蛮牛男人折磨得憔悴不堪。闻此消息我的心都要碎了，却爱莫能助，只能在心底为她默默流泪……

万万没有料到，传来了她病亡的噩耗！她吐血而死，是被蛮牛男人气死的！

那一夜，我彻夜未眠。我无法接受这个事实，她怎么会死呢！她的倩影就在我身边，盈盈笑语犹在耳畔……然而，睁开眼睛，只有我孤零零地躺在床上，回首往事，禁不住的泪水打湿了枕巾……

我没有去参加她的葬礼。我怕自己会失态。送葬的唢呐声如同一把钝刀割锯着我的心。那一刻我的灵魂也躺在她的棺材里……

至今，我不知道她的坟在哪里，魂归何方。我只清楚地记得她那银铃似的笑声，秀丽纯真可爱的笑颜，黑葡萄似的乌眸，盛满善解人意的一双酒窝……这一切永驻在我心中，不会磨灭！

天上地下，

莲儿走好！

1999年2月6日

书　祭

岁岁清明，今又清明。

天气阴霾，飘落着细细的雨丝。我携侄儿去给父母扫墓。路边的野草织出一片嫩绿，柳枝在阵阵轻风中婆娑起舞。抬眼望，田野上到处都是扫墓者，焚化着堆堆纸钱。此情此景正应了一句古诗："风吹旷野纸钱飞，古墓累累春草绿。"

在父母坟头，侄儿缓缓地焚化着纸钱。我没有带供品给父母，唯有一册自己新近出版的小说集。我撕开书本，一页页投进火堆中……

父亲是我的启蒙老师，他上过几天私塾，能背诵"赵钱孙李"和"人之初，性本善"。在我入学之前，父亲以"扇屁股"之法威逼我背诵他学过的东西。他的教育方法虽说简单粗暴了些，收效却是十分显著的。我入学时已识得了不少字，可我的同龄者绝大多数连扁担横倒是个"一"字也不认得。

那时我的家境十分贫寒，父亲却节衣缩食倾全力供我读书。当然，他是有目的的。他的一位表兄是教书先生，一生没摸过镢头把，却常吃白米细面；还有，我幼时多病，他多次抱着我四处求医，很羡慕医生这个职业。因此，父亲希望我将来能成为一名教师或医生，不再像他靠打牛后半截（种庄稼）吃饭。

父亲的愿望最终化为泡影。这不是因为我读书不用功，皆因我生不逢时。我读中学时恰逢"文革"，读书成为罪过。当我背着铺盖卷从学校回到家里时，父亲呆看了我半天，仰天长叹一声："唉，这是命!"

"文革"后期，学校复课，我重新踏进校门。而这时父亲身染沉疴，我不得不辍学担起养家重任。父亲病危时曾对母亲说："是我把娃耽搁了。"他是含着对儿子的愧疚心情离开人世的……

在我身上母亲比父亲付出得更多，寄托的希望更大。

对于我读书，母亲的愿望和父亲是一致的。父亲病逝后，母亲不顾亲朋好友的反对，决意让我复学读书。在我读高中的几年里，母亲节俭过日子到了苛刻的程度。自然，她苛刻的是自己。三年时间她没有给自己添一件新衣，却每季都要给我缝新衣。她说："念书就要有念书人的样子。"

高中毕业又逢"上山下乡"大潮，我又回家务农。此时母亲已经看清了时势，只是叹息一声，什么话也没说。但我知道她心里十分难受，是为儿子。

那时生产队经常分东西，在麦场上倒成一堆一堆的，会计用粉笔在一旁写上户主的名字，我家的户主先是父亲，后来是我。母亲目不识丁，却不用问人就能准确无误地认出父亲和我的名字。我十分惊奇，问母亲是怎么认得的。母亲笑着说，看得多了就认下了。我的心受到了强烈的震撼，热泪盈眶了……

时隔不久，我不幸受伤致残。我是母亲唯一的儿子，她的悲伤之情不言而喻。然而，她在儿子面前从不把悲痛流露出来。她找来我过去读的书送到我面前，满面慈祥地说："心烦了就看看书。"

我终于从悲伤绝望中挣脱出来，不甘坐以待毙，遂与文学结缘，捉笔涂鸦。最初，母亲不明白我在干什么，渐渐地她从我和朋友们的谈话中明白了我所要做的事。尽管笔墨纸张并不需花费太多的钱，可家里实在太穷，很难挤出钱来，我便把过去的作业本翻过来用。

一日，母亲把一沓纸送到我面前。那是一沓廉价的包装纸，却裁得整整齐齐。母亲无言地望着我，眼里满含着希望和鼓励。那一刻，我几乎要哭了。我强抑着感情，把热泪咽进肚里。我十分明白，母亲希望看到的不是泪水。

文路是艰难崎岖的，最初迎接我的是失败。每当我接到退稿信时，母亲总是小心翼翼地问："信上是咋说的？还让你写么？"我苦笑道："信上说我还行，让我再写。"这话是安慰母亲，也是自我安慰。

母亲最终未能看到儿子写的字变成铅字。她不堪重负，心力交瘁，倒在了辛劳的途中……

最后一页书被火吞没了，无声的泪水淌满了面颊，我在心底呼唤着爹妈。我不知道他们能否在另一个世界听到儿子的深情呼唤？我真希望他们能看到儿子写的书，尽管这是一册难登大雅之堂的粗浅之作，但毕竟是他们的儿子写的。

爹妈，你们听到儿子的呼唤了吧？听到儿子的心语了吧？

写于 1995 年清明节

受伤四十年祭

那一天距今天整整四十年了，我不愿去回想，却永远无法忘记。

那天天气灰蒙蒙的，秋雨断断续续。四十年后的今天，天气竟然与四十年前如出一辙，天气阴霾，秋雨时下时停。

那天中午，潇潇雨歇，云也薄了，老天似乎有放晴的意思。同学兼好友新科约我去逛杨凌镇，我二话没说就跟他出了村，村口还有好几个伙伴在等着我们。我们一伙说说笑笑直奔杨凌镇。

那天杨凌镇很是热闹，人特别的多。绵绵秋雨下得人心里都长了毛，谁都想出去散散心。我们逛得很开心，出了这个商店又进那个商店，不为买东西，就为散心。当时我根本就没意识到那是我最后一次的自由行走。返回时我在西农大南门口的商店买了个尼龙网兜。那时穷，也不兴出门背包，提个尼龙网兜很是时髦。我早就想买了，一是没钱，二是没时间上街。

回到家都快两点了，母亲把饭给我在锅里热着。吃罢饭，母亲说缸里没面了，要我收拾粮食去磨面。

从学校回来我荣任了生产队的会计，会计不脱产，白天干活，算账在晚上。我家门房前两年住过一个插队知青，去年插队知青返城了，就一直闲着。我收拾了一下，住了进去。晚上算账我不愿影响母亲睡觉。可电灯线被老鼠咬断了，我想趁着下雨不出工，接上电灯线。我给母亲说，接好电灯线就去磨面，误不了明天做饭。

我家院子里有棵桶粗的核桃树，这棵核桃树是父亲栽的。1934

年修建西北农林专科学校（今西北农林科技大学前身），父亲打工，带回来一棵手指粗的核桃树苗栽在院子。有道是：桃三杏四梨五年，想吃核桃得九年。父亲栽树是为了后人，没想到这棵核桃树害了我。在这里我没有责怪父亲的意思，我的不幸完全是我的任性造成的。

连天的阴雨使树干长上了绿苔，手摸上去滑漉漉的。母亲说下雨树滑，等天晴了再接。我没有听母亲的话，搬来梯子上了树。这是我这辈子干的最愚蠢的一件事。

我的愚蠢来源于我的倔强脾气，也来源于我的自信。“文革”开始后，学校停了课，我只好回乡务农，那时我十五岁。十五岁的我是队里的八分劳。与同龄的几个伙伴比，我不是个好庄稼汉，可比摔跤、打架，他们不是我的对手。还有，他们没有我的学历高，他们是小学学历，我是初中毕业，尽管初中我只上了一年。因此，我是娃娃头。说一件事，父亲那时是生产队的饲养员，队里的黑马患了胀气，兽医交代要溜达。父亲牵着黑马溜达了一上午，胀气还未解。午饭时我喊父亲吃饭，父亲把溜达黑马的任务临时交给了我。父亲回家去吃饭，我骑上了马背，连连加鞭，黑马奔驰起来，跑了三四里地，黑马累得连拉带尿，竟然解除了胀气。我不是自夸本事大，我是说我那时有多么调皮，身手有多麻利。我自信上树接个电线是小菜一碟。

因为我的愚蠢，我的命运从此来了个无法挽回的转弯。

电线很快接好了，要命的是一根树枝挡在了两根电线之间，风稍吹动电线就被树枝打得直摆晃。我要母亲把锯子给我拿来，要锯掉树枝。母亲说天晴了再锯吧，赶紧下来，树滑。我哪里肯听。母亲拗不过我，拿来了锯子。我拿着锯子去锯树枝，另一只手抓住另一根树枝，没料到抓的是个枯枝，一使劲，就听“咔嚓”一声响，枯枝断了，我连同手中的枯枝一起掉了下去，着地的一刹那一阵钻心的疼在全身爆炸了，我的知觉被炸得粉碎。

醒来时，我发现自己躺在炕上，身边围满了人，母亲大声呼喊着我的名字。忠义大哥在掐我的人中，我感到了疼痛，拨开他的手。后来我才知道是他把我抱进屋的。我看到母亲一脸的惊恐，明白了是怎么回事。这时我看见村里的赤脚医生何八叔，他翻着我的眼皮，问我感觉怎么样。我感觉了一下，说：“好像腿不在了。”这时有人说，腿好着哩。何八叔说，不要紧，岔住气了，送到杨凌医院看看。又说，用门板抬，人不要离门板。说罢走了。后来我猜想当时何八叔已经知道我伤情的严重性，只是不说而已。

母亲让人卸下厨房的门扇，大伙把我给门扇上抬时，我喊腰疼。那不是一般的疼，打我记事起从没有过这样的疼。可不管有多疼，大伙还是把我抬上了门扇，准备送往医院。

天公又下起雨来，母亲站在我跟前，脸上挂满了水珠，不知是雨水还是眼泪。同院的桂芳嫂和几个女人不住地安慰母亲。我这时完全清醒过来，做了个笑脸说，妈我不要紧，你放心。母亲冲我点着头，口张了一下，想说点啥，最终啥也没说。

没有汽车，连拖拉机也没有。下着雨，道路泥泞，架子车也拉不了。大伙抬着我去医院。刚出村，雨下得大起来，似乎老天在为我落泪。保管员杨六哥用塑料纸蒙在我的身上，雨水打得塑料纸沙沙响。

村子紧邻着西北农学院（今西北农林科技大学）。道路实在太泥泞，那时人穷，买不起雨鞋，大伙都光着脚，一步一滑。有人提议从西农走。学院是柏油路，平日不让外边的人进。那天门卫看见担架过来，问都没问就放行了。世上还是好人多啊。

尽管苫着塑料纸，雨水还是不时地打在我脸上。我完全清醒了。西北农学院是家乡的骄傲，我的许多同学就是西农子弟。这所院校打小就在我心中扎了根，我立志一定要上大学，这也是父母亲的愿望。可“文革”让我的理想化为泡影，但我上大学的心却一直没死。大伙抬着我进了西农北门，我忽然感到这辈子可能永远上不了大学了。我觉得眼角有泪水滚出。

雨下得越来越大，雨水和着泪水流进我的脖子。我抹了一把眼睛，这个动作让我的腰十二分地痛了一下。我强忍着没让自己喊出声。我忽然有一个奇怪的想法：治好伤立马结婚。后来我仔细回忆过，这个想法也不奇怪。我们这地方有定娃娃亲的习俗，我十岁那年父亲给我订了娃娃亲。父亲在我十七岁那年患了心脏病，他可能意识到自己不久于人世，想给我把婚结了。可上苍没有给他时间来完成这个重任。父亲去世后，母亲有过给我结婚的想法，一来我不愿意，二来女方也不愿意过早结婚，最重要的是安葬父亲后家里一贫如洗，没有经济能力来办这件事。这件事只好搁置。就在四月份，我和那个“她”一同乘车去大荔县参观学习移栽棉花技术。忘了说，是时我还是大队的团支书和棉花技术员，那个“她”比我更优秀，是队里的妇女队长，还入了党。那时不说“优秀”这个词，说“出息”，她比我有出息，村里人都说我订了个好媳妇。我们是“父母之命，媒妁之言”的那种婚约，从没约会过。但我们彼此都知道对方是谁。我们乘坐的是解放牌卡车，敞篷的，公社西北片的干部、棉花技术员五十几号人挤在这辆车上。我在车前站着，她距我不到一米。一路上我们彼此没说过一句话。到了大荔县，参观、住宿、吃饭我们都在一起，然而还是没有说一句话。我只是偷眼看过几次她，不知道她偷眼看没看过我。想来她一定也偷眼看过我。她没有我想象中那样漂亮，但绝对是那一车女人中的梢子。

此时此刻，我躺在门板上不知怎的想到了她，想立马让她做我的媳妇。

在我幻想娶媳妇之时，到了医院。挂了急诊号，立马拍片子，接诊大夫看着片子说：送西安吧，咱们医院看不了。随即又关照：不要让病人离开门板！

我想到临离开家时何八叔说过同样的话，意识到自己的伤很严重，路上我也想到要去西安大医院，毕竟杨凌医院只是公社级医院，但我还是没有想到我从此再也站不起来了，再也不能自由行走了。我寄希望于西安的大医院，我觉得自己很快就会康复的。

医院距火车站很近，不过二百米。大家伙把我抬到火车站。

时辰不大，火车喘着气进了站。大家伙七手八脚把我抬上了行李车厢。一声汽笛长鸣，火车徐徐开动了，越来越快，载着我的满心希望驰向西安。家里，母亲倚门盼着儿子健康归来。

那时我怎么也没想到我从此再也不能自由地行走了。

……

四十年过去了，我不愿回首这一天，可每年的这一天我又忍不住去回首。四十年来我经受的磨难太多太多，有的都已经淡忘了，但这一天的情景却永远刻在我的脑海里。

夜静更深，不能成寐，我常常舔舐着伤痕，回首以往，我在想：这也许就是我的命，谁也改变不了，不管你信不信。

2014 年 9 月 11 日

散文

雪泥鸿爪

故乡记忆

城门楼

故乡的老屋紧挨着城壕。有城壕就有城墙，只是城墙早已在“大跃进”（1958 年）的年代拆除了，当作肥料施了田地，在我脑海里全然没了印象。印象深刻的是城门楼。

城门楼远远谈不上雄伟巍峨，只不过有现在的二层楼房那样高，却是村人唯一可向外人炫耀的古迹。它到底在这个世界存在多久了？没有村志，谁也说不清。父亲幼年时念过几天私塾，曾给我说过，教他的先生说："唐塔宋冢朱打圈（城墙），城门楼是明朝留下的。"以此看来，城门楼真是古迹了。村人没有谁去考证它到底是哪个朝代的产物，只记着它的可爱之处。

城门楼原被生产队当作粮仓，存放着全村人的"储备粮"。那里是老鼠的好去处，每逢青黄不接的春季，生产队都要开仓发放储备粮，少不了一场人鼠大战。失败者自然是老鼠，它们的遗体个个肥硕，营养过剩，令胜利者羡慕不已。

城门洞是全村的文化娱乐中心。每逢饭时，男人们一手端饭碗一手端菜碟聚集在城门洞进餐，众人戏称为"老碗会"。炎热的夏天，乡亲们在家里都待不住，城门洞通风凉爽，是纳凉的好地方。白天聚集的是清一色的汉子，他们精着身子赤着脚，只穿着肥大的短裤，手摇着大蒲扇谝闲传。还有更不讲究的，口袋里装着一块砖，顺着门洞两旁一铺，挺上身就打呼噜。那个香甜劲定会让如今卧在席梦思上失眠的时髦人嫉羡不已。

少年的我最喜欢午饭后城门洞的一段时光。那时我犹如小马驹一般顽皮，终日欢蹦乱跳。精力过剩的精壮汉子都席地而坐，在城门洞的荫凉处丢大方（一种土法上马的围棋）。我也最喜欢玩这种游戏，尤喜欢看刘四老汉和何二老汉的擂台赛。他俩都是丢大方的高手。他俩常常一边进行赛事一边斗嘴，互相嘲笑讥讽对方丢的臭子，言语幽默诙谐风趣，令观战者捧腹。刘四老汉胜了便骄，一骄就输。何二老汉技艺虽略逊一筹，却稳扎稳打步步为营，瞅住对方生骄的机会，便下狠手，常常转败为胜。最后胜者便追问负者："输了几盘?"负者答："欠你两盘，明日还你。"胜者说："今日账今日清。"说着，手在尘土里蹭上两蹭，在负者额头脸上抹两把。众人哈哈大笑，散伙出工去了……

甲子秋月，阴雨连绵，月余天不见晴日。一日夜晚突降暴雨，"轰隆"一声巨响，我从梦中惊醒，原来是年久失修的城门楼在暴雨中倒塌了，成了一堆废墟。

没了城门楼，村里失去了一道风景，村人也失去了一个聚会的场所。最初人们一点儿也不习惯，每逢饭时，端着碗碟走出家门，望着原先耸立城门楼的地方是一片空白，竟不知该往何处去。最后无奈，只好圪蹴在自家门前用起餐来。

渐渐地村人习惯了没有城门楼的事实，加之分田到户，大伙都很忙，为生计奔波，没有时间去街头开"老碗会"。

不知何时起，麻将热传染到了村里，街头巷尾到处可见麻将桌，当然没有白搓的。就连那些老态龙钟的老汉老婆都在摸花花牌，再没人土方上马去丢大方。搓牌者常常为输赢争得面红耳赤，甚至拳头相向，大打出手。

我常常想：倘若城门楼不倒，城门洞里一定会摆上好几张牌桌；倘若刘四老汉何二老汉在世，他们会不会抛弃丢大方去搓麻将？输赢会不会只在哈哈一笑中了结?

城门楼倒了，温厚淳朴的村风是否也消失殆尽了?

但愿不是这样。

炕

先猜一个谜语：一个老牛没脖项，七个八个都驮上。打一物。

猜不出来吧？谜底是：炕。

炕是关中农家一道令人注目的风景，家家都有炕。它伴随着我走过了懵懂的童年、憧憬的少年，也是我生长、成长的“温床”。我在炕上做过许许多多五彩斑斓的梦。炕给我留下了太多的记忆和美好的回忆……

上世纪六十年代，父亲是生产队的饲养员，每到冬季我都去饲养室跟父亲睡。那年月不仅粮食短缺，柴火也短缺，家里的炕因缺少柴火烧，每到后半夜就冰冷如铁。母亲为了不让我挨冻，每晚让父亲带着我去睡饲养室的炕。这也是父亲一生中唯一利用工作之便为我搞的“腐败”吧。

我们那里有句俗话：饲养室的炕，热不到背墙（炕栏墙，有一尺高）上不算炕。生产队的饲养室不缺柴烧，炕烧得太热须降降温，于是就铲一锨湿牛粪压压火，可火大无湿柴，不大的工夫湿牛粪被烘干了，点燃了，更大的火又在烧炕，炕烧得烙屁股。只好另想办法，给席子下支木板，还是烙得坐不住，只好挪屁股坐在背墙上。清楚地记得，有一次何大哥晚上来饲养室蹭热炕，他上了年纪，怕冷，父亲让他睡在火道口，他睡得舒服，也睡得太死，第二天早上起来，发现屁股上烙了个指头蛋大的水泡。

常有人问我走上文路的启蒙之师是谁。我的答复是被命运逼上梁山的。后来我仔细回忆，我最初得到的文学熏陶来自饲养室的土炕。那年月没有什么娱乐活动，公社的放映队两个月才来一次，冬季的夜晚又那么的长，怎生熬过？于是，生产队的饲养室成了大伙的精神家园。说是“精神家园”，其实就是听说书，说书者是五老汉。五老汉长着络腮胡，他的络腮胡特别的葳蕤茂密，吃饭在胡子中找嘴，人送外号——毛老五。别看毛老五长得五大三粗，他可是我们村的知识分子，他能说全本的《三国演义》、《隋唐演义》、《七侠五义》、《岳飞传》、《杨家将》。年少的我当时的理想就是长大做个说书人。我这个理想是有原因的。每晚，炕中央最热乎的地方得给毛老五留着，说到紧要关头毛老五就会站起身来，边说边比划，唾沫星子从毛胡子中飞出来，四处乱溅：“上打天花盖顶，下打古树盘根，左打青龙摆尾，右打黑虎掏心……”更多的时候他要卖个关子，不往下说，这时就有人递烟倒茶。吃上一锅烟喝过一壶茶，他才接着往下说。我七哥最爱听说书，每每毛老五卖关子，七哥就赶紧献殷勤，递烟倒茶。背地里他给人说，他老丈人来他家他也没这么献过殷勤。

父亲去世那年，我十七岁。家里的炕塌了，母亲看着塌陷的炕坯一脸愁容，叹息说：“这可咋办呀？”父亲在世时，这活不用母亲操心，虽说父亲盘炕的技术不怎么地。母亲用商量的口气跟我说：“要不叫你六爸来帮忙？”六爸是我远房的叔父，他盘炕的技术在村里堪称一流，他盘的炕结实耐用，烟道通畅，省柴且炕热得快。不会盘炕的人就去请他来家盘炕，好酒好饭伺候着。可我摇了头，我不是舍不得一顿酒饭，我是不愿麻烦别人。再者，我想一试身手。

盘炕是个技术活，我虽从没干过，可没吃过猪肉却见过猪走。也是年少气盛，说动手就动手。先是和泥打炕坯，再扛着石锤打胡基，照猫画虎，石锤砸了脚面，忍痛接着干。接下来和泥盘炕，母亲给我打下手，铲泥端胡基。一晌功夫炕盘好了，我用铁抹子把炕面仔细地再三地抹平，防止漏烟。完事后我让母亲点火，目的是看盘的炕漏不漏烟，好不好烧，也是为了把刚盘的湿炕烘干。

母亲点着火，柴火呼呼地烧，炕面不漏烟，烟道也不倒烟，很畅通。母亲一张脸笑成了菊花，夸我："我娃本事大，盘的炕比你爹强，一点儿烟都不漏。"

那盘炕是我一生中盘的唯一的一盘炕。此后不久，我受伤致残，因身体原因也再没有睡过火炕。

如今的农村大多数人还盘炕，用的是水泥炕面，上面还贴上瓷片，不铺芦席，也不烧柴禾，烧蜂窝煤。与过去的土炕相比，干净多了，也文明多了，可我不知道现在的炕还能不能叫炕。

官　井

说一个逸闻趣事：早年一个张姓掌柜，家大业大，雇了十几个长工，养了一大群骡马。张掌柜脸黑，据说一年只是大年初一洗把脸，人送外号——张黑脸。张黑脸舍得给长工吃饭，却舍不得水让长工洗脸。他每天早晨让长工站成一排，亲自端一碗水，噙上一口往长工脸上逐个喷，算是洗脸。

闲传谝过，再说我的家乡。我的家乡地处渭北高原，原上自古缺水，井深三十余丈，每到干旱季节吃水比吃油还难。上门讨要，乡人宁可给个馍不肯给碗水。上面说的逸闻趣事发生在我们邻村，是在上个世纪四十年代。

我们村有何、贺、杨、刘四姓，每姓都有一眼井。不知啥原因，四眼井的水都有问题，碱性太大，很是苦涩。所幸村西头有眼官井，水既甜且旺。官井不是哪个当官的打的，是全村人出资打的井。平常日子，大伙吃水都用官井，并不犯愁。

家乡一带的井都是“双下索”，何谓双下索？就是在井绳两头各拴一只木桶，绞水时，实桶上来，空桶下去。官井盖有井房，一架辘轳结结实实地嵌在蓝砖砌的井桩上。绞水一般都是三个人，一个站在主位绞水，另一个站在对面扳辘轳把助力，还有一个蹲在井口撴绳。盛水的桶绞到井口，撴绳者双手用力提着井绳，在井口的木橛上缠一圈用脚踩住；绞水者一只手扳住辘轳，另一只手抓着桶梁提出井口，如此循环反复。官井的井口用青石条砌成三尺宽的正方形，面井的一边被井绳勒磨出许多条沟沟，浅的一指多深，深的有三指多，足显年代久远。

渭北高原十年九旱，每到夏季，天旱水位下降，吃水就比吃油还难。其他几眼井因水涩，仅供牲口饮用，官井的井房前一天到晚排着长队，名曰：候水，等候绞水。无规矩不成方圆。乡俗是：候水必须有人在场，哪怕是个小屁孩。

候车大家都经历过，那个等待实在是难熬。候水类同候车，可这个等待大多时候充满着欢乐。那是生产队年代，大伙得按时出工，候水几乎都在午饭时。大伙端着饭碗排队候水，虽说吃饭，可还是让嘴加班，边吃边谝闲传，天南海北地胡谝。候水少不了年轻媳妇，喊嫂子的小伙就跟她们说荤话，乱开玩笑。一次隔壁二嫂腆着大肚子来候水，爱开玩笑的小民瞀着她的肚子板着脸说：“怪不得井绳短了，原来被人偷了做了裤带。”二嫂羞红了脸，骂了声：“死鬼！”拿着手中正纳的鞋底就打小民，逗得大家哈哈笑，一上午的疲劳在笑声中也就消退了。

也有烦恼的时候。那年月大家都穷，生产队也穷。绞水时，井里下两只桶，两只桶往家里挑水，还需有几只桶来盛绞上来的水。有段时间旧木桶散了板，队里没钱添置新桶。水绞上来了，挑水的桶没有归来，只好等，等得人心焦。记得一次雨天，路很泥泞，往家挑水需要更长的时间，大家等得都有了怨言。这时敬民哥开了言，他是老三届学生，平日话不多，他说了句："桶的问题是个问题。"其实那时不光是"桶的问题是个问题"，许多问题都是个问题。如今也是。

记得有年夏天，天旱得厉害，官井一天到晚不得闲。小民去候水，站了一下午，把脚地都站了个坑。轮到他绞水时，已是黄昏。他绞上水桶，一看，只有半桶黄泥汤。天旱水位下降，加之不间断地绞水，井里已无水可绞。排在后边的人一看此情景，都摇头叹息而去。小民脑子活泛，灵机一动，便盖上井盖，和衣睡在井盖上。明儿清晨第一名绞水者非他莫属。

黎明时分，村西头的麦娃摸着黑来绞水，看见井盖上睡着人，便明白了是咋回事。借着月光仔细一看，是小民，想叫醒小民一同绞水。他连唤几声，小民却鼾声如雷，动都没动。他便和小民开了个玩笑，双臂一使劲，抬起井盖一头往一旁移动。井盖移到了一旁，小民竟然没醒，依然响着叫贼吓老鼠的鼾声。他笑骂了一句："这狗日的咋睡得跟死猪一样？"转身去摇辘轳把绞水。绞满一瓮水，小民还没醒来。麦娃又把井盖挪回去。小民醒来去绞水，一看，傻了眼，又是黄泥汤！他嘟囔说："把他家的，候了一晚水，咋还是黄泥汤！"

这事让村里人笑谈了多年。

井房有趣事也有悲事。记得在1966年秋天，村里一个年轻媳妇跟婆婆怄气，跳了井。村里人都十分同情那个年轻媳妇，可背地里还是埋怨她——哪里不好寻死，偏偏跳井，还让不让人吃水！水说啥也要吃。打捞上年轻媳妇，就淘井。秋季雨多，井水很旺。村里组织十几个年轻汉子，轮班绞水，人歇班辘轳不停，两天两夜没歇辘轳，终于淘干了井。

1970年，村里打了眼机井，彻底解决了吃水问题。官井完成了历史使命，井房再没人去眷顾，后来倒塌在一场大雨之中。大约在新世纪之初，紧邻官井的人家修盖新屋、拓宽宅基，把官井填了，听说用小四轮拖拉机拉了近乎一百车土。

老碗会

关中汉子吃饭爱端老碗。大家伙儿把吃饭叫咥饭，一个“咥”字足以显示出关中汉子的粗犷、豪爽和血性。他们吃饭最爱的家伙是耀州的高把老碗。端着大老碗在街头咥饭是家乡一带乡村街头的一景。老碗比颡（音：sɑ，陕西关中方言，脑袋）还大，不坐板凳，一律地圪蹴着，下饭菜是油泼辣子。大家伙戏称——“老碗会”。陕西八大怪在“老碗会”占了四个——碗盆分不开，面条像裤带，油泼辣子一道菜，板凳不坐蹴起来。

这种风俗始于何时，无史料可查。至于形成的原因，有几种说法：一说很早以前，兵荒马乱，往往人们正在家吃饭，乱兵就突然闯入，家中被洗劫一空，于是每次饭时，家家都派一人在门口望风，望风者蹲在门口边吃边放哨，后来演变成“老碗会”。一说自南北朝至金代，先后有成批成群的鲜卑族、羌族、金人等少数民族移居关中，这些游牧民族有野外聚餐的习惯，影响到汉族而形成此俗。还有人说，这是原始社会氏族公社成员围在一起进餐的遗风，私有制产生三千多年，各家吃各家的饭，但进餐方式继承和保留着古老的传统。究竟孰是孰非？有待史家考证。

“老碗会”的会址是自然形成的。一般夏天多在宽敞、通风、树荫比较浓密的凉爽之处，春秋和冬天则必在避风、向阳的暖处。一个村子往往有几个会址，一般说来，十几户至二三十户聚集的区域总有一个会址。除了下雨和寒风呼啸的天气外，几乎每天早饭、午饭时，都有不少人到“老碗会”场来吃饭（关中农民早饭在九至十点，午饭在下午一至两点左右）。

我们村的“老碗会”有两个地点，一个是村中央的大槐树下，一个是城门楼。城门楼在村东头，村东头的人就近，聚在城门楼开“老碗会”；村西头的人则聚在村中央的大槐树下。有时合二为一，那种情况一般在夏季，城门洞通风凉爽，大家伙儿都聚在城门洞咥饭。

每逢饭时，男人们一手端饭碗一手端菜碟来参会，各自选择一个位置圪蹴下，有讲究者便脱下一只布鞋往屁股底下一垫当作沙发，便一边咥饭一边谝起闲传来。老碗里不是玉米糁子就是搅团鱼鱼，碟里是盐水腌的白萝卜，碟边放着几块玉面粑粑。别看伙食档次不高，嘴里谈论的话题却十分广泛：

听说把咱的白米细面都支援给越南啦。

那还有假，越南跟美国佬打仗，其实是咱中国跟美国在打。

咱中国的陆军世界数第一，抗美援朝时高鼻子美国佬就叫咱打怕了。

彭德怀那么大的功劳，国防部长咋说声撤就撤了？

他是为咱老百姓说了几句话，硬是把大元帅的官帽丢了。

唉，自古忠臣多磨难，咱们老百姓也跟着遭殃……

谝完了国际谝国内，忧完了国家忧自家。话题扯得远也收得快，谈论最多的还是身边的事，这些话题大多是新闻发布形式兼带评论色彩的：

知道不，张三老汉昨日个出门讨饭去了。他养了三个儿子却落了个出门讨着吃的下场。唉！

李四老汉的两个儿子分家，为争一口肥猪打得头破血流，却没人要老汉老两口。唉，这人老了都不如猪值钱，把他家的！……

手里端着老碗，嘴里信口胡谝，不究出处，不查字典，不取报酬，不纳税款，无人录音，不怕盗版。

村里四老汉过日子啬细，家里伙食很有点差池，因此影响到儿子的婚姻。两个儿子都一门扇高了，却说不下媳妇。四老汉很是熬煎，后来得知人家打听到他家伙食不好，穷。四老汉痛定思痛，狠下决心，克服缺点，哪里跌倒哪里爬起来。他从改善伙食着手，但凡家里改善生活，他就让一家都去参加“老碗会”。这一招还真有效，很快他的两个儿子就说上了媳妇。这也算我们村“老碗会”的一段佳话。

俱往矣！

如今农村盖起一座座小楼房，农民生活水平大有提高，有的家庭甚至一日三餐“盘上盘下”，但街头“老碗会”的风景却日渐消失。悲耶？幸耶？

现在时兴聚餐，聚餐的餐桌也是笑声不断，可这笑声不是那笑声。那时同在一个饭场吃饭，有人端的肉面、饺子啥的，也不怕人忌妒；有人端的搅团、玉米糁子、黑馍，也不怕人耻笑。吃饭时一起闲谝说笑，那种乐趣是现在坐在高档餐桌上无法想象的。

涝　池

渭北高原上的村庄，村村都有涝池，故乡也不例外。涝池在村子东边，约有三亩大小，长方形，深约一丈五尺，四周白杨翠柳环绕。涝池北头有块馒头石，大如碌碡。听老人们说，那石头是天上掉下来的（可能是陨石吧），是个吉祥物。

高原缺水，井深三十余丈，百姓视水如油。涝池的功能一是储水，供牲畜饮用兼之洗衣；二是排涝，夏秋两季或遇暴雨或遇连阴雨，村里各家各户的水一齐排入涝池。

在记忆里，涝池一年四季都有一池清水，犹如一方明镜嵌在村边。清晨，便有成群的鸭子在池中嬉戏游弋，几只白鹅夹杂其中，宛如莲花朵朵；中午，数十头耕牛一溜长串地踏进池水，低头痛饮，罢了，昂首长哞，犹如火车汽笛声声；夕阳西下，晚霞映照，池中如同浸泡着七色彩缎，有少妇村姑在池边洗衣，人面晚霞相映红；待到夜晚，蛙鸣声声，明月和满天星斗一齐跳进池中沐浴……

涝池的黄金季节是夏季，每到中午，艳阳当空，微风不作，我们一伙半大小子脱得赤条条地扑进池中。也有一些男子汉熬不过酷暑，光着屁股跳进池水加入我们队伍之中，跟我们一伙戏水搏斗，喧嚣得似要把乾坤倒转。此时此刻，路过涝池的大姑娘小媳妇都害羞地匆匆而过，连头都不敢抬起。

黄昏时分，劳作一天的人畜归来，一同走进涝池，一洗，一饮，除去了一脸泥土满身汗臭，顿觉十分惬意，添了不少精神。老汉们三个一群五个一伙坐在池边的草地上，咂巴着烟锅拉着闲话，小孙孙们在一旁嬉闹，蝉在树上高歌，促织在草丛中低唱，青蛙在浮萍间鼓鸣……构成了一幅美丽多彩的油画。

待到夜静更深，村庄沉沉进入梦乡，涝池却焕发出了美丽的青春。白日不敢去池边的少妇村姑，此时结伙成群，轻声笑着走进涝池。此刻的天地属于她们，她们毫无顾忌地脱去身上的衣物，缓步走入池中，清凌凌的池水肆无忌惮地亲吻着她们美丽的胴体，月光从白莲花似的云朵里泼洒下来，把一切涂染得朦朦胧胧，只有那串串银铃似的笑声在静夜中显得格外美妙动听……

夏季是暴雨肆虐的季节。记得那年夏季，突降大暴雨，房檐水如瀑，十步外看不清人。一村的洪水都往涝池排，个把钟头涝池就涨满了水。若再延续下去，村子要遭水淹。几乎家家的男子汉都聚在街头，手拿铁锹镢头，却又都不知所措，只是呆眼望天。说来也怪，那场暴雨下到天黑，涝池的水却并没有溢出来，因而没有淹一户人家。

冬季是涝池最寂寞的季节。有时水几近干枯。村里便决定把涝池掏一掏，整修整修。于是，家家都出劳力，掏出了池底的陈年淤泥，又从后河湾的大口机井抽水上原，引入涝池，使得涝池旧貌换新颜……

大约在上世纪八十年代初吧，涝池突然干涸了。细究原因，一是天气干旱，很少下连阴雨和大暴雨；二是渭水引上高原，加之村里连打几眼机井，人们吃水用水不再发愁。因此，村里人不再珍惜涝池了。涝池像个年老珠黄的妇人，没人理睬她了。

到了九十年代，人口猛增，原在村外的涝池已处在了村子中央。涝池边四周都盖起了住宅，人们把污水泼进涝池里，把垃圾倒在涝池中。四周的翠柳白杨已被砍伐光了，草地不复存在。涝池满目疮痍，脏污不堪，池底的淤泥已把那馒头石埋住，蒿草疯长，再也听不见蛙鸣和促织的鸣叫。

一日，偶过涝池，心里不禁一颤。涝池的现状惨不忍睹。涝池缩小了一大圈，四周倒满了生活垃圾和碎砖烂瓦，一股难以名状的气味直钻鼻孔，池底的粪便随处可见，绿头苍蝇嗡嗡成一片。后来，我跟村里一位有思想的老人说起我的担忧：假若遇上百年不遇的大暴雨或连阴雨，村里的洪水往哪里排？排不出洪水村子会不会遭淹？老人咂巴着烟锅，半晌说出了一句：

“谁知道呢？”

我默然了，心里问自己：是不是杞人忧天？

但愿不是。

石　碾

一个愣小子戴着柳条编的帽子，骑在石碾的磙子上，一手把着石碾桩子，一手拿着柳条抽着磙子，嘴里喊着“驾！驾！……”，俨然一位大将军。一伙小家伙围着碾盘大呼小叫地喊着，给他助威。

您要是走到我们村口，看到这一幕，您一定会笑出声来。因为骑在石碾磙子上的愣小子就是我。当然了，您想看到这一幕，得倒退回几十年去。

石碾安置在我们村城门楼旁，三个碌碡竖起来栽成三角形，放上碾盘，再安上石磙子，就这么简单。石碾是官物，就是村里的公共财产。我们村没有像邻村那样盖碾房。可能大家觉得碾子是石头做的，不怕风吹日晒，没必要盖碾房。

我家紧挨着城门楼，在城里；石碾紧挨着城门楼，在城外；一里一外，一南一北，不到二十米。石碾留给我的记忆，如同老牛拉碾子留下的蹄印子一样多，一样深……

儿时，每天放学回来，我们一伙娃娃在碾盘上扇四角，那个响声听着像摔炮，用现在的时髦语言形容：倍儿爽！雨后天晴的日子，我们在碾盘上玩泥巴，弄得跟泥猴似的，玩够了就趴在碾盘上写作业，那时我们村小是以木板当桌子，木板被刀子刻得坑坑洼洼的，碾盘又光又平，比学校的“桌子”好得多。

记得有年冬天，天出奇的冷。一天傍晚，六爷推碾子轧盐，我们几个愣小子捣他的乱。平日里六爷最爱和我们耍笑，弹我们的脑袋瓜，他手劲大，一个崩子弹下去脑袋就起了疙瘩。我们也最爱捣他的蛋，他轧盐我们就抓他的盐，他拿笤帚撵我们，我们撒腿就跑。他不撵了，我们又回来捣乱。又一次回来，我们看见六爷用舌头舔碾盘，很是奇怪，问他舔啥哩，他说轧完了盐又轧白糖，他舔白糖哩。我们一伙当真了，都趴在碾盘上舔，谁知腊月的碾盘冰冷如同吸铁石，一下子就把舌头吸住了。我们傻了眼，哭都没法哭。六爷坏笑道：“我就不信治不了你们。快哈气！”我们赶紧哈气，这才拔下了舌头。

碾子是那个年代农家人必备的生活工具，村村寨寨都有。碾米轧豆子、碾盐轧辣子……甚至轧旱烟，都离不开它。我家有个压门关，这家具原本是防土匪用的——加在大门上的木杠，两米长短，粗如小碗口，榆木材质，十分的结实。家家户户都来借，做碾棍，竟成了官物。拉碾子原本是用牲口，可队里的活路忙，腾不出牲口，再者，一家一户碾粮食轧盐不很多，干脆就推。那时推碾子是我们村的一景。

明代状元康海曾写过一首词《秋望农家》：

闲散步，过村庄，见一妇人碾黄粱；
玉笋杆头稳，金莲足下忙；
汗流粉面花含露，尘落蛾眉柳带霜；
轻着扫，慢簸扬，站立一旁整容妆。

这首词把一位农妇推碾碾米的情景表现得淋漓尽致，栩栩如生，呼之欲出。果然好文采，真不愧为状元郎！

碾子一年四季都在忙，最忙还是秋月。那年月，粮食很是短缺，夏粮接不上秋粮，玉米刚收，剥的玉米粒来不及晒干，大家伙就想果腹。湿玉米粒上不了磨，便用碾子轧。队里的牲口要耕田，只好推碾子。每天一大早碾子跟前就摆起了长蛇阵，家家推碾子的都是女人娃娃（男人要出工），热闹得跟赶集一样。

如果谁家碾完了盐又轧辣子轧调料，这可就乐坏了我们一伙愣小子，从家里拿来馍馍，掰成两半推碾子轧，轧过的馍馍比现在的香辣锅巴味道还要好。

碾子闲着的时候，女人们便坐在碾盘上边做针线活边拉家常，说到高兴处会甩出一串银铃般的笑声。大多时候是男人们端着饭碗开“老碗会”，谝得天昏地暗，甚至忘了吃饭。月明星稀的夏夜，会有三五个老汉或坐或躺在碾盘上，边吃旱烟边说古经，我们一伙娃娃围在他们身旁，双手支着下巴支棱着耳朵聆听……

俱往矣！这一切都成为遥远的记忆。

几年前村里的一部分土地卖了，一部分土地流转了，现在吃粮食都靠买。时代变了，石碾被冷落了，寂寞得如同垂死的老人。前些时日，村子搞规划，安置石碾的地方被规划为宅基地。一户人家在那块地上建屋，石碾被埋在地下做了地基，村里的一道风景线永远地消失了。

看　秋

周末去街上闲逛，忽然飘来一股烤玉米的清香，侧目寻觅，街边有一烤玉米摊，香气就是从那里飘来的。忍不住嘴馋，买了一根，咬了一口，竟然皮焦里生，全然不是我印象中的味道，有上当的感觉。

童年和少年时代，烤玉米棒是我贫缺的食物中最美味的东西。每到秋收季节，母亲做饭时都会在灶膛里烧几个玉米棒棒让我解解馋。那个香味至今还会在我嘴里流淌。

那是生产队年代，每到秋收季节，队里的玉米棒在地头就堆成小山。玉米棒不似小麦，一时半会不怕雨淋。忙了秋收忙秋播，队里顾不上把玉米棒分给社员，只好暂且堆在地头，每晚男社员轮流看守。那一夜轮到我和好伙伴迎国看秋。晚饭我俩相约都没吃，天一擦黑就在场上捆了两捆麦草去看秋。

那片玉米地距村子有一里多地，很是偏僻。来到地头，一轮明月已经挂上了树梢。在地头看秋的社员老二，埋怨我们来得太迟。他是收工时留下看守玉米的，平时最爱叨叨。我刚想说啥，迎国抢了先，说："我们饭都没顾上吃就来了，你还嫌迟。"老二瞥了一眼麦草捆，嘟哝了一句，扭屁股就走。迎国没听清，问我老二嘟囔啥哩。我说，他说想评先进没相，说咱俩是想多啃几个棒棒。迎国就笑，说我就没想当先进，就是想吃棒棒。我跟着也笑。

我俩放下被子，准备野餐。忽然从玉米地钻出一个人来，吓了我俩一大跳，仔细一看，是小民。他是跟着我们屁股来的，怕人发现，钻的玉米地。

我们三个年龄一般大，十七八岁，又能谝得来，还有一个新民，村里人说我们四个是"四人帮"，一个发烧，其他三个就打喷嚏。小民弟兄们多，在家里父母不待见。估计他也没吃晚饭，蹭吃来了。一问，果然。

片刻工夫，地头生起一堆篝火。我从玉米棒堆中拣来一大抱青玉米就要往火堆中扔。小民赶紧拦住，他撕开几穗玉米，说这些不好吃，吃烧棒棒就要吃满天星。何谓"满天星"？满天星就是授粉不好的玉米，颗粒不扎实但很饱满，烧着吃最好。

小民很快找来一大抱满天星，连皮煨进火堆。我们闲谝着等待棒棒烧熟。时辰不大，一股清香从火堆中飘散出来，迎国迫不及待地用玉米秆做的火棍在火堆中扒拉。小民急忙阻拦，说还不到火候，甭急。他打小就匪就野，常常带我们去偷着野餐，因此他是这方面的专家。

小民用“火棍”扒拉着翻着棒棒，把香味搅拌得更加浓烈，诱惑得一股口水直涌嘴边，我赶紧吞咽回去。肚里的馋虫忍无可忍之际，小民喊了一声：“熟了！”

我们三个便拿“火棍”在火堆中扒拉。扒拉出的棒棒，青皮几乎烧尽，黄中带着微焦，香气四溢，肚里的馋虫立马就被勾引了出来。我们顾不得烫嘴，张口就啃，边啃边哈气，清香四处流淌，随风飘荡。我们吃得满嘴墨黑，脸也成了包公脸。两个棒棒下肚，馋劲减缓，我们都放慢了进食的速度，边吃边谝闲传，天南地北，海阔天空。

此时月亮升到头顶，四周是一片秋虫的唧唧声，一片薄雾在周围轻轻飘荡，似纱似幔，如梦如幻。

忽然，有脚步声朝这边响来。我们循声去看，顿时毛骨悚然，只见月光下薄雾里一个白衣白帽之人飘飘而来，身影忽长忽短。

鬼的故事我听得太多了，最经典的是——鬼会变成穿一身白的俊俏小媳妇勾引男人，如果你没有足够的定力，去跟小媳妇打招呼，你的魂就会被勾走，命也就丢了。难道遇见了鬼！我们三个都是一脸的惊恐，泥胎似的戳在那里动弹不得。

倏忽间，白衣人到了近前，感叹似的说：“香得很么，给我也吃点儿。”

听着声音不像是鬼。我闪目细看，原来是邻队何老十，前天他母亲去世，他晚上是给母亲守墓的。迎国和小民都醒过神来，笑骂老十把人吓日踏（坏）了，当是遇到了鬼。老十只是笑，蹲下身子就在火堆里扒拉。他是闻到了香味，寻味而来的。

那一夜，我们四个围着火堆边啃棒棒边谝闲传，到底吃了多少，没有去数，只是每人身边都有一堆玉米芯芯……

往事不回头，但我时常会忆起那个看秋的不眠之夜，那夜烧玉米棒棒的清香时不时地会走进我的睡梦里，梦醒时发现嘴角流着涎水。我想，这辈子我再也吃不到那样清香的玉米棒棒了。君不见，食品的不安全报道接二连三——三聚氰胺奶、注水肉、避孕鱼、毒胶囊、镉大米、瘦肉精、苏丹红、地沟油、明胶老酸奶……就连街上的烤玉米棒也是皮焦里生，不知还有哪样食品让人放心。

扯远了，不说也罢。

故乡锣鼓

娃娃，娃娃，你甭闹，
过了腊八就放炮。
娃娃，娃娃，你甭哭，
过了腊八就杀猪。

这首童谣流传得很久，也很广。我国许多地区过年从腊八这一天就拉开了序幕，我的故乡亦如此。腊八一过，故乡的锣鼓就敲了起来，营造出一种迎新春的热烈气氛，把旧历年的年底渲染得更像年底。每每吃罢午饭，村头就聚集起一大群人，把锣鼓敲得火火爆爆的。上到花甲老汉，下至七岁顽童，人人都能来一手，铿铿锵锵，颇为威武雄壮。

故乡的锣鼓源于何时，无从考证。史载，这里曾是商周交兵的古战场（川云关旧址就在我们村东南十里处）。这一带的村名都很特别，如西大寨、东小寨、南营、北营等。相传这些村子都是古时驻军的营地。我的故乡村名叫杜寨，据说是秦汉时一位杜姓将军的大营。又传，我们的祖先都是这些将士的后裔。古时作战以锣鼓助阵，击鼓冲锋，鸣金（金者，锣也）收兵。那时击鼓鸣金很有套路，丝毫不能乱，且将士们人人都懂得鼓声金鸣之乐。以此推理，故乡的锣鼓真可谓源远流长。

故乡的村村寨寨都有锣鼓队，各有自己的打击路数，总路数却极为一致。每到年底，各村寨的锣鼓队都要操练一番，鼓乐手老幼皆有。花甲老汉教授七龄顽童，教者诲人不倦毫无保留，学者专心致志刻苦认真，因此各村寨的鼓乐手人才辈出，后继有人。

经过千百年的演变，锣鼓不再只是作战助阵的用具。秦汉雄风、盛唐气象孕育了它，苍莽的黄土地、奔腾的渭河哺育了它，赋予了它新的生机。故乡的锣鼓到今日已发展成为一种拙朴粗犷的鼓乐艺术，形成了独特的风格，在打击套路上更加多样化，有出征锣鼓、得胜锣鼓、丰收锣鼓、喜庆锣鼓、迎亲锣鼓等等。

每逢元宵佳节，各村寨的锣鼓队齐聚杨凌镇，进行一场一年一度的锣鼓大赛，那阵势蔚为壮观。四周是拥挤的人群，中间是各村寨的锣鼓队。最初是一阵难熬的沉寂，骤然间数百面牛皮大鼓一齐擂响，无数铜锣镲钹同时发声，声震长空，势如山崩海啸。鼓乐手是清一色的精壮汉子，人人都是短装打扮，腰扎红绸带，头挽英雄巾，英武异常。镲钹在他们头顶翻飞，冰冷的阳光被弹得四处飞溅。鼓槌在他们手中激越地跳跃，化作团团火球，飞扬的流苏变成了对对蝴蝶，翩翩起舞。铜锣在他们手中震响，驱散了苦闷忧愁，呐喊着渴望希冀。那鼓点愈来愈急，犹如暴风骤雨一般，鼓音浑厚苍劲，恰似万马奔腾，势不可挡。锣声钹音铿锵，犹如秦腔大净的吼声，又似电闪雷鸣。这一切声响交织出一曲无与伦比、气势恢宏的交响乐，挣脱了束缚，冲破了羁绊，撞开了闭塞。这一刻，沉寂苍莽的黄土地也亢奋起来，冰冷的阳光也变得燥热起来，鼓乐手和围观者都遗忘了人生的大苦大悲，天地万物似乎都不存在了，一切都沉浸在隆隆的鼓乐声中。鼓乐愈演愈烈，鼓乐手们跳跃着，奔腾着，旋转着，全身有力地搏击着，脚下腾起阵阵黄尘。这时所有的人都忘记了锣鼓比赛，一切的一切都在锣鼓镲钹的呐喊声中交融、凝聚、升华。

更吸引眼球的是女子锣鼓队，这是一支异军突起的新生力量，奇葩独秀。鼓乐手都是青年女子，古代武士的打扮，花木兰的形象。巾帼不让须眉，锣鼓镲钹在她们手中雄劲地翻飞，而且灵动轻巧。她们打击另有套路，别有韵味。头挽的红绸布、腰扎的红绸带随着她们跳动的身姿火焰般的飘扬，把一个原本就热火的景象渲染得更加红红火火。

故乡的锣鼓是父老乡亲心河毫无保留的宣泄，是父老乡亲心灵深处的呐喊，也是父老乡亲对美好生活的渴盼。在锣鼓镲钹声中愁苦熨平了，忧郁扫除了，疲惫荡尽了，只有希冀和渴望在升腾……

往事回眸

第一次看电影

在逝去的岁月里，有许多事情都难以忘怀。譬如第一次看电影，至今我记忆犹新……

那年月在乡下根本就看不到电影。我的幸运是来源于家乡紧邻着西北农学院（现在的西北农林科技大学），每逢星期六晚上学院都要放电影，且是公映，但对内不对外。电影的诱惑力很强大，但校门口的门卫威慑力更强大。乡人们只好望门兴叹。

乡下的孩子野惯了，常到学院门口去玩耍。听看过电影的大人们讲，一匹大白布挂在半空，机器一开，那白布上便有人影影出现，跟真的一样，会说话会走路，还有山山水水，花草树木啥的。现在那玩意儿就在学院的大操场上演哩，娃们谁不想看！

门卫不让进，还有没有别的啥地方可以进？当然有，可那是秘密，不能公开说。

每到星期六，天刚一擦黑，就会听到阿成哥在街上喊："看电影走咧！"阿成哥那年 15 岁，个儿高性子野，是村里的娃娃头。听到阿成哥的喊声，娃们都扔下吃了一半的饭碗往门外跑，不管爹妈怎样吼叫，连头都不回。

最初听到阿成哥的喊声，我扔下饭碗也要去看电影，却被妈一把拉住：“甭去，你还小！”

那时我只有八岁，妈实在对我是不放心。可妈没有想到，八岁的儿子跟她耍起了心眼。

又是一个星期六，天还没黑，我便猫在柴房里，妈在院里大声喊我吃饭，我就是不作声。妈出了院门在街上喊，我还是不应声。妈嘟嘟哝哝地数叨着回了厨房。就在这时，街上响起了阿成哥的喊声：“看电影走咧！”我射箭似的冲出柴房，蹿出了街门……

村里的娃们都尾随在阿成哥身后，急急地朝学院走去，没有说话声（大伙边走边啃馍）。我年龄最小，一溜小跑才能跟上趟。学院虽然距村子只有一里多地，可那时我觉得那段路死长死长。

终于到了学院围墙跟前，阿成哥止住了脚，整个队伍便停了下来，我望着学院门口通亮的灯光，问身边的伙伴：“咋不从门口进？”

伙伴说：“门口不让进。”

说话间，阿成哥爬上了围墙豁口，伸长脖子往里瞧，墙下的人等不及了，嚷嚷着快进。阿成哥跳下墙压低声骂道：“进个屁，里边有人哩！”大伙都不吭声了，跟着阿成哥屁股后边朝前走。

阿成哥在另一个墙豁口处站住脚。不等他召唤，便有两个伙伴急忙上前帮他爬上豁口。里边的电影早已开映，机关枪响得直哒哒，大伙心里着了火似的，却没谁再吭声，只是眼巴巴地望着阿成哥。

半晌，阿成哥跳下墙，骂了一句：“他妈的，还有人！”便也不知所措地站在那里。大伙也都陪着他站着，干瞪眼。忽然，阿成哥瞧见了我，叫道：“你咋也来了！你能爬上墙？”

我不吭声，只是呆眼看他。听大人们说爬墙是贼人干的勾当，我不知道爬墙看电影算不算贼，只是心“怦怦”直跳，却不知道害怕。

“跟紧我，甭胡跑!”阿成哥叮咛一句，转身又去寻找能进去的地方。

最终，阿成哥又爬上了一个豁口，好半天，忽地回过头压低声音说：“上!”

伙伴们蜂拥而上，阿成哥一个一个把大伙拉上墙顶，爬了进去。最后只剩下了我，阿成哥弯下腰伸手拉我，却怎么也拉不上去，急得我几乎要哭了。他跳下墙来，伏下身让我踩着他的肩膀，然后站起身来，我便爬上了豁口。随后他爬了上来，抓住我的手，把我溜到了里边。

我俩一溜小跑，跑到了电影场。电影幕挂在大戏楼里，底下坐满了黑压压的一片人群，我俩跑到最前边，脱下鞋塞在屁股下当板凳，仰起脸朝前看，银幕上许多当兵的举着枪在欢呼。耳边忽地响起一片掌声，我一惊，转脸一看，周围的人都在鼓掌，阿成哥也在拍手，我便也学着阿成哥的样拍起了手。待转过脸来看银幕，银幕上的人影不见了，显现出了两个斗大的字：再见。我呆呆地看着，心里默念着那两个字（那时我上二年级）。

阿成哥拉了我一把说：“完了，回吧。”

这就完了？我莫名其妙，心有不甘。回过头，只见场子亮起了灯光，人群闹哄哄地渐渐散去，我只好站起身跟着阿成哥回家，走了老远，心还不甘地回头去看，银幕正被几个人缓缓卸下……

当了一回强盗

读中学时遭遇“文革”，学校停了课，同学们都去“造反闹革命”，游行、喊口号、大串联、开批斗会……忙得不亦乐乎。其间时兴穿黄军装别纪念章，人人都以身穿黄军装胸别纪念章为荣。于是，便有了下面这个故事。

记得那是在1967年初春（那时我不足十四岁），学校的教师都被“打倒”了，同学们无所事事，坐在教室里三个一团五个一堆神侃社会上的传闻。一天，我正瞪大眼睛听一位同学神侃，同桌兼好友辛立把我叫出教室。在一个背僻地方，他从书包里拿出一本影集打开让我看，里面没有一张照片，却缀满了各式各样的纪念章，震得我目瞪口呆。我知道同学们都有收藏，我也有一点儿，但和他相比，是小巫见大巫。单说“延安纪念章”，我仅有一枚“火炬延安”，可他竟有两套（一套五枚）！面对他的“影集”我流露出一副贪婪的傻相。他却很快地收起了“影集”，给我透露一个最新消息：西安有纪念章交易市场，问我敢不敢跟他去闯一回。见我有点儿迟疑，便许诺：如愿陪他走一趟，送一枚“大海航行靠舵手”（后边简称“大海”，那时都这样叫）给我。我寻思在学校无事可干，不如跟他去西安逛一回，又可得一枚垂涎已久的“大海”纪念章，如此好事，何乐而不为呢。于是满口答应。

第二天中午，我俩扒车去了西安（这里只能用“扒”这个字眼，因为我俩坐火车没买车票）。当时的西安火车站广场东南端有个很大的纪念章交易市场。每到黄昏，便有成百上千的人拿着各自的收藏来这里互通有无，黎明时分作鸟兽散。交易是以物易物，除纪念章外，有人用“语录本”“黄军帽”“黄挎包”做交易，很少有人明目张胆用金钱做交易。那时人们都十分虔诚，怕用金钱做交易被扣上一顶“大不敬”的帽子。

走进市场，我才知道天外有天，同桌的收藏在这里显得微不足道，而我的收藏几乎等于没有。同桌的心眼颇多，他仅年长我一岁，却有两次只身闯北京的经历。他把我俩的收藏合二为一，开始和别人做交易。我们是想通过反复交易，多得几枚纪念章。譬如用两枚北京出的纽扣大小的“毛主席头像”换一枚“延安”，用两枚“延安”可换一枚上海出的“大海”，如果碰巧遇到一个上海人，很可能用一枚“延安”换来他手中的“大海”，而一枚上海“大海”可换六到八枚“小北京”。这就要靠运气、靠机会、靠耐心。

一个晚上下来，我俩盘点纪念章，竟然少了两枚“延安”。同桌和我都傻了眼，这两枚“延安”是一位同学托我俩给他换两枚“韶山”纪念章的，现在弄没了，回去跟那位同学怎么交代？

同桌的鬼点子毕竟多，趴在我耳边低语一番。我十分紧张，但还是坚决地点点头，因为同桌的设想方案十分刺激而令人向往。

又是一个夜晚，同桌与我假作陌路人。他很快瞅准了目标——一个与我们年龄相仿的少年，便上前搭话，很快就做起了交易。同桌要用两枚“延安”换对方一枚“大海”，再让对方搭一个“小北京”，对方不肯。这时我不失时机地走了过去，同桌便请我做中介人。我便拿过双方的纪念章装作鉴别评判。同桌又和对方商谈争执起来。借此机会我拔腿就跑……整个过程，我完全按照同桌事先的策划而完成，没有什么漏洞、破绽。

我跑进一家食堂（那时都这么叫），心“突突”跳个不停。当确信没人追寻我，才买了两个包子压惊压饥。约莫过了半个多小时，我去了我们约定的会合地点——西去快车候车室，在一个空椅上等候同桌，可同桌迟迟不来。我心里十分着急不安，又不敢离开候车室去寻他（怕他来找不着我）。再后来，我抵挡不住瞌睡神的袭扰，昏昏然地睡着了。

不知过了多久，有人推我。我猛睁眼，只见同桌满脸沮丧地站在我面前，便感到事情有点不妙。果然，同桌告诉我，我“抢”走纪念章后，他便按照事先的策划拔腿追我，再一跑了之。谁知那少年也急急追我，与他并驾齐驱。当看追我无望时，那少年返身一把抓住同桌的衣领，认定同桌是我的同伙。更糟糕的是，他还有好几个同伙，一齐过来围住同桌动手要抢纪念章。这简直是要同桌的命！同桌慌了，连连讨饶，还了人家一枚“大海”，并搭上一枚“延安”算作道歉赔礼。那一伙这才善罢甘休。

我俩相对无语，默坐到天亮。我俩都明白，这地方不能再待了。坐上火车时，我才发现戴在胸前的那枚“为人民服务”（周总理胸前佩戴的那种式样）纪念章不知何时被谁窃走了。我懊悔万分。

那次西安之行，铩羽而归，偷鸡不成反蚀一把米。

三十多年过去，只在弹指间。回想往事，虽然荒唐可笑，却令人感慨万端。

偷　粪

我曾做过几回贼，偷过书，偷过瓜，偷过苜蓿，偷过粪。书偷得无奈，瓜偷得有趣，苜蓿偷得恓惶，粪偷得窝囊。

上个世纪六七十年代，化肥十分紧缺，而地里的庄稼少了肥料不肯长。因此，生产队对肥料抓得很紧，并做出一项很有诱惑力的决策：拾一笼粪交给队里记工两分（一个强劳力每天挣十分工）。我们一伙十五六岁的准男子汉对这一决策非常拥护，并热烈响应（我们出一天工队里只给记五分工）。然而，路上过往的牲口有限，拾粪的人却有增无减。狼多肉少，拾一笼粪也并非易事。

尽管如此，我们一伙每天的收入也可与强劳力相比。前文说过，我的故乡紧邻着西北农学院（今西北农林科技大学）。农学院有个配种站，站里聚集着周围各县市前来配种的母畜。因此，站里有个如同小山般的粪堆，那粪堆便是我们一伙挣工分的源泉。当然，配种站的粪不是随便任谁都可以拉的，我们是小偷的干活，悄悄地进去，趁无人之际飞快地偷上一笼粪，二分工便就进账了。

最初，站里的人没有发现我们的偷盗行径。后来觉察了，便对粪堆进行了严密的看管。可他们只有四五双眼睛，且又要忙于配种和其他工作，我们却有十多双眼睛，不难找到他们疏忽的时候，胜利自然属于我们。

也有落入“魔掌”的时候，胜利者却对我们落网者无可奈何。我们的手上身上沾满了牛粪，作案工具——粪笼更是脏不忍睹，里里外外都是牛粪。他们抓也不是，关也不是。毕竟不是盗窃国库，他们把我们训斥一顿，不了了之。

十七岁那年，我被队里破格晋升为十分劳。为了更进一步解决肥料不足的问题，队里包了农学院的两处厕所（生产队负责厕所的卫生工作，厕所的粪便归生产队所有）。俗话说：庄家一枝花，全靠粪当家。但拉大粪说到底不是个好差事，没人愿意去干，队长便让十分男劳轮流去干这活。三人一组，每组拉粪三天，每天拉大粪三趟。

与此同时，临近农学院的各生产队都包了农学院的厕所。各队包的厕所有多有少，以我们生产队而言，包了两个厕所，而两个厕所每天只能生产出一桶半粪便，剩下的一桶半只好到别的厕所去装。可别的厕所的粪便又归其他生产队所有，那就只有去“偷”了。其实我们也可用污水去填补空缺，但那时我们都很敬业，宁愿去做贼也不愿糊弄生产队。

仔细想来，我们生产队的十分男劳人人都是偷粪贼。不仅我们生产队，其他生产队也是如此。你偷我，我偷你，都是为了集体，为了工分。

一天，轮到我拉大粪，另外两个搭档是二叔和七哥，那天夜晚十点半（这活我们都是晚上干），我们就出发了。队里承包的两个茅厕已被我们的前任掏干了，我们只有去“偷”。我虽是初次出道，可二叔和七哥都是偷粪老手。我们把粪车停在墙外，二叔说我身子灵活让我骑在墙头。他俩一个在墙里用铁桶在粪池舀粪，另一个在外边倒进粪车。我的工作则是接过七哥舀来的粪，再递给墙外的二叔。我们配合得很默契，十分顺利地偷了两桶粪，第三桶偷得也很顺利，却在归途上出了麻烦。

是时，天色大亮，旭日东升。我们三人拉着粪车满载而归，在爬一架坡时，塞粪桶的木塞突然掉了，粪尿“哗哗”地往外喷淌。坡下面住着一户人家，炊烟正袅袅升起。那粪尿很不合时宜地淌到那家人的院中。二叔和七哥都慌了神，奋不顾身地去抢险。我架着车辕干瞪眼不敢撒手。

当二叔和七哥抢完险后，一大桶粪尿已经所剩不多。那家主人奔出家门寻找肇事者，满脸的阶级仇恨。当看见二叔和七哥满身脏污，竟不敢上前，只是远远地用和粪尿差不多的语言攻击着我们。我们自知理亏，装聋作哑，拉着粪车慌忙撤退……

前些时日，路过那架坡，坡下那家人早已搬迁。不远处那个茅厕还在，粪池里的粪尿四溢漫淌，脏污不堪入目，看样子很长时间没人淘粪池了。如今的化肥多了，种地的人也有钱了。大伙图省力省事，都给地里施化肥，很少有人去拉大粪，更别说去偷了。

人吃了就要拉，拉下的怎么处理？还是做肥料的好。这是上苍早就做好的安排，良性循环嘛。如果我们图省力省事，把粪便排放到不该排放的地方，污染了环境，受损的是我们自己。现在提出了构建和谐社会的口号，很得民心。我不愿再看到昔日偷粪的事情重演，更希望人类的排泄物不要污染环境，能够物尽其用，为人类造福。

偷苜蓿

前面说了偷粪，再说说偷苜蓿。

那年月，队里种苜蓿是喂牲口的，长到两尺左右，割了一茬又一茬。入春，苜蓿发芽，胖嫩胖嫩的，叶子圆圆的像金钱。头茬苜蓿长到一两寸高，撅下来蒸麦饭、烙菜馍、拌凉菜，调上蒜辣子，入口鲜香绵软，使人把生日都忘了。二茬三茬四茬吃起来一茬比一茬柴，不谄口了。那时粮食太短缺，啥时吃苜蓿都觉着香美可口。

清楚记得一日午饭时，母亲在大食堂打来 1 斤 2 两饭（每人每顿 4 两标准），只捞了不到两碗面条，我和父亲一人一碗。早晨就没吃什么的母亲只喝了半碗光汤。无奈，母亲强撑着虚弱的身子去队里的苜蓿地里撅了一笼子苜蓿回来煮熟，撒了一把盐，一连吃了三大碗。我也美美咥了一大老碗，那个香美味令我至今难忘。

饥饿在向深度和广度发展。母亲空着的肚子装满了牢骚，埋怨耿直实诚的父亲不去队里的苜蓿地撅苜蓿。

那时夜里偷撅苜蓿的人很多，几乎家家都有。队里一晚上派四五个小伙都看不住，头茬二茬没长起就让人撅秃了。原因是同情之心人皆有之，要是有办法，谁半夜三更去夺牲口的口粮。再者说，做贼的也有看苜蓿的老人、姐妹嫂子和兄弟。但看苜蓿的不能一点儿也不管事，他们只是虚张一下声势，把撅苜蓿的吓跑就行了。然而，父亲做人的准则是：亏死不告状，饿死不做贼。但我和母亲满脸菜色，眼巴巴地望着他。父亲牙一咬，一跺脚，在蒙蒙细雨中摸黑出了门。

晚风阵阵，细雨敲打着树叶飒飒作响，犹如身后有人跟踪。初次做贼，父亲草木皆兵，未曾进苜蓿地就逃了回来。看到落汤鸡般空手归来的父亲，母亲只有默默垂泪。这一切我都看在眼里。

那年我十二岁。

为了减轻家里严重的饥荒，我决定去做“贼”。我去找碧秀，她住我家隔壁，年龄和我一般大，却比我在行，差不多每晚都去偷苜蓿。

那夜，天边有一钩新月。月光给夜色镀上一层虚幻，四周一片静悄悄，崖畔、土堆、树丛、麦草垛黑魆魆的，似乎藏着人，怪吓人的。偷苜蓿的人很多，都是婆娘娃娃，一个看不清一个的眉目。我跟在碧秀身后，夹在她们中间，胆子壮了许多。虽然都是婆娘娃娃，却似乎受过训练似的，大伙猫着腰，排成长蛇阵，一个紧跟着一个，脚步行得匆匆，悄声无语，犹如电影里的“土八路”去端鬼子的炮楼子。

不知不觉到了苜蓿地。夜晚凭的是眼睛和耳朵，地里没有黑桩子，周围没动静，说明没人。不知是谁发出一声命令：“走!”大伙便一齐涌进苜蓿地。

初次做贼，摸不着窍道。幸亏有碧秀在一旁当“导师”。她告诉我，月光下黑黑一团准是好苜蓿，满把撅、手放快。我试火着撅，半晌，没撅下半笼子。一看她，笼子早满了。她侧脸一看我，骂了声：“瓜（傻）子！要这么撅!”她给我做示范，中指挨住地，把苜蓿拢在中指和食指缝间，夹紧，往怀里用力一撅。

我依样画葫芦，果然好撅。

忽然，有人喊了一声：“来人了!”大伙顿作鸟兽散。我慌得不知所措，碧秀拉了我一把，说了声：“快跑!”我便跟在她身后兔子似的跑了起来。

不知跑了多久，我俩都跑不动了，便不管不顾了，一屁股坐在地上张大嘴巴喘气。却并不见人追来，喘息半天，定神细看，同伙跑散了，四周不见一个人影，只有我和碧秀。新月钻进了地平线，村庄黑乎乎的一片在我们身边沉睡，我俩都突然害怕起来，手牵着手谁也不吭声，脚步匆匆往家里奔……

第二天早饭，母亲蒸了一顿苜蓿麦饭，调上蒜辣子，那个香呀，此时我想起来都禁不住馋涎直涌嘴边……

我想：我再也吃不到那么香美可口的苜蓿麦饭了，因为饥饿的岁月永远过去了。

母亲的纺车

家里拆了老屋，搬家具时把母亲的纺车也搬了出来。孩子们都说是个无用之物，要当作劈柴处理，被我拦住了。纺车是祖母留给母亲的，已近百岁。掸去蒙在纺车上的尘土，摇把上深深地印着几道手印，那是母亲留下的……

在我的记忆中，母亲一年四季与纺车相伴。春日里，母亲坐在和暖的阳光下，手摇着纺车，轻哼着少女时代的曲儿。夏阳高照，母亲和村里的大娘大婶结伴坐在树荫下纺线线，嗡嗡的纺车声伴着母亲她们朗朗的笑语构成了村里一道绝妙的风景。秋天阴雨绵绵，母亲坐在门道，纺车从清晨转到黄昏。冬夜漫漫，母亲坐在炕头，伴着父亲一明一灭的烟锅，纺车唱着催眠曲送我进入梦乡……

儿时瞌睡多，入睡前母亲在油灯下摇纺车，第二天清晨睁开眼睛，母亲还在纺线，似乎没动地方。我困惑地问母亲："妈，你没睡？"

母亲布满血丝的眼里含着慈祥的微笑，说："妈睡咧。"

我又问："我咋没见你睡呢？"

母亲笑着说："妈瞌睡少。"

后来我上学了。每天晚上我在油灯下做功课，母亲纺线。做完功课就看母亲纺线，我看到母亲太辛苦，萌发了学纺线的念头。母亲说纺线是女娃娃干的活，说啥也不让我学，要我好好念书，还说了一个谜语让我猜：一条绳撂过城，城也转绳也转。起初我猜不着，后来看母亲纺线，恍然大悟，拍手叫道："纺车！"母亲笑着抚摸着我的头说："我娃真聪明。"

母亲每日忙完家务，就是摇纺车，母亲说她手慢，一天只能纺三四两线。可母亲纺出的线质量好，又匀又细。那年遭了灾，家里口粮接不上，母亲没黑没明地纺线织布，让父亲拿到南山去换粮。母亲纺的线织出的布一尺要比别人的布多换二斤粮哩。度过春荒，母亲累得大病一场。

母亲的娘家在泾阳，距家乡有一百四十来里地，自生下我后，母亲一次娘家也没回。母亲年年都念叨要回娘家看看，可家里的光景实在恓惶，拿不出路费盘缠，母亲年年的希望都化为泡影。我上中学那年，母亲发誓似的说："今年无论如何也要回娘家一趟！"她憋足劲地纺线，纺完了自家的棉花又给别人纺。一个冬天下来母亲积攒了二十块钱。母亲兴奋地说，春节一过，初二就带我去泾阳舅家。我便满怀希望地盼着过年。要知道我长了十二岁还一次也没去过舅舅家哩；而且听母亲说去舅舅家要坐火车、汽车哩。我没有理由不高兴。可到了年底，父亲脸上布满了愁云。生产队年终算账分红，家里只分了十来块钱。这个年怎么过？看到父亲愁容满面，母亲于心不忍，一咬牙拿出自己的全部积蓄给了父亲。年算是过了，可母亲的希望又一次化为泡影。母亲直到病故，也未能实现她这个小小的愿望。每每想起此事，就让我心酸难忍……

时光如水，岁月如流。风风雨雨几十年过去了。如今母亲早已和脚下的黄土融为一体，相伴她一生的纺车在岁月的侵蚀下也不再是原来的模样了。在现在的年轻人眼里，它已经是个毫无用处的古董，放在哪里都有点碍眼，可它在我的眼里依然是个宝物。看见它我就想起哺育我成人的母亲，想起那个年代一种不灭的精神。唯愿这种不灭的精神能代代相传。

我与几位文学师长

走上文路是我无奈的选择，也别无选择。

当厄运突然降临的时候，生命被可怕的黑暗和绝望吞噬着，几乎所有的罹难者的精神都濒临崩溃的边缘。已故著名作家史铁生说过：在科学的迷茫之外，在命运的混沌之点，人唯有乞求自己的精神。为了从精神上拯救自己，我便选择了文学。

迎接我的是失败。这在意料之中，我并不气馁。习作几载，磨秃了几支笔，废稿纸塞了一麻袋，却还是没有一个字变成铅字。我只不过成了名副其实的退稿单收藏家。这样的无效劳动要做到何时？把失败焊接成梯子并不难，但这梯子是否能伸到成功的彼岸？我惶惑了，对自己的选择产生了怀疑，同时也更加认识到文学不是随便什么人都可以摆弄的，作家也不是任谁都可以当的。

皇天不负苦心人，我的作品终于变成了铅字。1984 年经赵熙老师介绍，我加入了陕西省作家协会。至此我有了归队的感觉。

此后陆陆续续有文章见诸报刊，于是，就发生了下面的事情。

傍晚来客

清楚地记得，那是在1985年初夏的一个傍晚，雨过初晴，晚风阵阵，还颇有些凉意呢。可我坐在屋里却觉得热得慌，额头似乎还渗出了细密密的汗。我知道这种反常现象是心跳过速造成的。下午，区委宣传部来了一位同志告诉我："省文联组织部分作家来咱们杨凌参观采风，晚上省作协副主席杜鹏程同志要来看望你。"

杜鹏程？就是《保卫延安》的作者么？这可能吗？但我相信区委宣传部的同志是不会和我开玩笑的。

杜老是我敬慕的先辈作家。早在上中学时，我就在课本上读过他的《夜走灵官峡》，再后又读了他的《保卫延安》、《在和平的日子里》等作品。书中的英雄人物形象完全征服了我少年的心。在那时，我就渴望着能有一天见到这位老作家。万万没有想到我的夙愿今日将得以实现！

此时此刻，我的心情怎么能平静！

门外一声汽车鸣笛，客人们到了。

为首的是位身材魁梧、精神矍铄的老人——省文联的方杰副主席。

方杰先生笑容可掬，握着我的手亲切地说；"我们看望你来了。"一股暖流在我的全身奔涌。我激动得连"谢谢"也忘了说了。我是一个残疾青年，只不过发表了几篇稚嫩肤浅的文学习作，而组织和领导竟然对我如此关心，我热泪盈眶了……

方杰先生把他身边的一位老人介绍给我："这是省作协副主席杜

鹏程同志。老杜为咱们陕西树立了一面旗帜。”

我激动地握着杜老的手，久久地凝望着他和蔼的面容。杜老并不像我想象中那么高大魁伟。他中等身材，有些发胖，身体不大好，脸上挂着慈祥的微笑，说话很慢。他关切地询问我的生活、学习和创作情况。我一一做了回答。

我是一棵无名小草，一棵遭到早霜袭击的无名小草。我渴望着春光的抚爱，渴望着雨露的滋润。此时此刻，春风送暖，我受了创伤的心灵和受了伤残的躯体沐浴在一片春光之中。我感受到了除了阳光而外的特有的温暖。

如今杜老已驾鹤西去，但那个初夏傍晚的温馨一幕永久地烙在我的记忆里。

好老汉赵熙

1998 年冬，省电视台《周末俱乐部》栏目的“文坛光点”版块为我录制一个节目，邀请了赵熙、商子雍、叶涛三位老师做嘉宾。商、叶二位老师先后去过我家，只有赵老师和我只见过一面。

在省电视台大厦六楼的制作室门口我见到了赵老师。艰苦的写作和繁忙的行政工作使他的头发过早地脱落花白了，但他的身体却很好，红光满面，精神饱满。他脾气随和，性情温良，态度和蔼，地道的关中口音，使人感到亲切。从他的衣着和相貌上看，你不会相信他是一位名声显赫的作家，只会感到他是个忠厚慈祥的长者。

赵老师详细地询问我的身体、生活和工作情况，笑容可掬，和蔼可亲。我不禁回想起与赵老师第一次见面的情景……

我们初次见面是在1985年，那年9月份省文联召开首届“陕西省青年文艺创作座谈会”，我有幸出席了那次会议。此前，我读过他的许多作品，神交久矣，且他在《陕西青年》（如今的《当代青年》）任主编时发过我的处女作，我心中一直对他存着感激敬慕之情。

那天，我刚到招待所下榻，赵老师就来看望我，一进房间就热情地直呼我的名字：“绪林，你来了！”没有长辈的威严，没有当官的架子，满脸的亲切微笑，一口地道的关中口音，好像分别多年的老友重逢般地握住了我的手，一下子把我和他之间的距离拉近了。我心中的敬畏之情立刻被一片温馨和感动融化了。

吃过晚饭，赵老师请我去看电影。我自知行动诸多不便，不愿给他添麻烦，推辞说不想去。他当然明白我的心中所想，说啥也要我去。“你来一趟西安不容易，去看看吧，是全景电影，开开眼界。”他说着，要背我上汽车。

这怎么使得！我说啥也不让他背。最后他和我嫂子一同把我抱上了汽车。

第二天晚上，他又请我去看戏。

他诚恳地邀请我：“《千古一帝》，新编的历史剧，值得一看。”

我真不愿给他再添麻烦，连忙说：“赵老师，我不去，太给您添麻烦了……”赵老师却一定要我去。却之实在不恭，我只好客随主便。

繁华的街市、似潮的人流从车窗外掠过。可我的眼睛却被感激的泪花蒙住了……

我跟赵老师谈起这一切，他淡淡一笑：“你的记性真好，这些我都不记得了。”

商子雍老师在一旁笑道：“赵老师是个好老汉。”

赵老师幽默地说：“好老汉给人帮不上大忙。”

赵老师说的自然是谦虚话。就我所知，他出生于蒲城孙镇村一个贫苦的农家，童年是在穷苦贫寒中度过的，上不起学，得到过村小老师的关怀和资助。由于这个原因，他对许多人都说过：“一定要对在逆境中的作者给予帮助和支持。”我自己就是很好的例子。伤残后我选择了文学，但道路太坎坷。就在我将要丧失信心时，是赵老师发了我的处女作，犹如给心力衰竭的重危病人打了一支强心针，使我在迷茫中看到了一线希望，而重新鼓起勇气沿着选择的路走下去。当我在创作上取得了些许成绩时，是赵老师介绍我加入省作协，又邀请我出席“陕西省青年文艺创作座谈会”。这次省电视台为我制作一个节目，他二话没说就来了。作为省作协的党组副书记、副主席、著名作家，来为一个文坛小卒呐喊助威，这个忙帮得实在太大了。怎能不让我受宠若惊，感激万分！

录完节目，就要分手了。赵老师握着我的手再三关照，要我保重身体。我紧握着他的手，想请他到我的下榻处去好好聊聊，请他指点迷津，但知道他是个大忙人，话到嘴边又咽了回去。看着他远去的身影，我在心里喃喃地说：“谢谢赵老师！”

印象陈忠实

我很少去崇拜一个人，但我崇拜陈忠实。

1993 年《白鹿原》面世，轰动文坛，一时洛阳纸贵。我把《白鹿原》一连读了三遍，感叹：咋就写得这么好！就想见见陈忠实。

其实，此前我与陈忠实见过面，只是没敢上前说过话，心虚。他不仅是陕西文坛的一棵大树，也是中国文坛的一棵大树。他那布满皱纹的脸上写满了沧桑，也凝聚着睿智。一部《白鹿原》不仅是他百年后的枕头，更是当代文坛的一座高峰。面对这座“高峰”，我这个无名小卒哪能不心虚？

2002 年 7 月，杨凌示范区文联、作协成立，请来时任省作协主席的陈忠实。会上他认出了我，叫着我的名字，握住我的手，嘘寒问暖，一口的秦腔，溢满着亲切。我傻笑着，激动得都不会说话了。

那时照顾我生活的嫂子刚刚去世，陈老师问我现在和谁生活，我说和侄子。他沉吟半晌，说：“要成个家，生活会好一些。”

三年后我去省作协参加一个会，妻子陪着我。见到陈老师后，陈老师握着我妻子的手连声说“好好好”，并在午饭时，端起酒杯给妻子敬酒：“谢谢你！把绪林照顾得这么好。”妻子没经过这样的场面，加之不善言辞，只是感动得眼里闪动着泪光。

回到住处妻子跟我说：“喔老汉那么大的名气，咋没一点架子？”

我说：“那叫大家风范。”

不久，杨凌一位作家出了本诗集，开研讨会，邀请陈老师参加。吃饭时，他扫了一眼饭桌问我：“你媳妇咋没来？”我说，来咧，在外边。他说：“赶紧叫来。”我说，她不好意思，不愿来。他说：“说的啥话，给她打电话，就说她不来今日的席就不开。”

不大的工夫妻子进来了，陈老师埋怨说：“来了咋能不吃饭？赶紧坐赶紧坐。”说着端起酒杯给妻子敬酒。妻子诚惶诚恐地站了起来，红着脸不知说啥才好。陈老师说：“你是个实诚人，不要客气。

我还是要谢谢你，你把绪林照顾得这么好。”

在座的人都很感动，我尤甚。妻子照顾我是她的责任，陈老师却每次见面都要感谢她，而且是由衷的，怎能不让我感动？我心底翻滚着一股热浪，久久不息……

2011年陕西文学基金会成立，大会礼品中有一本陈老师的书。会后许多人拿着他的书围着他签名。我的轮椅不能靠前，便让妻子拿着书也去请陈老师签名。陈老师拿着书问妻子我在哪里，妻子指了我一下，陈老师冲我笑了笑，埋头签名。片刻工夫，妻子拿回了书，我翻开一看，“供绪林一笑，陈忠实”。

陈老师是大家，亦是我的文学前辈，写下这样的话，实在令我诚惶诚恐，汗颜不已，但陈老师的谦虚由此可见一斑。

今年5月省作协召开第六次作代会，我再次见到陈老师。一次会后许多人和陈老师合影留念，我也想和陈老师照一张。陈老师被很多人围着，一个个地照下去。照完了，我转动轮椅，准备靠近陈老师。没想到，陈老师快步走过来，把我的轮椅转正，贴着轮椅的轱辘，蹲了下去。我恍然一惊，赶快伸出手臂，扶陈老师起来。会务组的女孩子见此情景，匆忙去搬椅子。

椅子搬过来了，陈老师坐在我身边，紧紧地握住我的手。我心底再次涌起一股热浪……

会议结束了，大家都准备打道回府。在电梯里我和陈老师相遇。电梯里人多，只是打了个招呼。电梯到了大厅，他让我先下，随后他出了电梯，走出几步，忽然转回身来对我说：“需要我帮啥忙就说，不要有啥顾虑。”那一刻我觉得我的眼眶湿润了。我知道，那是感动的。

这次会议，陈老师继续担任陕西省作协名誉主席。虽然这不是什么谜底，没有任何悬念，但公布的那一刻，与会的文学同仁们给了他最热烈、最持久的掌声。

作家都是有个性的，轻易不会浪费自己的掌声。一个人能赢得他们这么热烈、持久的掌声，是因这个人的人格魅力！是他业绩的伟大！

乡党雷涛

第一次见面，他握着我的手，一脸微笑地说："乡党，啥都好么?"

周围的人看着我们有点莫名其妙，因为大家都知道他是武功人，我是杨凌人。他笑道："杨凌自古至今都归武功管辖，只是近年才分了家。尽管杨凌现在是副部级示范区，追根溯源它只是武功的一个公社。"大家笑了，我紧张的心情也一下子就放松了。

我说："啥都好着呢。"

他说："有啥困难就言传，咱们作协帮你解决。"

这是客套话，更是实在话。我只觉得如沐春风，浑身上下暖洋洋的。

写到这里，大家可能都知道他是谁了。是的，他是雷涛，时任陕西作协党组书记、常务副主席。这些年陕西作协在他的领导下，工作得有声有色、红红火火，取得了不凡的成绩。

那次会议临结束时他问我："常来西安吗?"

我说："不常来。"

他说："那就住几天，逛一逛。"

我以为他只是随口说说，没想到会议结束后，时任作协创联部副主任的王小渭跟我说："我给你把房间定下了，在咱们作协的宾馆，你走时给我打声招呼就行了。"

那一夜虽然我有宾至如归的感觉，却不能成眠，一股暖流在我心中激荡……

文学现在已经完全边缘化了，也有人说过，文学不再神圣。但我以为文学是一盏永不熄灭的神灯，她让人们看到前进的方向和道路，特别是我们残疾人，更需要文学的滋养、慰藉和安抚，从中汲取力量、勇气和信心。

众所周知，现在创作难，出书更难。据我所知，许多很有名气的作家的书稿都锁在抽屉里，成为"抽屉文学"。名家尚且如此，何况我们这些身有残疾的无名作者。我身边的很多残疾作家朋友，以宗教般的狂热与文学结缘，把文学创作当作自己毕生的追求，出书是他们的梦想。他们忍受着常人难以忍受的苦痛，在困顿中煎熬，呕心沥血、点灯熬油地写作。书写成了，却不能出版，还有比这更让人揪心、更痛心的事吗？

生命虽有残缺，我们的内心依然美丽；生活虽多坎坷，我们的精神依然前行；身体虽然有障，我们的梦想依然飞扬。文豪契诃夫说过：大狗要叫，小狗也要叫。我们是小狗，是身体残缺的小狗，但我们也要叫。我们希望自己的声音能被人们听见，能不被忽视；希望自己的劳动有所收获，能被社会承认。

我跟他谈过我出书的困难，我们身体有残障的作家出书的困难。他神情严肃地说："我一定想法帮助你们解决这些困难。"

他说到做到。2010年省作协专门召开表彰会，对优秀残疾人作家进行了表彰，并颁发了奖金，不仅从精神上给我们以鼓励，更是从物质上帮助我们前行。

2011年12月25日，陕西文学基金会成立了。他亲自担任陕西文学基金会理事长，在成立大会上致辞，明确表示，基金会就是要解决处于社会最底层的作者创作难、出书难的问题。我们残疾人作者自然包括在其中。果真如此，我们残疾人作家成为首批资助的对象。在成立大会上，时任省作协秘书长、基金会副理事长的王芳闻女士与西高新园林企业家朱西京先生资助的三位作家——笔者、刘爱玲、杨柳岸当场签了约。

我深知他是陕西作协的掌门人，还有许多比这更重要的工作去做。同时他也是作家、书法家，还要创作，他的时间是宝贵的。而且，在这个浮躁的时代，谁还愿意做这些出力不讨好的事情？他却乐此不疲，毫无怨言。如果没有一颗博大的爱心和责任心，是很难做成做好这样的善事的。

这些年每次去省作协开会、参加活动，我都带着女儿——孩子小，离不开妈妈——他都要逗逗孩子，嘘寒问暖，让我感到了家的温暖。

我邀他有空来杨凌，他笑道："一定要去，就住在你家，吃你媳妇擀的面，放上绿菜油辣子。"我说："没麻达，咱就咥蘸水面。"

他曾好几次来杨凌，但都因工作行程安排得太满，无暇来我家。我至今还欠着他一顿蘸水面。

癸巳暮秋，应《作家报》之邀，我去参加2013年第二届中国作家新创作论坛暨"楚韵南漳"金秋笔会。他也应邀而至。虽然他已调离省作协，可他一如既往地关注关心着文学。闲聊时他说以前工作实在太忙，没有去杨凌看我。话语中竟有歉疚之意。

我笑道：“我还欠你一顿蘸水面哩，等着你来吃。”

他说：“我一定来吃，多放些绿菜油辣子。”

妻子在一旁说：“没麻达。”

在这里我想对他说：“乡党，这顿面我先欠着，等着你随时来吃。”

一面之师

1974年我不幸伤残了双腿。痛苦寂寞中我找些书来读，消磨时光。后又萌发创作念头，斗胆捉笔涂鸦。怎奈天赋太差，涂鸦几载，竟无一字变成铅字。更深夜静面对孤灯稿纸，我不禁心灰意冷。把失败焊接成梯子并不难，可这梯子能否伸向成功的彼岸？彷徨中我又鼓余勇，做再次的拼搏。两月余，写出一部四万余字的中篇，却又茫然，不知该往哪家刊物投寄。是时，手头恰有一本新出的《当代》杂志，顺手查出地址，贸然寄出。

半年过去，没有消息。我以为稿子寄丢了，要不又被“枪毙”了。就在我完全丧失希望之时，乡邮员送来一封北京挂号信件。我一瞧是大信封，知道又是退稿，心顿时就凉了。好半晌，我才拆开信封，果然是退稿，但附着一封长信。我急急看信，激动兴奋得心跳如鼓。信中对拙作做了充分肯定，但嫌不足，提出许多中肯的意见，让我修改之后尽快寄去。信尾署名：当代编辑部。

我欣喜若狂，当即动笔改稿。改完后立即寄出。半月过后，又收到退稿及信，信中说，改稿虽有进步，但并不理想。再三告诫：认真修改，不可操之过急，欲速则不达。从笔迹看两封信出于同一人之手。

怎样才能改得令人满意？我心里茫然，无从下笔。文路崎岖，无人指津，苦恼烦躁之中我冒昧写了一封信，请求编辑部能派位老师来帮我改稿。

信寄出后，我就为自己荒唐的想法而后悔。这样非分的要求编辑部怎么能答应！

万万没有想到，两星期后何启治老师突然来到我家。清楚记得，那是六月中旬的一个午后，我正在午休，县文化馆的一位同志陪着何老师来到我家。何老师四十出头年纪，中等身材，戴一副眼镜，面带微笑，平易近人，没有一点大编辑的架子。何老师说，我的信收到了，刚好他来陕西组稿就顺便来看看我。还说编辑部的老师都向我问好。我激动的心情难以言表，连声说："谢谢！谢谢！"何老师又说，两封信都是他写的，稿子很有基础，但还存在着一些问题。他拿出稿子谈起了修改意见。显然他把稿子看了好多遍，意见中肯而具体，把需要修改的地方都用红笔勾画了出来。他说，小说不是报告文学，不要拘泥于真人真事，可以展开想象的翅膀来虚构，但要虚构得合情合理……（原话我已记不清楚，大意如此。）我茅塞顿开，大有"听君一席话，胜读十年书"之感。不知不觉一个多小时过去了，何老师起身告辞。我很想挽留他住一宿，再聆听聆听他的教诲。可知道他是个大忙人，在西安还有许多事情要办，而且我的茅舍实在太寒碜，不便留客。临别之时，何老师握着我的手说："小贺，别气馁，鼓起勇气重新生活。我会尽全力帮你一把的……"我的眼睛发潮，喉咙发涩，什么话也说不出来，只是紧紧地握着何老师的手……

此后不久，我的中篇小说《生活之树常绿》在《当代》第二期增刊（新人新作专号）上发表了。再后，何老师陆陆续续给我寄来许多书刊，并多次写信鼓励我，希望我在文学创作道路上坚定不移地走下去。

我常常忆起这件事，感慨万千。那时，伤残使我对生活已无多大信心，彷徨之中，创作成为我的精神支柱，但成功的彼岸距我太遥远。虽然屡败屡战，但心火渐熄。倘若何老师没有来家给我鼓励，倘若没有他的扶植帮助，倘若那个中篇又被"枪毙"，我也许不会再舞文弄墨，也许我的生命早已枯萎凋零。那个中篇的发表，使我在绝望之时看到了希望的曙光，使我生命的航船再次搁浅之后又升起了风帆……

1995年，我写了一部长篇小说。一位书商闻讯拿去了书稿，说是帮我出版。不谙世事的我轻信了他。他把书稿拿去两年之久，不但没出版，反而说弄丢了。当时我感到天都要塌了，我用生命的全部力量追寻的希望就这么被他轻描淡写的一句话粉碎了。是可忍，孰不可忍！可我拿他那号人能有什么办法？

悲愤之后，我抖擞起精神，凭着记忆奋斗了三个多月又把近三十万字的书稿写了出来。我把书稿寄给了何老师，不到半个月何老师回信告诉我，书稿写得很不错，叙事的生动流畅和文笔的老到成熟让他惊喜，人民文学出版社决定出版，但要我有足够的耐心等待，并要我给他一个固定电话，好与我联系。那时家里很穷，装不起电话。我借用邻居的电话与他联系。他一接电话就说：“你把电话挂了，我给你打过去。”当时我感动得热泪盈眶，何老师远在北京，却还惦记着一个只见过一面、钟情文学的残疾人的困苦。我放下电话，心情久久不能平静。与那个书商相比，何老师的人品和情操是何等的高尚！

这部小说是我的“关中匪事”系列长篇的第一部，2002 年由人民文学出版社出版，随后搬上了荧屏，广获反响。我的生活境况也因此而有所改善。

在夜深人静之时，我常常情不自禁地回想起这些往事。人在困境之中哪怕能得到一点点关怀和温暖，就好似在阴霾的日子里看到了一束阳光，他都会感到生活十分美好，都会对生活充满希望和信心，鼓起勇气，有尊严地生活下去。反之，他就会悲观失望，一蹶不振，甚至误入歧途。在我人生关键的几个十字路口，都是何老师向我伸出了温暖的手。每每念及，我心中都充满着感激之情。

今生今世，我不会忘记何启治老师的，尽管我与他仅仅只见过一面。

老　屋

连日阴雨，老屋塌了一角。为了减少损失，家里决定拆掉老屋。

老屋的确太老了。听父亲讲，在我还没出生时就有了老屋。现在老屋破旧不堪、满目疮痍，瓦楞草丛生，檩条凹凸不平，柱子也断了好几根，每逢雨天，外边大下里边小下。然而，拆除老屋，我心里很不是滋味。

我的童年和少年都是在老屋度过的。那时的老屋是我心中的圣地，充满着温暖、安全、欢乐和幸福。每每夜幕降临，一盏明亮的油灯就把黑暗和恐惧隔绝在小窗之外。我蜷缩在烧得温热的炕上，偎在母亲的怀里，听父亲一边吧嗒着旱烟锅一边讲古，渐渐地便进入甜蜜的梦乡……

后来，我上了学。每日清晨当我睁开眼睛，就见母亲坐在灶前，风箱拉得呼呼响，灶膛的火光把母亲慈祥的面庞映得通红。等我穿好衣服，母亲便把热气腾腾的饭菜递到我的手中。晚饭后，父母坐在炕上，一个吧嗒着烟锅，一个做着针线，拉着闲话和陈年旧事。我坐在油灯前做功课，母亲不时给我拨拨灯芯，父亲则给我一丝少有的微笑，眼神里充满着爱抚和希望。我幼小的心田里顿时溢满了满足、欢乐和幸福。

记得那是一个秋雨连绵的夜晚，我睡得正香，轰隆一声巨响把我惊醒。没等我明白是怎么回事，母亲就把我紧抱在怀里，父亲光着膀子跳下了炕，双手用力地托起一根垂落的楼椽。原来是山墙坍了！情况十分危急，我却丝毫没有恐惧之感。有父母做我的保护神，何怕之有！

再后来，我上了中学，在学校住宿。学校的宿舍是玻璃门窗，宽敞明亮，比起家里的老屋不知好到哪里去了。可我依然眷恋着家里的老屋，每逢星期六下午就迫不及待地往家里赶。跨进家门，只觉得一股暖气扑面而来。老屋虽矮虽小虽破旧，却是温馨的整洁的，不像学校的宿舍。衣服破了脏了，母亲就为我补好浆洗好；炕凉了，没等开口，母亲就为我烧热；肚子饿了，母亲做好饭菜，不管粗细干稀，管饱，且十分可口；身体稍有不适，母亲便把我按倒在温热的炕上，送汤拿药。真是金窝窝银窝窝，不如家里的土窝窝。

父亲病逝后，我不得不辍学挑起生活的重担。在他乡异地谋生，却时时牵挂着家里的老母。夜静更深，躺在床上不能入睡，满脑子都是老屋温热的土炕，耳畔响着父母亲切慈祥的慢声细语……梦乡里我回到了家里，蜷缩在老屋温热的土坑上，偎在母亲温暖的怀抱里，听父母讲古……

几年后，母亲也辞世了，带去了她博大无私的爱，也带走了老屋的温暖。老屋再无人居住，只放些零碎家具，显得异常冷落。然而，我每每走进老屋，仿佛又回到了美好甜蜜的童年和少年，心田深处溢出一片赤子之情，同时也感受到一片爱的温馨和欢乐……

此时此刻，面对即将拆除的老屋，我心里有说不出的惆怅和感慨。如梦的往事、遥远的回忆一齐涌上心头……

淡蓝色充满温暖的炊烟不再升起；锅碗瓢勺撞击的交响乐早已停息；温热的火炕成为甜蜜的梦境；昏黄的油灯不会再亮起；父母慈祥的面容、亲切的话语成为永久的回忆……

呵，老屋，我温馨的摇篮！你将被拆除，但留给我的记忆不会磨灭！

影集的遗憾

一个人一生中会做出很多的傻事，做的时候也许不觉得傻，甚至以为干得很聪明，只有过了许多年后，才会对此有所醒悟。

一日闲暇无事，随手翻起了影集，顿生无尽的懊悔来……

照相对现在的人来说是平常得不能再平常的事了，但在五六十年代，对我这个出生于农家的孩子来说是件了不起的大喜事。第一次照相的情景我已经记不得了。然而，第一张照片却深深地刻在我的脑海里，清晰得如同就在眼前。

那张照片上的我很是威武，崭崭新的连衣开裆裤，脖子上挂着一个大银牌，明光闪闪；右手拿着一个硕大的西红柿，一脸惊喜之色，紧挨着面带微笑、正襟危坐的父亲直挺挺地站着。母亲虽不在我身边，但母亲的影子却在我的身上无处不在。我的那身打扮装饰在村里的小伙伴中肯定是第一流的。

我是父母唯一的儿子，自然是他们的掌上明珠。我想象得出，为我照相，他们肯定很早就商谈起此事；为我的服饰，他们一定有过争论，最后把我打扮成照片上这副模样。他们一定认为这是我那时候最漂亮的男子汉形象。

那张照片在母亲的镜子正面装着，挂在柜盖上方的墙壁上，一挂就是十多年，因而永远清晰地刻在我的脑海中。后来，我上了中学，把那张照片由母亲的镜子正面挪到了背面。因为常有亲戚乡亲来家，看见照片，就指着露在外边的小鸡鸡取笑我。我觉得那张照片太有损我的形象了，便把它隐蔽了起来。

再后来，母亲的镜子不知怎的打碎了，那张照片不知被我放到了什么地方。等我醒悟到那张照片弥足珍贵时，却怎么找也找不见了。

另一张在我的脑海中留下深刻印象的照片是我和几个少年伙伴

的合影照。

那时我初中毕业返乡务农。英国、随庆、新民和我年龄一般大，我们四人一天到晚形影不离，一人感冒，其他三个就发高烧；一个咳嗽，其他三个就打喷嚏。

一日，我们突然起了照相的念头。记不得是谁先提议的，反正当时我们四人都十分兴奋激动。整整一个上午我们都在讨论这件事，以致忘了手中的活，让队长狠训了我们一顿。

收了工，我们四人像脱了缰的马驹，连家都没回，就奔杨凌镇去照相。我们只觉得那天天格外的蓝，小草格外的绿，路边的野花格外的艳。

来到照相馆，恰好没顾客。摄影师是个中年妇女，可能看我们几个年龄小，态度不怎么友好，因而工作有点敷衍了事。我们却由于太兴奋太紧张，一点儿也没有计较她的服务态度，加之很少光顾照相馆，对照相一点儿也不懂行，就让她那么敷衍了事地照了一下。

几天后，我们四人又一同去取相片。看到相片的第一眼，我的自尊心便挨了重重一闷棍。我怎么能是那样一个形象?！我原以为我是一个雄健的男子汉，但那张照片上的我竟稚气未脱，乳臭未干，身躯瘦弱，好像几个月都没吃上饭似的。

在照相馆我们都不好意思多看那张照片，便来到一个背僻处仔细瞧。照片从我手中传到他手里，又从他手里传到我手中，很久很久。我们四人中有三人对自己的形象都感到悲哀，只有一人满意。最后举手表决，宣判了那张照片的死刑，由我执行。我把那张照片连同底片撕得粉碎，葬于一棵常青树之下。

我们商定来日照张好的，放得大大的，挂在各自屋里最显眼的地方。然而，由于种种原因，这张“好的”照片时至今日也没照成。

一年半后，我被推荐上了高中。冬去春来，两年半时光一晃就过去了（那时我们高中读两年半）。临毕业时班里拿出班费为同学们照毕业留念合影。记得照了三张，一张全班合影、一张全班男生合影、一张全班女生合影。由于班费有限，全班合影照每人一张，男女生各自的合影谁要照片谁付钱。

女生合影照自然没有我的份。全班合影那张我的形象可以。其实，五十多个人挤在一起，看得清眉目就算可以，根本就谈不上什么形象。而另一张男生合影照我的形象大大欠佳，我站在中排，双目紧闭，面无表情，似乎已进入了梦乡。同学们取笑我说是我昨夜攻读书本，借此机会补觉，真会抓时机。我只有苦笑而已，因为此照片要自己付钱，我没舍得用几毛钱去买那本人形象欠佳的照片。

高中毕业后不到一年，我不幸摔伤，久治竟不能痊愈。后来我走上文路，有幸参加了几次笔会，秦都咸阳、古城西安、西子湖畔、岳王庙前、鲁迅故居、乌镇水乡……留下了我的身影。影集日渐丰富充实，然而都是我坐在轮椅上的形象。每每打开影集，寻不见我昔日健康时的风采，唯有一张高中毕业全班合影照，我心中顿有一股失落感……

现在我把那张高中毕业全班合影照夹在镜框里，高悬在床头。只要一抬眼，便可以看到它。我时常凝望着它，忆起闪光的青春年华，同时心中也禁不住泛起苦涩的滋味。由于我年少时爱虚荣、不更事，而留下了不尽的遗憾和懊悔……

夏收往事

一夜南风，田野上的麦子泛黄了，飘散着浓浓的麦香。“算黄算割”一声接一声地叫着，可农人们的脸上并没有着急的表情。

农谚云：五黄六月，秀女下床。夏季多狂风暴雨，稍有松懈，到手的收获就会泡汤。因此，农人把三夏大忙又称“龙口夺食”。这都是以前的老话了，如今的夏收不再忙了。不信您瞧，麦田里联合收割机穿梭般地在轰鸣，农人们夹着蛇皮袋坐在地头的树荫下，消停地谝闲传，身边堆着啤酒和糕点。

换班的司机走过来，有人送上了啤酒。司机嘴对嘴吹喇叭，一气喝了大半瓶，一抹下巴，问：“谝啥呢？这么热闹的。”

一位中年人笑道：“谝当年夏收叫麦客的事。”

所谓“当年”说远也不远，距今也就二十来年吧……

那时联合收割机稀罕得如凤毛麟角，只能在大公家的麦田和电影上看得到，生产队的麦子全靠人工收割。社员们忙了收割，就顾不上夏种，顾了夏种就荒了夏管。万全之计就是叫麦客。

麦还未开镰，便见火车站广场有成群的麦客。他们是甘肃的麦客，扒火车来到关中。他们衣着破烂，有的还穿着毡片做的厚重衣服，操着甘陇口音，背着简单的行囊，胳肢窝夹着镰，三五成群地在街头游走。候车室、车站广场、街头屋檐下、水泥地板，随处都是他们的下榻之地。

关中平原盛产小麦，麦田一片连着一片，说黄都黄了。正所谓：

蚕老一时，麦黄一晌。生产队的社员们忙不过来，队长派人到火车站去叫麦客。约莫一个时辰，领事的社员带回一大群麦客，直接去了麦田。工钱已经讲好，割一亩麦两块五毛钱。领事的社员指着麦田说：“先割东边这片，完了割西边的。”

麦客们似乎没听见，坐在地头的树荫下，有的磨镰，有的抽烟，有的闲谝，并没有人动手下镰。领事的社员有点恼火了：“咋的，跑到地头下凉来咧？快动手吧！”

麦客是有组织的，这时他们的头儿出面说活了：“掌柜的，我们还没吃早晌哩，空着肚子抡不动镰咯。”

领事的社员一拍脑门，笑了：“把他家的，我咋把这事给忘了？是这，你们也别来回跑了，先歇着磨刃子，我回去叫人把饭送来。”

饭早就准备好了，大早起蒸的大蒸馍，大锅熬的麦仁汤。时辰不大，麦仁汤和大蒸馍就送到了地头。麦客们一拥而上，围住了送饭的架子车。掌勺的社员就说：“甭急甭慌，蒸馍管够，麦仁汤随便喝，咱一个挨一个来。”

吃饱了喝足了，麦客下镰了。他们钐跑镰，排成雁翎阵，头儿割头镰。头儿不光是领事的头儿，也是割麦的把式，刃子揽得宽，麦茬割得低，钐得既快又不掉麦穗。最后压阵的也是个能手，一边挥镰一边不住地喊：“快些快些，小心刃子钐了你的后懒筋！”

眨眼的工夫，太阳升到了头顶。太阳越毒，麦客钐得越欢。这时的麦秆晒焦了，钐起来很省力。麦客们几乎都是割麦的好手，猫着腰不抬头地钐，前边是一望无际的麦浪，身后是一个挨一个的麦捆。拉麦的社员都说：“快看，麦虎山（当地人把麦客叫麦虎山）发威了！”

麦客们钐到兴头上，有人拉开嗓子唱花儿，先拖一个长音：“哎——”，随后吐出一串急促的唱词，听不清啥内容，或许是抒发胸臆，或许是感叹生活，或许是发泄对领事的不满。麦客们唱花儿犹如秦人唱秦腔，由兴而起，自然招来了一片叫好声。艳阳高照的麦田由此而生出一阵凉爽的风。

午饭还是送到了地头，是捞面。麦客们的劳动强度大，食量也大得惊人，一般都能咥五六碗捞面，有个壮汉竟吃了十多碗。掌勺的社员关照说：“小伙子，饭是我们的，肚子可是你的，撑日塌了可就不得了了。”他说这话是有缘由的。去年来了一伙麦客，其中一个也很能吃，一气吃了六片干锅盔，又喝了两老碗麦仁汤，不大的工夫就喊肚子疼，没抬到医院就死了。小伙是活活撑死的。

那壮汉哈哈笑道：“没事，没事，我早上没吃好，这是两顿塌在一起吃的。”

太阳压了山，麦客收了场。会计来跟麦客头儿结账。会计说：“这是三十五亩地，每亩两块五。”他算盘一扒拉：“八十七块五，给你开八十八块钱。”麦客头儿说：“地我蹺过了，是三十六亩五分地。”会计说：“我是会计还能不知道我们的地是多少？再说了，我亏你们下苦人干啥？”麦客头儿说：“我的步子就是尺子，不信你用皮尺去量。”

会计有点恼火了，找来皮卷尺量地。结果出来了，比麦客头儿报的数字还多出四厘地。会计傻了眼，麦客头儿得意地笑了。会计嘟哝道：“把他家的，难道我这账是错的？”后来，他想明白了，地亩没错，是耕种时逐年把田间生产路耕种了许多。他也打心眼儿里佩服麦客头儿的量地本领。

晚饭麦客们吃得很消停。掌勺的社员悄悄地跟领事的社员说，有麦客偷馍呢。领事的社员经见得多，不当一回事，说麦客是怕下雨没活干饿肚子，今年收成不错，拿就让拿去吧，你就装作没看见。

吃罢饭已月上树梢，麦客们要赶回火车站，去赶翌日的场。领事的社员说：“来回跑啥哩，就在麦场上歇下，明日儿还赶我们的场，场价还按今日儿的算。”

麦客头儿说：“明日儿的场价要涨呢。”

领事的社员说：“都两块五了，还往哪达涨？你就知足吧。”

麦客头儿看了一眼天说：“天气预报说，后天有雨哩。麦子叫雨打了，你们可就亏大了。”

领事的社员让步了：“是这，每亩再给你们加两毛。”

麦客头儿说：“五毛。”

“三毛。”领事的社员说，“这个价我还得给队长汇报呢。”

“那咱就说定了。”

“说定了。”

麦客们身下铺着厚厚的麦草，沉沉地睡去。社员们却忙着拉麦子、摞垛。麦子割倒了，必须尽快拉回来摞起来，若是下了雨，损失就大了。

后半夜，社员们也收了工。男人们懒得回家，和衣睡在麦草堆里，有的干脆钻进麦客的薄被里，很快就进入了梦乡。他们尽管天各一方，偶然相逢，可此时却做着同一个梦。在梦里，他们不再如此受苦受累，而是驾驶着收割机在海洋似的麦田里破浪远航，金黄色的麦粒瀑布般的淌进了粮仓……

这个梦很快就实现了，您看，眼前的麦收景象不就是当年的梦么？

但也有一丝遗憾，再也找不回当年那热火朝天的劳动景象了。

怀念一本书

舞文弄墨多年，没有其他嗜好，只酷爱书。生活顿顿宁无肉，居家时时必有书。因此羞涩了衣袋，书架却日渐丰富起来。但丢失的书籍也不少，心疼自不必说。最为可惜的是把一本《林海雪原》弄丢了，至今在我心里结着一个疙瘩。

说来惭愧，那本《林海雪原》是我偷钱买的。那时我上小学五年级，课外读书有点儿饥不择食。一天从同学手中得到一本连环画，作业也顾不得做就如饥似渴地翻看起来。那册连环画残缺不全，无头无尾，却非常吸引人。我一连看了好几遍都觉着不过瘾，为没弄清书中主人公命运的凶吉祸福而牵肠挂肚。同桌告诉我，书名叫《林海雪原》，镇上的新华书店有卖的，一套十册，好看死了。同桌带有煽动性的广告语言，有着强烈的怂恿味道。我的心痒痒了，打算买一套回来，美美地看他个天昏地暗。

但资金是个严重的问题。上哪儿去解决呢？犯难之中我想到了父亲的钱夹子。

父亲的钱夹子在衣柜里的一个木匣里放着。木匣没有锁，保密性能很差劲，每每取衣服时我都能看到它。最初，我也想光明磊落地解决没有资金的困难，向父亲要钱去买书，但又想到父亲一定不会批给我这笔款项的。父亲虽然很疼我，也很支持我读书，但他向来财政困难，爱莫能助。

思之再三，我决定铤而走险，做一回内贼。我趁父母不在家之际，掀开衣柜，打开木匣，取出钱夹子。父亲的钱夹子实在瘪得太羞涩，钱币不会超过十元。我不敢拿元以上的纸币，只是扫光了毛票和“分分洋”。

翌日，放了午学我家也没回，直奔镇上的新华书店。当我从营业员手中接过那套十册的《林海雪原》连环画时，激动得手都在发抖。可一看定价，心顿时凉了。全套连环画定价二元五角，可我手中的钱仅有一元一角五分，连一半都不够，我翻着那十册书做着抉择，舍弃哪一册都感到可惜。营业员是个和蔼的中年妇女，她看出我的心思，也洞察到我的经济现状，微微一笑，拿来一册厚厚的书递给我，说道：“买这本吧，包你满意。”

我接书在手，仔细一看，是小说版的《林海雪原》。再看书价，不禁大喜过望，定价正好是我的囊中所有。我便毫不迟疑地把手中的钱给了那位和蔼可亲的营业员，不等她在书背页上盖“已售”的图章，就拿着书欢天喜地跑出了书店……

后来，父亲发觉钱夹子的钞票不够了数儿，问母亲用过钱没有。母亲莫名其妙，说没用过。父亲怔怔地看着钱夹子，便向我投来怀疑的目光。我做贼心虚，急忙避开父亲质询的目光，找借口溜出了家门，躲在麦场的草垛背后去读那本来之不易的《林海雪原》。

再后来，一位朋友来家看到此书，开口要借。我本不愿借，却碍于情面，借给了他。谁知过了些时日朋友来说，书弄丢了。我的心不禁一沉，忙问怎么会丢？原来朋友把书又借给了他的朋友，朋友的朋友又借书给了朋友……如此三传五传地就把书弄丢了。我十分生气，却看见朋友一脸的愧疚，无法发出火来。朋友感到对不起我，说改日到书店给我买一本来。那时正值“文革”非常时期，书店哪还有此书卖！

如今，我的书架空着一丝遗憾。对着书架空着的那丝遗憾，有时我也在想，就算当年朋友真能买到书还我，我也会感到心疼的，毕竟这一本不是那一本。那本《林海雪原》是我书架上的第一册书，它来之不易，记载着一个少年渴求知识的冒险经历，同时也记载着父亲的艰辛和汗水。

不管过去了多少岁月，我都会记着那册书。

石磨春秋

下了一场暴雨，家里的红芋窖被雨水冲塌了，盖窖口的磨扇也掉了下去。红芋窖废弃我并不怎么心疼，只可惜那扇石磨。

听母亲说，石磨是解放那年（1949 年）父亲用两斗麦子换来的。那一年父亲和伯父分居另过，新家建立，吃饭的问题是首要问题。父亲用独轮车推着两斗小麦去百里以外的北山，两天后推回了这合石磨。

五十年代初，家里日子小康。母亲隔三岔五拉牛套磨，一斗麦子磨下来，半斗白面半斗麸皮。日子过得滋滋润润、安定祥和。

那时，磨坊设在家里的门房。早晨，朝阳似火，太阳从窗口探进头来，把金光洒满磨坊。整个磨坊笼罩在淡淡的金色雾霭之中，像似一个美丽的童话世界。老牛拉着磨不紧不慢地走着，母亲一边箩面一边哼着曲儿，几只麻雀飞进又飞出……这一切深深地刻印在我童年的记忆里。

到了“大跃进”年代，成立了“人民公社”，吃了“大食堂”，家里的石磨充了公，但磨坊还在我家的门房。母亲每日拉牛套磨，为的是挣生产队的工分养家糊口。那时大喇叭里整天高喊“半年超英（国），一年赶美（国），跑步进入共产主义”。父母亲都心疼自家的石磨，但以为好日子不远了，多皱纹的脸庞上溢满了渴盼的喜色。没料到没过多久，大食堂散了伙，石磨又物归原主。父母为此叹息了很久。

接踵而来的是“瓜菜代”年月，石磨真正派上了用场。那年月粮食紧缺得如同金豆子，幼年的我从来不知道肚子饱是什么滋味。生产队的牲口只喂草不喂料，饿得皮包骨头拉不动磨子。没奈何，乡亲们只得呼儿唤女推磨子，隔三岔五地磨上半斗八升玉米，连皮带糁子再掺上多半野菜熬上半锅哄哄肚子。推磨那活可真不是人干的。饿着肚子推磨，那感觉似乎是喝醉了酒踩着沼泽地爬坡，所幸的是有一线光明在前头——磨了面就能有饭吃。那时村里流传着这样的顺口溜：“何队长（队长姓何）大个子，领导社员推磨子。头遍轻二遍重，三遍四遍把社员的腰杆都挣硬。”前些日子回村，跟当年的何队长（他现在已是八旬老人了）闲谝，提起推磨的事，他感叹道：“也怨不得他，牲口饿得一上套就拉稀屎，鞭子再打也不肯走，人不推磨喝西北风呀！”

那时石磨可帮了我家的大忙。每天都有好几家来推磨磨面，按规矩他们都要把顶下的“糠”给我家。所谓“糠”就是垫在两扇磨扇之间的麸皮，大约有半簸箕。积少成多，我们一家三口就是靠着这“半簸箕”麸皮艰难地度过了荒年。

后来情况渐渐好转了，肚子能喂饱了，村里也通了电，随后安上了电磨。石磨被人们冷落了，退居二线，家里磨点猪饲料啥的才使唤使唤它。

时光如梭，转眼到了八十年代。党和政府的富民政策深入人心，不再折腾了，农民的日子犹如芝麻开花节节高。大家伙的腰包鼓了，粮仓更是冒了尖，白米细面敞开肚子吃。磨面的机器也日新月异，连连更新换代，给牲畜粉碎饲料也用上了机器。

前些年，外甥家开了个小型面粉厂，那个磨面机可以给小麦剥皮，磨出的面粉雪白雪白的。我很是感慨，六七十年代肚子都吃不饱，现在却要把小麦剥了皮再吃。短短的三十年，中华大地发生了天翻地覆的变化，我们赶上了好年月啊！

外甥笑着说：“我外爷留的石磨现在成了古董，早就该退休了。”

是的，石磨完成了它的历史使命，该退休了。家里拆了磨房，把石磨搬到了不碍人眼的墙角。

如今父母都已作古，但石磨依然健在，只是再也派不上用场了。一家人饭后茶余，常常会瞧见墙角的石磨，就会把话题扯到过去。睹物思人，每每这时我就情不自禁地忆起父母的音容笑貌，忆起往日的艰难岁月，忆起这些年走过的风风雨雨……半个多世纪过去，石磨经历了风风雨雨，几度兴衰，阅尽了我们这个家庭六十年的春秋。窥一斑而见全豹，也阅尽了共和国六十年的风雨历程。

去年家里重修猪圈，见石磨闲置无用，便用一扇做了地基，另一扇盖了红芋窖口，石磨仍在发挥余热。没料到遭遇大暴雨，冲塌了红芋窖，把石磨葬身于地下，令人惋惜不已。

细细想来，共和国诞生之时有了石磨。新中国成立之初，国家初兴，石磨也有用武之地。后来，国家遭难，石磨兴盛；国运昌盛，石磨落伍。再后来，国运大兴，石磨寿终正寝。石磨若是有灵之物，我想它是不应有怨的。

故乡的河

故乡村北有条河，不大，却很古老。

河有名，古称雍水，又称漳河。因与渭河由西北向东南几乎平行而流，渭大漳小，渭南漳北，渭前漳后，故此这一带居民称她为“后河”。河发源于凤翔县老爷岭，经岐山流入扶风，出扶风流入杨凌，再到武功汇漆水注入渭河。河在远古时代一定是条波澜壮阔的大河，两岸那刀削斧劈般的黄土崖上至今还刻印着大水冲刷的痕迹。可以猜想，那时候滔滔河水冲破黄土原的阻挡，一泻千里，奔流到海不复回，其磅礴气势肯定十分壮观。长天气转，而今河失去了往日的磅礴气势，宽不过三丈，深不过两尺，却让出了两岸千顷沃土良田。

河的水是刚刚出山的汩汩清泉，不大而欢腾，潺潺有声如同歌唱；不深而清澈，如镜子一般，可见河床的卵石和细沙。河中有鱼，长肥者一拃，细瘦者半寸，像空中的鸟、风中的旗一样欢实。河的浅滩中有贝壳，有螃蟹；还有芦苇林，是孩子们玩耍嬉戏的好去处。河的两岸有杏林湾，有槐树坡，有柳林崖。这些湾呀坡的散落着农人的青砖瓦舍和茅草庵棚，崖畔上有一排排窑洞，远远看去，颇似一幅浓墨重彩的山水画。

漫长的冬天一过，终南山换上了黛紫的春装，河水开了，涨起了春汛，河湾里开始热闹起来。农谚云："六九七九，沿河看柳。"河两岸的柳条柔柔的，随风婆娑起舞。一伙孩童挎着篮子在麦田里挖荠荠菜和勺勺菜。河道的田地得河之水气泽润，麦苗茁壮，野菜也格外水灵。时辰不大，篮子满了，孩子们便爬上柳树折柳枝扭柳笛，吹得呜呜响。几个"鼻涕将军"抬着柳条编织的花轿，花轿里一张小脸笑得如同刚刚绽开花蕾的桃花……

一夜春风，红的白的桃花杏花开满了河湾的沟沟坎坎，像一片绚丽的云霞。一场春雨过后，花瓣飘落河中，河里就流着桃花水。便有那成群的小媳妇大姑娘在河边洗衣浣纱，人面桃花相映水中，给河增添了令人嫉羡的神韵和风采。她们的笑声如银铃在空中摇响，招惹得在田里劳作的汉子拄锄驻足观望……

河最美的季节是夏秋两季。"立夏"一过，河水日日看涨，住在河边的农人，入夜可听见起汛的呜呜水声。比河水涨得更快的是两岸的庄稼。麦子先青后黄，割了麦子种玉米。沾了河的水气和灵气，玉米苗疯了似的往上蹿，织成一片墨绿色的青纱帐。最让人青睐的是河边的菜地，茄子西葫芦且不去说，单说黄瓜和西红柿，压得架子东倒西歪，嫩格生生红格蛋蛋，令人垂涎三尺。过路人口渴了摘三两个黄瓜西红柿，没人说那是"偷"。比菜地更讨人喜爱的是瓜田。瓜田紧挨河边，瓜秧碧绿一片，盆儿碗儿大的西瓜摆满一地，似颗颗翡翠珍珠，瞧着让人口舌生津，眼热嘴馋。正午时分，河湾进行着一场偷袭战。只见一伙娃们，光着屁股从河水中钻出，悄悄爬上岸溜进瓜田。他们像似泥鳅，摘下西瓜抱在怀里，就地一滚就滚进河水中。待务瓜老汉发觉时，娃们已蹚过河钻进了对岸的芦苇林中。芦苇林中一伙青壮汉子刚从河中洗完身子上来，光着膀子赤着臂在观敌瞭阵。他们是偷袭战的幕后指挥者。河那边务瓜老汉大声叫骂时，他们一伙一边大口啃西瓜一边偷偷地乐……

故乡的河就是这样日复一日、年复一年地流淌着。不知从何时起，河水突然变黑了，变得有味了。先是一点点的黑，一点点的有味。渐渐地变得越来越黑，越来越有味。河里也没了鱼，没了贝壳，没了螃蟹。河水也不能浇地了，也没有人下河洗衣浣纱了，更没有人下河洗澡了。因为那水黑得让人心悸，那味熏得人恶心直想呕吐。河似乎患了重症，流淌声呜呜咽咽，似在哭泣悲伤。

河两岸的乡亲们都在悲哀，河是怎么了？怎么变成这般模样？原来河的上游兴建了造纸、化工企业，把废水污水排进了河中，清澈的河水惨遭污染。发展经济无疑是好事，可不能以损害我们的母亲河做代价呀！

社会发展了，日子好过了，我们更需要一个良好的生存环境。如今河的秀美惨遭毁容，昔日的丽质倩影已成了“木鱼石的传说”，真让人痛心呵。

作为河的儿子，我渴盼着母亲河能得到治理，水清如镜，早一天容光焕发，秀美如初。

远去的童谣

女儿上幼儿园中班，学了一个舞蹈，说是要在“六一”表演。每天从幼儿园回来，女儿都要给我和她妈妈表演一番，边舞边唱：

青山一排排呀／油菜花遍地开／骑着那牛儿慢慢走／夕阳头上戴／天上的云儿白呀／水里的鱼儿乖／牧笛吹到山那边／谁在把手拍／这里是我的家／这里有我的爱／爷爷说过的故事／我会记下来／这里是我的家／这里有我的爱／外婆唱过的童谣／我会把它唱到青山外……

女儿的童谣勾起了我对童年的记忆……

我的童年是没有这首《马兰谣》的，当然我也没上过幼儿园（那时的农村也没幼儿园），从这一点说女儿是幸运的，也是幸福的。

那时的夏夜，在院门口纳凉，是乡村的一道风景线。我家门前有一个石碾，吃罢晚饭，母亲和对门四婆、五婶，隔壁二娘、三嫂等一伙同龄人坐在石碾上拉闲话，我们一伙娃娃在一旁玩藏猫猫。明月当空照，白云头上飘；晚风习习吹，树叶哗哗响。我们玩累了，各自依偎在母亲的怀抱中，听母亲念唱口歌（童谣）：

月亮爷，开白花
有个姑娘给谁家

给给南庄王奎家

王奎爱戴红缨帽

媳妇爱穿板板鞋

叮哩咣啷上庙台

庙台有个呱啦鸡

拿个面蛋哄回去

差（音 ci）娃子，借盐去

差（音 ci）女子，借醋去

他娘吃个饱肚子，

要跟人家赌咒去……

在母亲的口歌中我渐渐进入甜蜜的梦乡……

清楚地记得，那时的天很蓝，云很白，山很翠，水很清。每到春天，站在我们村外的塬边极目远眺，终南山青翠，白云绕山间，油菜花点缀其间，真是“青山一排排，油菜花遍地开”。虽说家乡在塬上，没有水，但远处的渭河像一条白色的飘带缠绕着关中平原，多美的一幅水彩画！

儿时的我虽然没有“骑着牛儿慢慢走”，但经常是“夕阳头上戴”“我的牛跟着我”。牛儿进了圈，在晚霞的映照下我们一伙娃娃做起了游戏，分成两组，一字排开，手挽着手，相向站在十几米远的地方，向对方挑战，大声喊着：

雁鸡翎，打马城，

马城开，叫谁来？

叫××上城来！

这时被叫者奋力向对方阵营冲刺，如果撞开了对方的人墙，就要有选择地引走对方的一名队员；如果没有撞开对方的人墙，就要留在对方；如果一方被撞得剩下一个人了，可以一条腿跪在地上向另一方求援，嘴里喊：老爷老爷要马呢！

对方问：要金马要银马？

求援者：金马银马都要呢。

对方问：要谁哩？

求援者：要××上城来！

这时，胜者一方可允许求援者在自己的队伍里任意挑选两个人，求援者当然会挑选最强硬的人，以便东山再起。

此时此刻，那美好的画面又浮现在我的眼前……

可现在呢？天不再蓝，云不再白，水不再绿，山不再青。“满目青山夕照明”的景象无处可寻，到处是建筑垃圾，满目是白色污染。家乡一带的许多村庄都被城市化建设吞没了，我的家乡也即将消失，孩子的童谣听不见了，《马兰谣》的歌声只是在幼儿园里、在录音机里唱响。儿时的美好画面再也看不到了，只能出现在梦里。

行笔于此，我的鼻子不禁发酸。“这里是我的家，这里有我的爱……”家乡消失了，我的爱在哪里？爷爷的故事在哪里？外婆的童谣又在哪里？

工业化革命加速了人类发展的进程，数字化革命又提了速。农村在缩小，城市在扩大；土地在减少，高楼在增加。喜耶？悲耶？窃以为，人类最本真的生活应该是田园牧歌式的生活——正像《马兰谣》唱的那样——骑着牛儿慢慢走，夕阳头上戴。

现在说什么“加快城镇化建设”，到处都在征地盖高楼，忙得不亦乐乎，社会看起来是加快了前进的步伐，可这是好事么？如果上苍给人类的进程设置有终点，那么加速前进不是加速死亡么？如果上苍给人类的进程设置的是一个圆圈，那么我们急匆匆地前进有什么意义？我们为什么不缓缓而行，尽情地欣赏路边的风景呢？

晚上做了个梦，梦见自己依偎在母亲的怀抱中，母亲的怀抱如摇篮，母亲在轻轻地念口歌：

勤大嫂，起得早，
前院后院齐打扫，
鸡娃猪娃都喂饱，
拿上扁担把水挑。
到厨房，去做饭，
差（音 chai）咧一蛋连汤面，
一擀擀成一张纸，
一切切成一条线，
下到锅里莲花转……

猛然惊醒，明白是南柯一梦，可母亲的口歌分明就在耳畔，却渐渐远去……

散文

况味人生

父母亲的名字

人来在这个世界上都有自己的名字，而且绝大多数人的名字还不止一个。

我的父母亲都有两个名字，一个是他们的父母给他们起的乳名，另一个是他们给自己起的名字，也就是所谓的官名，或叫作“大号”，亦叫“大名”。

父亲的乳名叫铁娃，大号叫贺志发。这是我刚上一年级的时候就知道了的。我们家乡有个很古怪的习俗，小孩叫某人父母的名字就是对某人最恶毒的辱骂。因此，我刚一入学，就有顽皮的小同学叫我父亲的乳名或大号对我进行“恶毒”的攻击。小同学是从他们父母那里知道了我父亲的名字的。我当然也不示弱，跟父母问清他们父母的名字，以其人之道还治其人之身。那时的我们年幼无知，岂不知，一个人活在世上若是名字没人叫，甚至被遗弃忘掉，才是莫大的悲哀。

父亲曾对我说过，他生下来时身体很瘦，且多病，因此祖母给他起名“铁娃”，希望他的身体能强壮得跟铁打的一般。祖母的希望没有落空，二十年后父亲长成一条魁梧大汉，身高一米八五，身强体健，真是一条铁打的汉子。父亲一生很少生病吃药，但在刚满花甲之年却生了一场大病，被病魔夺去了性命。为此，我常常感叹生命在病魔面前显得太脆弱了。

我知道母亲的名字时已经读初中了。记得那是一个星期六下午，我放学回家刚走到家门口，会计何二哥大声喊我。我走了过去，他给了我两张选民证，一张写着父亲的名字，另一张写着“韩桂英”。我看着那张选民证先是一愣，随即就明白了，这张是母亲的。我急忙环顾四周，赶紧把选民证装进了衣兜。我生怕被伙伴们看见了，如果他们知道了母亲的名字，往后的日子他们不光会喊父亲的名字，还会叫母亲的名字来“恶毒”地骂我。

其实，我从来没听人叫过母亲的大名。母亲的大名只是写在户口登记册和选民证上，很少有人知道。成年之后，我常因此而为母亲感到不公。

母亲的乳名叫金桃，一个很好听的名字。我是读高中时才知道的。那年收到舅舅的一封来信，抬头的称呼是“金桃姐”。听母亲讲，舅舅读书不多，只是小学毕业。信肯定是舅舅请人代写的，“金桃姐”三个字写得苍劲有力，很见功力，比我的字好多了。我给母亲念信，不知怎的，念母亲的名字我有点口涩，很不好意思，甚至脸都红了。我还偷眼看了一下母亲，母亲兴奋异常，脸上泛起了少女才有的红晕，这是我从没有见过的。

母亲的大名不知是她自己起的，还是别人给她起的。我没问过母亲，母亲也没给我说过，不得而知。中国妇女叫“桂英”的人太多太多，我觉得母亲的大名有些俗了，远不如她的乳名好听。

母亲的娘家在泾阳。有语云：金周至，银户县，富裕不过泾三原。泾阳、三原是关中平原的“白菜心”，无疑是个好地方。母亲曾无数次地给我讲过她的娘家——泾河岸边的一个村子，土地平展肥沃，泾河水亮清清，河中有小船荡悠悠；每年春、夏、秋三季河边挤满了浣纱的小媳妇大姑娘，莺歌燕舞，笑声赛过银铃……母亲每每给我说起这些时，脸上就现出甜蜜的笑容，似乎回到了少女时代。我也完全被母亲的情绪感染了，不由得想起了一首歌：一条大河波浪宽，风吹稻花香两岸，我家就在岸上住，听惯了艄公的号子，看惯了船上的白帆……多年后我去了一趟舅家，舅家是个好地方，但没有母亲给我描述的那么好，这多多少少让我有点失望。

在我的记忆里，母亲没有回过一次娘家。不是母亲不想回娘家，皆因家中贫寒所致。其实杨凌距舅家只有一百多里路，可父母亲辛劳一年却攒不下去舅家的盘缠。每年母亲都要念叨，今年一定要回娘家。打年初她就点灯熬油加班加点给别人纺线攒回娘家的路费盘缠，到年底也攒下了几十块钱，可过年的开销却没有。一到腊月，父亲就为过年煎熬，而且心怀叵测地打母亲那点钱的主意。母亲看到父亲愁眉不展的样子，于心不忍，不等父亲开口就掏出钱来帮父亲度年关。父亲接过母亲的钱几分高兴几分愧疚地说："明年我帮你一块攒，咱们一达去泾阳看望老人。"可到了年底手中还是没钱。年年都这样说，年年都不能成行。父亲直到去世都没有把对母亲的承诺兑现，这是他很大的遗憾。

父亲去世后，我长大成人了，在心中暗暗发誓，一定要让母亲风风光光回一趟娘家。我认为自己有这个能力。可老天爷偏偏不照顾我，高中毕业后的第一年，一场飞来的横祸夺取了我的健康。外祖父去世时，舅舅发来一封电报，母亲当时守在我的病床边而未能回娘家奔丧。每每念及此事，我都泪水潸然，痛责自己。我对不起外祖父，更对不起母亲。

母亲目不识丁，可她却认得出父亲和我的名字，这让我惊奇不已。那时候还是生产队制度，生产队每每分东西，分给各户的东西都用纸条写上户主的姓名贴在上面。父亲在世时，户主自然是父亲。父亲去世后，我接班为户主。母亲取所分的东西时，每次都能准确无误地找到父亲（后来是我）的名字。

我曾问过母亲是怎么认得父亲和我的名字的，母亲笑着说，就那么几个字，看得多了就认下了。当时我除了惊奇，就是不解。一个目不识丁的人，不认得自己的名字，却认下了丈夫和儿子的名字，这个人就是我的母亲。母亲过世后我才有所醒悟。一个女人嫁给了男人，她就把全部的依靠和希望寄托在这个男人身上；再后有了儿子，她又把全部的依靠和希望寄托在儿子身上。她心中只有丈夫和孩子，唯独没有自己。这是中国妇女的贤淑美德，也是中国妇女的悲哀。

行笔至此，我又想起了一件事。上个世纪六十年代初，正值三年困难时期，家里没啥吃，母亲每天按定量做饭，先是尽我吃，再后是父亲，最后给她自己剩下了半盆清汤。母亲得了浮肿病，用手指在小腿上一按一个坑，半天起不来。

父亲生于 1911 年，属猪。那一年是辛亥年。他念过几天私塾，常对人说，他是宣统三年生人，口气颇似清朝遗老。其实，他是个忠厚朴实的庄稼汉，对改朝换代的事不感兴趣。他常说，咱庄稼人就盼望风调雨顺，国泰民安。母亲比父亲小三岁，生于 1914 年，属虎。母亲的生日是农历二月初五。母亲说她是个没福人，生在二月，年过完了，好东西都吃光了，青黄不接，是个饿肚子的时节。母亲每每提及她的生日，都要念几句俚语：九九加一九，穷汉顺墙立，冷是不冷了，光害肚子饥。

母亲在这个世界上生活了六十八年，没有过过一次生日。这都是我的罪责。

时光如流水，弹指间父母亲离开我二三十年了（父亲 1970 年农历十一月十八日辞世，母亲 1981 年农历十一月十九日辞世），不知道他们在另一个世界是否姓名如旧？去年清明时我在父母的坟头立了一块墓碑，碑上刻了父母亲的大名，同时也刻了一行碑文：父恩如山，母恩似海；育我成人，永世不忘。

我不糊涂，明白任何人的名字不管刻在怎样坚固的东西上，终究都会被时间的巨手磨灭。我的父母亲都是平平常常的人，他们的名字能不能被人记住，我没有多想。我在他们的坟头立下石碑，刻上他们的名字，只是为了寄托他们的儿子对他们永远的怀念。

活　着

最早明白自己活着，是看到一个死者之后。

死者是邻居二婶。母亲和她很要好，常带我上她家去玩。二婶很和蔼，脸上一天到晚挂着慈祥的微笑。后来一次母亲带我去她家，她却没像往常那样盘腿坐在炕上，而是躺在支起的门板上，穿戴一新，脸上蒙着一张黄纸。她的家人围在一旁痛哭流涕，母亲也坐在地上大放悲声。当时我吓傻了，不知发生了什么事。回到家我问母亲，二婶怎么了？母亲说，二婶死了。我问母亲，什么是死了？母亲说，死了就是不能干啥了，不能说话不能走路不能吃饭，啥也不能了。那一刻我突然明白过来自己是活着的，顿时也恐惧起来，真怕自己也像二婶一样死去。

那一年我六岁。

真正认识死是在我十七岁那一年。那年冬季父亲身染沉疴，我用架子车拉着父亲去镇上的医院求医。车到医院，我和同去的叔伯兄长搀扶父亲下了车子踏上医院门诊部的台阶。正走着，父亲的身子突然往下溜，我和兄长急忙架起父亲，大声呼唤。父亲却再也不能回答我了。抢救的医生对我说，你父亲死了。我惊呆了。我从来没想过父亲会死。父亲体魄强健，英英武武一条汉子，风风雨雨几十年，我很少见他吃药打针，怎么突然会死呢！人的生命竟然如此脆弱，瞬间就结束了！

父亲撒手去了，家庭的重担落在了我稚嫩的肩上，短短的四年时间，我深深体验到了人活着的不易。

二十一岁那年，飞来横祸。我不幸从树上摔下来，两条腿不能动了。惊恐之极，我弄不明白自己是死了还是活着。当我知道今生今世可能永远不会再站起来时，眼前的一切成了灰色，灰色的天灰色的地，连太阳也成了灰色的。我躺在土炕上，呆望着土楼板思考着一个问题：我为什么还活着？这个问题还有另一种问法：我为什么不去死？

一个人在舞厅和舞伴翩翩起舞时，或在星级宾馆的餐桌上大吃大喝时，绝对不会去想“为什么活着”或“为什么不去死”这个问题。只有在命运的汪洋中翻了船，才会固执地去想这个问题。我被这个问题困扰了多年，却找不到答案。

后来看了一本气功文学（实际上是一本小说），书中肯定地认为人有前世和来生。我非常兴奋，真希望有前世和来生。前世我是猪是狗倒也无所谓了，我寄托希望的是来生，今生今世我已经倒霉极了，但愿来生能有好运。我真想尽快结束今生，跑步进入来生，却一直下不了决心。究竟有没有来生我心中始终存有疑虑。万一没有来生，不是把今生也耽搁了么？果真有来生，但来生能不能有好运？谁能为我担保？生与死的问题绝对重大，我不敢掉以轻心。

死，是所有人的最终归宿，也是最容易做到的事（只要你愿意做）。活着，却不容易，尽管每个生者都活着。有人说过，寻死是弱者的表现。我不愿做弱者，于是，我就活着，尽管我活得很不痛快。

人来到这个世界上是很不容易的，生不能由己，死亦不能自己做主，唯有活着的这段时间里我们才有一些自主性，干自己想干的事，说自己想说的话，吃自己想吃的东西。虽然我们有时活得很累很不痛快，甚至很痛苦，但我们毕竟活着，实实在在真真切切地表现着我们生命的自主性。

你我他皆凡人，不必过分地去追求“活个人样子”，也不要哲人似地去思考“为什么活着”，或者钻牛角尖般地问自己“为什么不去死”。

活着就是活着，别问为什么。这是寻常人的回答，亦是最明智的回答。不知诸君以为然否？

清贫度生涯

常听人说：“钱不是万能的，没有钱是万万不能的。”说这话的人大多是兜里没有几个钱。这话前半句是说钱也有尴尬之处，二来也是自我安慰，后半句是实实在在的生活体验。我亦有体会。我乃一介书生，靠工资吃饭，时常为“菜篮子和米袋子”的事熬煎。当然还不至于饿肚子，囊中却时常羞涩。

因了没钱，便爱做有钱的梦。在梦里，一大捆钞票从天上掉下来，砸了我一个跟头。我顾不得疼痛一抱把钞票搂在怀里，醒来时，怀里搂着的是一个装满谷皮的枕头。

还是因为没有钱，我便很爱钱，也恨有钱的人。夜静更深不能成眠便细细思忖，爱得有因，恨得却无理。于是知错就改，不再恨有钱的人，只羡慕他们，但绝不崇拜。

吹大气说话，我还有点血性，不甘心穷的困扰，终日寻思致富的门路。我渴望走路时能捡到一大笔钱，可这样的美事至今与我无缘。下海经商也不失为上策，我又顾虑重重，只怕挣得起赔不起。抢银行是致富的快捷门路，我却没那个胆，更怕蹲大狱吃枪子。

没钱的日子实在难熬。如今时兴“玩潇洒”“玩心跳”“玩过把瘾”。没钱什么也玩不了，想玩也只能玩尴尬、玩无奈。

有位穷朋友曾诚恳地告诫我，在没钱的日子里你千万不要上街，街上到处是觊觎你腰包的眼睛；也不要去会朋友，更不要去与情人幽会。否则，羞涩的钱包会使你的脸面和尊严丧失殆尽。在没钱的日子里，你的心情一定很苦闷，但还是不要喝酒，最好也把烟戒了。

经验之谈，实在是经验之谈。我如此去做，果然受益颇多，只是生活的字典里少了“潇洒”“心跳”“过瘾”诸如此类的字眼。我原本就与那些东西无缘，因而也谈不上什么遗憾。

其实，没钱未必都是不好。清贫度生涯也有值得称道之处。首先不怕遭梁上君子的算计，不必提心吊胆睡不好觉，尽管放心地去打鼾。

我向来不喜包装自己，因为没有太多的钱。我不是名人，也不是球星影星歌星，什么星都不是，因而我不必衣冠楚楚规行矩步不苟言笑地约束自己。我穿随意的衣服，可以随心所欲地坐在自己喜欢坐的地方，不用担心泥屑玷污了衣裤。

我没有钱，常吃素净的食物，肠胃从来没有满载之苦，自然不必为消化不良而求医问药，也不必因为脂肪过剩而忧心忡忡。

我不刻意去追求什么，也不去赶新潮、赶时髦，玩潇洒、玩心跳、玩过瘾，皆因囊中羞涩。我有我的活法，不嫉妒人不算计人，不谄媚不拍马屁，无害人之心，无不轨之念，无苟且之意，无非礼之思。无所谓高贵，也无所谓低贱。

我自知今生今世与大富大贵无缘，清贫度日虽有遗憾却也情愿。我不喝咖啡只喝清茶，不吃生猛海鲜只吃家常便饭……在清贫的日子里我最大的乐趣是把自己关在屋里，坐在书桌前泡一杯清茶，去读自己喜爱的书，去写自己想写的文章。虽然有几多孤独和寂寞，却拥有一份恬淡的悠闲和清静，其乐也融融。

当然，清贫的日子并不都是好日子。我不愿自己永远生活在清贫的日子里，却希望永远拥有一片与世无争的恬淡、悠闲和清静。

窗外有棵小歪树

我的窗外有一棵歪脖子小树。身体健康时我从没有注意到它的存在。它一点儿也不起眼，而且大煞风景。一次不留神我撞上了它，便决定要砍掉它。

未等到我把决定付诸行动，命运之神夺去了我的健康——我的双腿瘫痪了，终日只能待在屋子里，视野里仅有窗外的一片蓝天和那棵歪脖子小树。

病痛不仅在肉体上折磨我，更多的是在精神上折磨我。我的心很冷，窗外的那片蓝天也变成了灰色，只有那棵小歪树十分醒目。它的躯干疙疙瘩瘩、千疮百孔，只留下半边粗糙龟裂的皮，支撑着歪歪扭扭的树枝，一副丑陋不堪的模样。一阵萧瑟的秋风刮起，不多的几片枯叶便飘飘落下。我呆呆地凝望着枝头的最后一片黄叶，它顽强地挂在枝头，却又可怜地、瑟瑟地抖着。最终，还是落下了……

我的眼眶滚出冰冷的泪珠。我可怜小歪树，但更多的是为自己不幸的命运而哭泣。

隆冬时节，凛冽的朔风像无数根皮鞭抽打着大地，大地在颤抖，院里飞起一片黄尘，小歪树光秃秃的树枝求援似的伸向天穹，发出痛苦的哀号。

我的心缩成了一团，真担心小歪树会被寒风折断。然而，它并没有倒下。

下雪了，院里披上了银装。小歪树的树枝被积雪压成了弯弓，随时都有折断的可能。我的心不禁又悬了起来，真怕它会冻死。

整整一个冬季，我都在为小歪树担惊受怕。我已经完全把它的命运和我的命运联系在了一起。

初春的阳光洒进小院，压在小歪树上的积雪和冰凌融化了，悄悄融入春泥。一阵春风吹来，轻轻地拂动着小歪树，它欢快地摇曳着，抖动着一身的轻松。我提着的心放下了，长长地松了一口气。

一场春雨过后，小歪树歪歪扭扭的树枝迎来了早晨的第一束阳光。我惊喜地发现枝头有一抹绿色。

“呵，它活着!”我情不自禁地呼喊起来，只觉得眼睛发潮。但这是欣喜激动的珍珠!

再后，小歪树枝头的那抹绿色愈来愈浓、愈来愈大，终于充满了我整个视野。

公正地说，小歪树的这点绿色是微不足道的。但它以它渺小却又顽强的生命点缀了我荒凉寂寞没有生机的窗口，给了我一个绿的追求、绿的希望。

小歪树的生命燃烧起来了，燃成了绿色的烈焰，燃成了一片执着的追求，燃成了一篇赞美生命的辉煌诗章！

我眼前的蓝天又出现了，还有那绿色的希冀、追求和向往。

再往后，我能拄着拐杖下床在院子里走动了。我蹒跚地来到小歪树跟前，抚摸着它那饱经磨难的躯干，仰望着它那歪歪扭扭但却郁郁葱葱的树枝，感慨万端，心潮难平……

我终于明白了，不要把生命轻易地交给命运之神，即使已遭不幸，也要有一副硬铮铮的脊梁，也要保持复活的希望！

祭　树

院里有棵核桃树，三年前被伐了。那时间，老树轰然一声倒下，我的心禁不住地一颤，进屋坐在书桌前，想为它写篇文字。题目有了，却写不出一个字来。

核桃树是父亲栽的，那时他已过而立之年。桃三杏四梨五年，想吃核桃得九年。父亲栽树时想到的不是他和母亲，而是我。可他万万没有想到，他栽下的是一个祸根！为此，父亲去世多年后母亲还经常抱怨他。

这棵树也曾给我带来许多欢乐。打我记事起，它就枝叶茂密、果实累累。每年春季，随着绿叶的生长，它先吐出毛毛虫般的絮子，后生出些许黄花，再后豌豆般大小的核桃生了出来。随着日月的递增，那青皮核桃渐如鸡蛋大小。等到糜谷上场时，那青皮裂开，只要猛摇树干，核桃就破皮而落。

每年秋收季节，是我最欢乐的时刻。这年年都有的欢乐一直延续到我二十一岁那年的秋天。

那年秋天，老天变得十分忧郁，老阴沉着脸，掉着蒙蒙的泪水。刚刚走出校门的我，很荣幸地官拜生产队会计。住的屋里却没有电灯，我又毛遂自荐去当电工。电线从院中的核桃树中穿过，一根树枝长得不是地方，挡住了线路。我要去砍掉它。母亲不许，说是刚住了雨树干太滑。我不听老母言，执意上了树。就在此时，上苍跟我开了个残酷的玩笑——我手抓的树枝断了，从树上坠了下来，摔伤了脊椎骨，下肢瘫痪了。

最初，我和母亲都恨死了这棵核桃树，都说等我伤好后就砍伐了它。我的伤却迟迟不能好，因而也没人去砍伐它。

那段日子里，母亲常常自言自语地埋怨早已下世的父亲不该栽这孽障树，只说将来儿孙吃核桃时能记起先人，没想到却祸害了儿子。我也时常发呆地望着那树，回想着健康、活蹦乱跳的日子……

第二年春天，核桃树并没因为摔伤了主人而感内疚，依然按时开花结果。到了夏日，我能拄着拐杖下床了。遵照医嘱，在母亲的搀扶下我每日在院子活动麻痹的双腿。核桃树如一把巨伞，为我们母子撑出一片绿荫。砍伐它的计划只好往后拖延。

不觉到了秋日，核桃树以它香美的果实贿赂了我们母子的嘴巴，但丝毫没能动摇我们母子砍伐它的决心。正准备实施砍伐计划，却收获了玉米，母亲发愁地望着如小山的玉米棒子，不知往哪里存放才好。同院住的桂芳大嫂说："拧成辫子，架在核桃树上不就好了。"

这真是个好主意。于是，就这么办了。砍伐的计划自然又落空了。

年年如此，核桃树便毫无愧色地在院中挺立着，尽管我们母子一直对它耿耿于怀。

天长日久，我和母亲都不再说砍伐它的话了。从春到秋我需要它的树荫遮阳挡雨，从秋到第二年春，它担负着玉米架的重任。我们母子的生活中有点儿离不开它了。

后来，母亲病逝了。核桃树却依然活着。我在院中活动双腿，常常驻足树前，抚摸着那粗糙如毛铁的树皮，忆起母亲的音容笑貌，感叹人生无常……

到了前年春天，万树皆绿，核桃树却迟迟不见发芽。我心中大疑，等不及了，折断一根树枝细看，却已干枯了。我十分诧异："它怎么死了?!"

其实，前几年它已经现出了衰老的症状：枯枝一年比一年增多，果实一年比一年减少。只是我不把这些放在心上罢了。

后来听一位老人说，核桃树的早衰是因为年年都把它当作玉米架的缘故。试想：每年都把五六千斤的玉米棒子全压在它肩上，它能受得了吗?

树既死，就当伐。

核桃树轰然一声倒下，院里顿显空荡荡的，我的心中也现出一片空白……

我一如既往地拄着拐杖在院中活动双腿，留下的脚印竟是一个圆圈。院中的核桃树虽然没有了，但它依然活在我心中。

我早已不怨恨核桃树了。我的伤残只能怨我太大意太不小心，或者是上苍对我的惩罚吧，要我饱尝一下人生的酸甜苦辣。核桃树一介草木，何罪之有？

我在核桃树生长过的地方又植了一棵杜仲树，我希望它快快长大，撑起一把绿伞为我遮阳挡雨。

月夜寻觅

盛夏的夜晚，天气闷热。电视播放着台湾一个冗长无聊的武打连续剧，越发使我的心情烦躁起来。屋里实在有点待不下去，便出去走走。

腿残以后，夜晚我很少出门。乍一出来，心情豁然开朗了许多。天色青蓝，星辰稀疏，一轮圆月高挂东天，橘黄的月光洒满一地，村庄的轮廓显得十分清晰。公路两旁挤满了一片小二层楼和砖混结构的平房，却不见人影，只看得见家家的小窗口透出一抹灯光。我心里突然感到似有一种说不清道不明的空旷和寂寞，似乎有什么东西丢失了。

丢失了什么呢？拭去被时间的灰尘遮掩的记忆，我苦苦地去寻觅……

月光下孩子们热闹的追逐、欢快的嬉笑声哪里去了？麦场上大人们疲倦而又悠闲的对话声，旱烟锅一闪一闪的亮光在哪里？女人们挤成一堆的格格笑声在哪里？还有月影里姑娘们的悄悄话又在哪里？

都没有了，连一个人影也寻不见，连一声叹息也听不到。

我不会忘记，少年时的每一个夏季，打麦场永远是最热闹的地方，那里是我们的天堂。晚风习习，吹散了暴晒一天的暑气，驱走了蚊虫，轻轻拂着面颊，使人感到有说不出的惬意和舒坦。这里没有父母的管束，没有蚊虫的叮咬，没有异性的妨碍，我们脱得一丝不挂，躺在温热的麦草铺上，天南海北的吹牛神侃。侃着吹着，忽觉口渴，便有人提出弄几个西瓜吃吃。这个提议立刻得到一致的赞同。

弄者，偷也。我们这一带的男性公民几乎没有没干过这勾当的人。夏夜在麦场上纳凉，去瓜地摘几个西瓜解渴，没人把这事当作贼看。那时我们弄瓜的手段很是高明。到了瓜地，脱下裤子，给裤筒里各灌一个，搭在脖子上，一个胳肢窝再各夹一个，这才出瓜地。回到打麦场，大伙把弄来的西瓜放在一起，没有刀便用拳头砸，光着屁股蹲在场地，一边大口啃西瓜一边大声说笑。那情那景仿佛人类又回到了远古的原始共产社会……

现在，这一切全无影无踪了，只有那轮明月仍挂在原来的地方，寂寞的光照着晚饭后寂寞的村落。

我的目光在空旷寂寞的月夜寻觅。打麦场失去了昔日的热闹喧腾，被各式各样的房屋挤到了一隅，堆满了大大小小的麦草垛，孤寂得如同一块乱葬坟地。一片无奈的寂静印证着关于少年的记忆早已丢失。

我终于寻觅到了另一种新的东西。它们竖立在各式房屋的屋顶，丫丫杈杈似落秃叶的树枝，直直指向月亮，似乎炫耀着它们的得宠和辉煌。我明白了，现代文明取代了往昔的一切，给人们带来了新的欢乐，把人们的视野凝聚到一个小小的四方世界里，同时给人们相互沟通的心灵筑起了一道篱笆墙。这是喜？还是悲？我弄不明白。

忽然，公路左边的一个方窗里传出了一声喝喊：“二饼！”吓了我一跳。愣然半晌，刚醒过神来，又猛地听见公路右边的一栋小二楼里传出一声惊喜的叫声：“哈，和了！”又让我起了一身的鸡皮疙瘩。

我呆立着，望着那依旧的明月，心里涌起一股难言的惆怅和失落。许久，又环顾四周，月光下的打麦场更显得寂寞冷落，照不见一个人，没有一点声音，甚至连一声笑或一声叹息也没有。

我醒悟过来，此时人们都坐在电视机前，或围在麻将桌边，娃娃们自然也不会出门。尽管屋里很闷，尽管外边的月色很好。人们已经习惯了小方窗里的世界，没谁会和我一样傻，去到外边寻找什么。

丢失的东西可能永远不会找到了，我该回家了。

麻　雀

阳光很和煦。坐在草坪旁读书真的很享受。困了，闭上眼休息休息。

忽然，面前掠过一股轻风，睁眼一看，草坪上落了一群麻雀，近在咫尺。它们黑幽幽的小眼珠看着我，似乎为惊醒我的好梦而感到不安。我冲它们笑了笑，它们竟然读懂了，叽叽喳喳地冲我叫着。随后它们在草坪上欢腾跳跃，这里啄啄，那里啄啄，时而雀起，时而雀落，十分自由自在，令人羡慕。

麻雀是最寻常不过的小鸟，它曾被当作“四害”严打过，险些绝了种。后来平反昭雪，它重新回归到益鸟的队伍之中。以前在乡下居住，举目就能看到。住进城后，就很难看到麻雀了。原因众所周知。此刻一群麻雀在身边跳跃嬉戏，一种久违的亲切漫上了心头，我感觉自己也是它们的一分子。

我们同在蓝天下，享受着阳光和自由，多么美好！

突然，不知从哪里飞来一粒石子直射雀群。雀群忽地飞走了，但有一只被打中了，翅膀扑拉了几下，不动了。

我被突发的景象惊呆了。这时耳旁响起了欢呼声：“打中了！打中了！”扭脸一看，一个壮实的汉子手执着弹弓得意地笑着，欢呼的是他身边一个十岁左右的男孩。看脸相，显然他们是父子。父亲命令儿子：“捡回家喂猫！”

胜利者离去了，我的心却一阵酸疼，是为那群麻雀。我知道弱肉强食是生存的法则。有句广告词说得好：没有需求就没有杀戮。可壮实的汉子不是为了生存，而是为了喂自己的宠物，就牺牲掉另一个生命，这未免残忍些了吧。

我也在为人类悲哀。麻雀和人类没有什么不同，同样是芸芸众生。同样生活在这颗蓝色的星球上，生命是没有高低贵贱之分的。可强者对待弱者的生命常常是不屑一顾，譬如，随手捻死一只蚂蚁，捏死一只虫子，打死一只麻雀。

良久，我仰望天空，寻找那群麻雀。

天空不知什么时候蒙上了一层云，灰蒙蒙的一片，空荡荡的，什么也看不到。

我知道那群麻雀不会再回来了，我也不希望它们回来。

我时常怀念在乡下的年代，如果真的回到那个年代，我是否愿意？

我明白我只能生活在当下。

清明感叹

清明将至，我和妻子带着女儿去给父母扫墓。每年清明我的心情都很沉重，今年尤甚。思念父母这是其一，令人心痛的是迁坟。

去冬就有消息说家乡要迁坟，我以为是谣传，没当回事。没料到谣传成真。

家乡安葬老人，在上个世纪五十年代以前，谁家的老人就安葬在谁家的田地里。人民公社化后，每个村都划出一块墓茔地，统一安葬村里的老人。各村选择的墓茔地几乎都是坡坎地或者旱地，一是怕水淹了墓地，二是让先人们发挥最后一点余热，不去跟后人们争好地。就说我们村吧，把墓茔地选在了“狼沟”岸上。“狼沟”距村子有二里多地，是一条宽三四十米、长二里的峡谷，常有野狼出没，因此，村里人把此地称为“狼沟”。上个世纪五六十年代这里还有野狼出没。“狼沟”岸上是兔子都不拉屎的坡坎地，把先人们的家选在这地方，已经是后人们的不敬和不孝。可这地方绝对的安静，也罢，就让先人们在此处安安静静地休息吧，他们在世时也太劳累了。

谁都没想到，几十年过去，一条公路竟然从“狼沟”穿过，昔日的“狼沟”成了通衢大道，车如流水日夜流淌，在沟岸上长眠的先人们被吵醒了，再也无法安睡。

唉，这也就罢了。

更没料到，要让先人们搬家。理由是：公路要加宽，不再拐弯，要直行。

虽说父老乡亲都不愿给先人们搬家，可小胳膊拧不过大腿。

看新闻，全国各地都在拆迁。如今如潮水般无法阻挡的城市化进程，让无数村庄成了只能记忆的碎片。有消息称：中国每天消失八十至一百个村落。活人住的地方都保不住，何况死人。我要说的是，刨人祖坟在我们中华民族看来是最为恶毒的，而且被人不齿。可是许多人还在干着这最为恶毒、被人不齿的事，且乐此不疲。对此，我深为愤恨，却又无可奈何。

有人会批驳我：时代在前进，肯定会有些东西被前进的车轮碾碎，不要计较一城一地的得失。

我同意这个意见。可是我还要说，能不能不强权？能不能尊重一点群众的意愿？能不能人性化一些？能不能民主一点？……有句老话：入土为安。人生在世，长不过百年，黄土之下是每个人永远的家。目睹很不人道的拆迁、迁坟，百年之后谁还能睡得安宁？

就说我们村，车多了，公路必须加宽，这是好事，也是必需的。可路弯一弯怎么了？不好看了？也罢，搬就搬吧。村北的河湾也有墓茔地，那就搬到那里去吧，不要让先人们远离故土，后人们祭奠也方便一些。可是还不行，河湾那里要开发，要搞垂钓园。死人吓着活人怎么办？不行，坚决不行！

我电话里问过我的一个侄子能不能不搬。他说，上面说必须搬，搬到十几里外的李家沟去。我说，李家沟太远了，扫一回墓不容易呀。他说，谁说不是呢，大家都不愿意搬到李家沟去。我说，不是有村民代表吗，为啥不把大家的意见反映上去？他说，有个屁用，地都让人家买去了。

我忽然想到了一句成语：皮之不存，毛将焉附。

我无语。我在想：地不卖行吗？

还是那句话，小胳膊拧不过大腿。

我在父母坟前点燃香火纸钱，默默告知父母：爹，妈，我们一家来看望你们，今年是最后一次在这里给你们送纸钱。几天后你们得搬家，我知道你们不愿搬家，我也不愿给你们搬家，可这由不得儿呀……

我说不下去了，泪水吞没了声音……

面对孤独

正在看电视连续剧《水浒传》，突然停了电。眼前没了梁山好汉风风火火闯九州的热闹壮观画面，漆黑得令人毛骨悚然；耳畔没了《好汉歌》铿锵激越的音乐，寂然得使人不知所措。顿时一股难以名状的孤独感从心头油然而生。

何谓孤独？《现代汉语词典》解释为：独自一个人。常听人说："我心烦，想独处一阵。"那就是说，他想孤独孤独。对此，我不甚理解。也许在别人的生命长河中，更多的是喧闹，是激流，是奔腾，因而往往需要宁静，需要孤独。但是我就不同了，残腿限制了我的自由，没有山高水远的生活，终日在家中，最怕的就是寂寞和孤独。书是寂寞之友，所幸我识得字，打开书卷，寂寞便不翼而飞。更可喜的是有电视，按下遥控器，便有人对你说对你笑对你哭对你闹，孤独被赶到荧屏外边去了。尽管如此，我却一直摆脱不了孤独的阴影。

我曾把我的孤独对一位朋友讲过。朋友博学多才，对孤独颇有研究。他让我在感到孤独时，凝神去聆听窗外的天籁之音，如促织叫、蝉鸣、蛙鼓、雨打芭蕉叶；如果月照窗棂，最好自斟一杯酒，细细品味，不要下酒菜，也不一定会作诗，只让酒融进自己的血液，沉醉自己的灵魂。朋友还说，前一种方法有品茶的感觉，可以使心情达到陶渊明"采菊东篱下"的境界；后一种方法有梦幻般的感觉，可以达到陶醉灵魂之目的。两种方式我都试过，感觉却与朋友说的大相径庭。听促织叫、听蝉鸣、听蛙鼓，觉得心更烦情更躁，半点品茶的感觉也没有，更别说"采菊东篱下"的心境了。至于"举杯邀明月"，只使我对"借酒浇愁愁更愁"有了更加深刻的理解。

有人说过，清醒的人是孤独的，睿智的人是孤独的，譬如林则徐是孤独的，鲁迅是孤独的，尼采是孤独的，弗洛伊德是孤独的。可我怎敢与他们相比？又有人说，伟人都是孤独的。这句话让我羞愧得无地自容，我都不敢对人说我的孤独了。还在一本书上看到过这样的话："俗人是享受不了孤独的。"这句话我爱听。我享受不了孤独，因为我是个俗人。

然而，上苍却不管我是个什么人，也不管我能否享受孤独，强迫性地把孤独赐予了我。我无法拒绝，不得不面对孤独。譬如此时，停电了，手边没有蜡烛，我也懒得去找。没有灯光，就不能读书，孤独便与寂寞联起手来乘机而袭，吞噬我的灵魂。这不是第一次，也不是最后一次。因此，我使出了多年来摸索出的一个良方来抵御它们的吞噬……

朋友，你害怕孤独吗？在你感到孤独时，不妨试试这个药方。

你静静地躺在床上，让身体各个部位尽可能地摆放得轻松舒坦些，不要开灯，闭上眼睛假寐，放飞自己的灵魂……

你可以回忆童年时的情景，自己躺在母亲的怀抱里，听母亲唱着如诗般的童谣……那温馨之感永生难忘；你可以回想少年时与同学同窗共读，闲时激扬文字，指点江山，挥斥方遒……那股豪情今生今世不可能再有；你可以回想和恋人的第一次约会，情话绵绵，依依难舍……那份情、那份爱似一团烈火，在心中永藏；你可以回想和挚友的一次趣味相投的秉烛长谈，抵膝而坐，笑语声声，直到深夜……那纯真的友谊犹如醇香的陈年老酒，令人回味无穷……当然，还有许多甜蜜的回忆和美丽的遐想……

渐渐地，你会感到孤独寂寞离你远去，你不再烦躁心焦，心情平和下来，身心俱宁。其实，身心俱宁也是人生的一种乐趣。

足球随笔

现在的电视节目可以算作丰富多彩了。在众多节目中我最喜欢看体育比赛，尤爱看足球。

一日，我独自一人在电视机前看一场足球赛。一位朋友来访，进了屋我竟然不知。朋友见我看得这么着迷，十分诧异，问道："你喜欢足球?"

我点了一下头。

朋友看了我半天，目光中充满困惑不解。在他看来，一个下肢瘫痪的人看足球不是自寻痛苦和烦恼么?

我不想给他解释什么，示意他坐下也看看。

足球赛结束了，结果是零比零。朋友打着哈欠说："白费了半天劲，没进一个球。"

看来这位朋友喜欢看进球。罚点球最容易进球，当然场面也十分紧张精彩。但世界上绝对没有一场球赛一上来就以罚点球决胜负的，都必须踢够九十分钟，倘若胜负难分，还得加赛三十分钟；若还是平手，这才罚点球决胜负。球迷们在电视前看球赛录像时，都避免预先知道结果，并向知道结果的人发出警告："不许说!"

记得看过一个电视短剧，剧中主人公是个足球迷，由于工作忙常常看不上足球赛的现场直播，只好过后看录像。却怕那些看过现场直播的人告诉他结果，便在脖子上挂了个牌子，牌上大书：不谈足球!

由此看来，使球迷们着迷的并不是比赛的结果，而是比赛的全过程。在九十分钟的过程中，他们欣赏生命的矫健、坚强、智慧和优美。他们在努力拼搏、前途未卜的过程中享受艰辛，享受激情，享受惊险，享受渴望，享受欢乐。

当我坐在电视机前看足球赛时，谁胜谁负我并不太在意。在我的眼中只有那一双双健美结实、充满力度的腿和那小小的球。我的整个身心都随着那双双健美结实、充满力度的腿在突奔，随着那球儿在腾飞。此时此刻，我获得了健康，获得了男子汉应有的胆魄勇气和雄姿，我觉得我也是他们中的一员……

我常常这样想，那绿茵茵的赛场不就是人生的竞技场么？人的一生多么像一场球赛，区别无非时间长短而已。老天在冥冥之中给我们设置了很多障碍，为的是让生命展开一个多姿多彩的全过程，于是才使我们的生命中有欢乐，有痛苦，有趣味，有无聊，有悲欢，有离合，有悲壮，有辉煌。

歌德说过："人生最大的幸福是奋斗的过程，而不是结果。"虽然任何人最终的结局都是死，然而每个人一生所走过的路都不尽相同，在奋斗的过程中你会获得充实与辉煌，在颓废的过程中你得到的是空虚与平庸。

每个人都拥有自己生命的全过程，但在这个过程中老天并不宠爱每一个人。譬如我，老天就不喜欢——下肢瘫痪了，不管我怎么想不通也没用。然而，老天并没在我的生命线上打上句号，好比一场球赛，输局已定，可还有时间要你往下踢。那就鼓起勇气往下踢吧。不能在平坦的人生旅途上获得幸福和欢乐，那就在坎坷的逆境中争取辉煌的悲壮吧！

奥林匹克的精神实质是："重要的不是获胜，而是参与。"只要你满怀激情地投入到生命的全过程中，不管结果如何，你都会得到生活赐予的东西。有位残疾朋友说得好："当生命以美的形式证明其价值的时候，幸福是享受，痛苦也是享受。"

电带给我的悲与喜

今生今世，是电改变了我的人生轨迹。

三十四年前，一个秋风苦雨的日子，我给家里拉电灯线时不慎从树上摔下，摔伤了脊椎骨，以致下肢瘫痪。

那年月家乡刚刚用上电，乡亲们对电的到来表现出了极大的热情和敬畏。那东西只通两根电线，看不见摸不着，开关绳一拉，那个小小的玻璃灯泡就发出亮光，把黑夜照得如同白昼。真是太神奇了！

是时，我高中毕业回到家乡，被乡亲们推选为会计，对电的知识我自然比乡亲们知道得多。此前，我家点的是煤油灯，晚上除了算账，我还保持了读书的习惯，常常被煤油灯熏得头昏脑涨，黑了鼻孔，烧焦了头发。我一直渴望着能给家里拉上电灯。为了追求电的光明，我不顾母亲的劝阻，冒雨拉电灯线，不慎摔伤，终生与轮椅为伴。这个代价付出得太大了。

最初的几年，我对"电"这个字眼恨之入骨。倘若没有电，我怎么能从树上摔下，沦为残疾人！我不再与人说电，但生活中却时时刻刻离不开电。

我的家乡地处黄土高原，原高井深，吃水十分困难。“老牛拉磨，壮汉绞水”，是那时人们生活的写照。我身残后，母亲时常为吃水发愁。三十多丈深的井，年迈力衰的母亲绞上一担水谈何容易！后来村里打了机井，是电把甘甜的井水从百米深的地下抽上来送到了家门口。当在水龙头接到第一桶自来水时，我们母子喜极而泣。

再后来，村里安上了电磨子，电闸一合，一袋小麦倒上去，片刻工夫就成了白面。我们母子不再为磨面发愁了，老牛拉磨也成为永远的记忆。

还有，受伤致残后，我不甘坐以待毙，与文学结缘，每晚在电灯下苦读笔耕，追求思想和精神上的光明，不再因煤油灯不亮而叫苦，也不再受刺鼻的煤油味的烟熏之苦……

然而，那时电力供应不足，常常停电（大多在傍晚时分）。每逢停电，全村人几乎都跑出家门，相互询问怎么又停电了，埋怨声不绝，每个人的脸上都写满了对电的渴望。特别是在放电影时，突然停电会招来一片骂声，电来了，银幕下是一片欢呼声，仿佛过年一般。

在那苦不堪言的日子里，电不仅给我们母子的生活带来了许多温暖和光明，也给乡亲们的生活带来了许多温暖和光明，以及快乐和幸福。

夜静更深时，我有时不能入眠，便回首往事。当年我如果听从母亲的劝阻，怎么会有如此后果？我受伤致残，一是我的脾气太犟，二是命运使然，电何罪之有？

想明白了，我不再恨电了。

如今，电在我们的生活中无处不有，吃穿住行人们一点儿都离不开电。电不仅给人类带来光明和温暖，而且让人类前行的道路更加宽广、更加灿烂。别的我且不去说，只是一个电梯，给残疾人带来了多大的方便。去年去西安，到一位朋友公司去玩，朋友的公司在二十八楼。眨眼的工夫，电梯就把我送了上去。在窗口鸟瞰市容，别有一番滋味在心头。倘若没有电梯，这辈子我肯定不能再登这么高了。

几天前，妻子有事外出，临出门时对我说："米我淘好了，已经放在电饭锅里，你加上水，按一下开关就行了。菜用电磁炉热一下。饮水机我已开了，你想喝水就去接。"

饭后茶余，我打开电脑上了会儿网，再后，躺在床上看电视。电视在播放新闻：冬季到了，电煤供应趋于紧张云云。

我突然想：如果没有电，人们将怎样生活？我惊出了一身的冷汗。千万不能有这个"如果"！千万！千万！

村　庙

村南修了座庙，不大，却颇有气势，是村人们捐资修建的。这地方本有座庙，供奉着骑胭脂赤兔马、挥青龙偃月刀的关云长。儿时，我同一帮小伙伴常去香火不怎么盛的关帝庙里玩耍。小伙伴们对关老爷的五绺长髯十分感兴趣，禁不住爬上神龛去摸一摸。我却喜爱一旁站立的周仓手中持的青龙偃月刀（木制品），曾多次夺过来舞弄一番。后来在“文革”的年月里，一伙臂缠红袖章的人冲进庙门，你推他掀，硬是把关老爷拉下了胭脂赤兔马，并打翻在地。关老爷虽曾过五关斩六将，千里走单骑，却败在了这伙小将手下，失了神威，化为泥胎尘土，被扫地出门，当作肥料施到了地里。

此后，这地方成为村里的“忠”字堂，庙内正中央贴着最红最红的红太阳的光辉宝像。全村人每日都要“早请示晚汇报”，三呼“万寿无疆”。

再后来，村庙冷清了一个时期，渐渐地破烂不堪，最终在一场罕见的大暴雨中倒坍成为废墟……

不知什么时候起，乡下兴起了一股修庙热，几乎村村堡堡都在修庙。我们村也不甘落后，村里一伙上年纪的人及一些不怎么上年纪的人联合起来鼓吹宣传搞募捐。于是，村庙又在原来的地方出现了。

关帝庙今非昔比，香火很盛，每逢初一、十五，人来人往，香火不绝，庙内烛光闪闪，香烟缭绕，供桌上摆满了小山一样的供品，令人馋涎欲滴。施主有手拄拐杖的古稀老太婆；有满脸褶皱的天命长者；有步履坚实的不惑汉子，更多的是未过而立之年的小夫妻。他们全都虔诚地跪倒在关老爷面前，一片祈祷之声，都是求子求孙的。

想来在仙界各位诸神都是有分工的。孙悟空的“齐天大圣”是靠武力争取的，职位高是高矣，却是个虚衔，有名无实。猪八戒的“天蓬元帅”是玉皇大帝亲封的，有名有权，掌管着八万天河水师，是堂堂的海军司令。关云长在世时是西蜀的五虎上将之首，归天之后被世人尊称“关帝”，一定是在仙界握有兵权。可他老人家怎么又管起了生儿育女之事？那可是送子娘娘的专利呀。不知是关老爷又有了新的分工，还是世人搞错了？

仔细想来，关老爷并没有新的分工，世人也没有搞错。关老爷在世为官时是上马管军下马管民，到了仙界自然一如既往，只是这样一来，麻烦事就多了。

忽一日，来关帝庙朝拜还愿的施主们发现关老爷神龛前置放着一团红包裹。众人皆惊，不知是何物。突然，红包裹发出呱呱的婴儿啼哭声。

众人急忙仔细看，原来那红包裹是个小被褥，包裹着一个女婴，众人愕然。半晌，都明白过来，知道这孩子投错了胎。

她的父母是谁？为啥要把她抛弃到关老爷的面前？是希望善良的人能收养她，还是向关老爷抗议示威？

不难想象，当她还在母体时，她的父母曾是多么的欣喜，把她想象成一条龙，描绘成一缕不断的香火。可当她挣扎来到这个世界，却是一只凤！

这是谁的过错？

可以断定，关老爷曾享受过女婴父母的香火和供品，却为什么没有让他们如愿以偿呢？是关老爷不够意思，还是女婴的父母心不诚？当然，后边的解释是正确的。信男善女们惶恐不安，唯恐心不诚而得罪关老爷，纷纷跪倒在神龛前，虔诚的祈祷声和着女婴的啼哭声充塞着整个村庙。关老爷正襟危坐，面带神威，一手按着腰间佩剑的把柄，一手捋着长髯，微眯着丹凤眼俯视着芸芸众生。袅袅升腾的香烟缭绕盘旋，把关老爷弥漫得更加神圣威严。他似乎在说："世间万物，有阳就有阴，有男就有女。独阳则不长，孤阴则不生，故天地配阴阳，男以女为室，女以男为家。此乃天道也，非神力人力可改变……”

这是谶语么？

否！寻常语言，不知虔诚的朝拜者都能否听懂？

难忘的聚会

戊子金秋，原武功县杨凌中学初68级甲班同学在杨凌玉皇宫酒店聚会，四十年只在弹指间，相聚2008，梦回1968。聚会归来，心潮难平，夜不能寐，撰此小文，记事抒怀，以作纪念。

——题记

10月1日是国庆节，无疑是个喜庆的日子。今年的10月1日又非比寻常，我们分别四十年之久的同学终于相聚在后稷故里——杨凌农科城。四十年前我们在这里分手踏上各自的人生之路，四十年后我们又在这里欢聚一堂，怎能不令人激动不已，感慨万端！

天公作美，阴霾多日突然放晴了，阳光一片灿烂。上午9时许，申安荣和张国国同学开车来接我去玉皇宫酒店。此前国国和我多次见过面，彼此是熟悉的，安荣我已认不出了。四十年在时间的长河中只是短暂的一瞬，却是大半个人生，我们分别得太久太久了。那时我们都是少年，而今已年过天命，记忆被时间的灰尘蒙蔽得模糊不清了。我们紧紧握着手，但来不及感叹，来不及追忆，因为还有更多的同学在等着我们。

来到酒店停车场，安荣刚泊下车，李郁侠同学就疾步迎了上来。他是个热心人，也是这次同学聚会的发起人。早在四月初，他突然来到我家，当他站在我面前问我还认不认得出他是谁时，我先是一愣，随后又惊又喜，尽管岁月的风尘染白了他的双鬓，给他的脸上刻满了皱纹，但我还是认出了他。他说是从李晓林同学那里知道了我的电话和住址的。我说怎么来时不给我电话，他笑着说就是要给我一个惊喜。果然是一个惊喜！闲谈中他告诉我，他出差见到了班上好几位同学，大家都提议搞个同学聚会，由他牵头，正在积极筹备，时间安排在国庆长假，考虑到我的身体情况，特来问我到时能不能参加。我闻言十分兴奋激动，少年时代的美好时光常在我的梦中浮现，能与四十年前的同学欢聚一堂是何等的快事啊！我当即表态：一定参加！现在这个欢聚的时刻就要到了！

郁侠推着我的轮椅来到酒店大厅，签到处站着一大堆同学，大家都迎了上来，纷纷握着我的手，问我还能不能认出他们。有些同学变化不算太大，我还能准确无误地叫出他们的名字，而绝大多数同学已不敢认了，特别是女同学，几乎认不出一个来。

遥想当年，同学少年，风华正茂；再看眼前，岁月的风雨使我们双鬓染霜，时间的利刃给我们的额头眼角刻上了皱纹；更有甚者，谢了顶掉了牙，脸上写满沧桑。时光如流，韶华易逝。掐指算来，我们中最年轻者已五十四岁，年长者已到花甲之年。光阴不催人自老啊，这是大自然的规律，奈何！

同学聚会由吕恭同学主持，组织者李郁侠同学介绍了筹备聚会的具体情况。他说，这次聚会得到了在外地工作的同学的热烈响应和积极支持。可不是，北京的禹岗仁、魏宝玲、王淑玲回来了；深圳的尚迎和回来了；南京的翟以平回来了；四川阆中的魏暹毅回来了；甘肃天水的巨改生回来了；陕南石泉的穆德欣回来了……他们千里迢迢赶到杨凌，为的是圆一个久远的梦。我们师出同门，谊在同窗，谁不留恋少年时代的美好时光？同学们的心情和我一样迫切，都盼着相聚的这一天。“少小离家老大还，乡音未改鬓毛衰”，分手时我们正值人生花季，再握手时已是满头华发，过了天命之年，怎能不令人感慨万端！

全班六十三名同学，已有十名同学离我们而去（其中一人失踪），这个数字令我们震惊。回首往事，大家感叹不已，唏嘘不已。吕恭同学提议，我们为先走一步的同学默哀一分钟。天上地下，同学们一路走好。

还有六名同学身在国外，还有十多位同学因工作忙未来赴会，实到三十四名同学。十年“文革”十年浩劫，毁了我们整整一代人啊！假如没有“文革”，我们每个人的人生命运将会改写，脚下的路肯定会比现在宽广，前程一定会比现在美好，那些已故的同学也不一定会匆匆离去。当然，我也不会坐着轮椅来参加同学聚会。然而，没有“假如”。

同学们各自介绍了自己四十年来的生活工作情况，虽然都寥寥数语，却包含着四十年的沧桑与风风雨雨。每个人都是一部书，有的曲折，有的坎坷，有的平淡，但大家都各自认真地书写着自己的人生。

让我感到欣慰的是：尽管我们前行的道路坎坷不平，但同学们都心态平和，豁达乐观，精神状态不错。特别是我们的两位老师——葛寿生老师和狄馥娴老师，他们都已是七旬老人，但精神矍铄。尤其是葛老师，时间老人在他身上并没留下下多少痕迹，他神采奕奕，红光满面，谈笑风生，甚至显得比我们还要年轻。当年他是我们的班主任，不苟言笑，对同学们要求十分严格，特别注重德育教育。当时《欧阳海之歌》刚出版不久，风靡全国，每天课外活动，葛老师就给我们读此书，他读得声情并茂，同学们听得如醉如痴。拭去岁月的尘土，往事清晰如昨，历历在目……师恩难忘，老班长魏暹毅、王淑玲代表全班同学向葛老师敬献鲜花，以此表达同学们对他的敬意。

还有一个没想到，穆德欣爱上了书法篆刻。他送了每位同学一枚印章。尽管我对书法篆刻艺术不懂，但是看得出他的篆刻艺术有了一定的功夫。我乃一介书生，别无所长，只会舞文弄墨。我拿出新出的散文集《生命的浅唱》送给同学们，以求指正。

在餐桌上，巨改生和我坐在一起。尽管分别已很久，可他变化不很大，看上去比过去消瘦了一些。想当年我俩同住一个宿舍，铺挨着铺，一住就是三年，课后饭余我俩常在一起聊天玩耍。那时他十分活泼健谈，且是个英俊小生。而现在他却沉默寡言，看上去很忧郁。问及他的身体状况，他说很好，只是感到工作压力大。他是个官人，做事认真。看来认真当官很是累人的。

让我感到惊喜的是尚迎和同学在深圳买了一本我的拙作《最后的女匪》，特地带来让我给她写一段话。我掀开扉页，她已在上面写了一段话，大意是记叙买这本书的过程；她看电视连续剧《关中匪事》时，在片头看到了我的名字，并没在意，以为是一个和我重名的人写的。后来回杨凌探亲，才得知果然是我，但还心存怀疑。一次在深圳街头看到了这本书，翻开书看了作者简介，这才完全相信了，毫不犹豫地买下了这本书。

看完这段文字，我心情既欣喜又激动，欣然命笔，写下了下面这段文字：金秋十月，秋风送爽，同学们欢聚一堂，喜悦激动之情不言而喻。更让我感到惊喜的是同学尚迎和带来了这本书，说是在深圳买的，让我签字以作纪念。拙作流传之广，令我欣喜。祝我们同学情谊万古长青。

闲聊中尚迎和说她很爱文学，且搜集了很多素材，想尽快写出来。我期待着她的大作问世。

还有吕恭同学，官闲喜弄文。他送我一册散文集《在水一方》，里边收入了他十几篇散文。我仔细读过，文笔细腻，充满感情，都很不错。假以时日，他的文章会更上一层楼。

还有魏宝玲同学，退休在家，却壮心不已，写作摄影都是爱好，且有作品见诸报刊，一篇《日本樱花，一见倾心》足见其文字功力，若能坚持下去，必有收获。同学中有同道人，可喜可贺。日后华山论剑，也有师兄师姐了。

难得相聚一回，午餐后同学们在歌厅卡拉 OK 了一回。阎秀萍的一曲《天路》，悠扬婉转，淋漓酣畅，嗓音可与韩红媲美。当年她是我们的文娱委员，歌唱得十分了得，四十年过去，她的嗓子还是如此甜美。一曲歌罢，赢得了一片掌声。

让我又惊又喜的是李晓林的歌唱得十分专业，一曲《欢聚一堂》唱得激情飞扬，中气十足，也唱出了同学们的心声，歌厅里掌声一片。依稀记得我俩曾趴过一张课桌，共用过一支笔，但音乐课的成绩都不怎么样，而今他的歌唱得如此专业，让我惊叹羡慕不已……

欢聚只觉时光短，不觉到了下午五时。分手的时间就要到了，天下没有不散的宴席。相聚是短暂的，分手是必然的。我们分别了四十年之久，相聚在一起的时光却只有短短的几个小时。我们还有很多话未说，却开口心潮涌，话多无从头……

这是一个迟到的聚会！

这是一个欢乐的聚会！

这是一个难忘的聚会！

“相见时难别亦难”，不得不分手了，同学们的手再一次紧紧相握，依依惜别，说一声再见！道一声珍重！

人生苦短，来日方长。

同学们！再见！

同学们！珍重！

中秋夜的感动

中秋夜有云无月，实在有点煞风景。妻子却一如往年，在阳台摆上月饼、水果，焚上一炉香，遥拜躲在云后的圆月。女儿在一旁帮着妈妈忙乎，她们母女神情虔诚、肃穆。我在一旁静静地坐着，心里默念：人有悲欢离合，月有阴晴圆缺，此事古难全。但愿人长久，千里共婵娟。

罢了，回到客厅，女儿忽然说：“爸爸妈妈，我给你们跳个舞。”

真是求之不得。

我按响音乐，是女儿最爱的《荷塘月色》。

女儿随着音乐翩翩起舞，虽然舞姿稚嫩，但却是世间最优美的。

一曲终了，女儿回到她妈妈身边。我看着她们母女的亲昵之态，对妻子说：将来孩子上了大学，你怎么舍得？

妻子说：就让她上西农大（西北农林科技大学就在我们杨凌）。

女儿说：我要当医生。

妻子问：为啥？

女儿说：我要给爸爸看病，让他走路。

妻子的泪水夺眶而出。

女儿说：妈妈，你怎么哭了？

妻子把女儿紧紧抱在怀中，说：妈妈是高兴，我娃长大了。

我的眼睛也潮湿了。女儿的这句话让我看到未来的生活充满了阳光，充满着甜蜜。

我要好好地活着。

为女儿付出再多再多，我们也心甘情愿，无怨无悔。

又是一次感动

时间如白驹过隙，眨眼又是一年。去年的中秋夜有云无月，今年天公更不作美，绵绵秋雨浇灭了月光。但女儿给我们的感动比去年有过之而无不及。

虽说没有月光，但妻子的祭月活动一如既往。月饼及各样水果女儿一一摆上阳台，妻子点燃香烛，母女俩虔诚地对空朝拜。六岁的女儿稚声稚气地说：“月亮光光，请你吃我家的月饼，可甜啦。”我一如既往地坐在一旁看着他们，心里很甜。

罢了，一家人边嗑瓜子边看电视。

忽然，女儿说：“妈妈，我给你洗脚吧。”

妻子有脚气的毛病，常常晚上要洗脚。妻子以为女儿说着玩，随笑道：“好吧，你洗。”

没料到，女儿端来半盆水，当真地给她妈洗了起来，边洗边问：“妈妈，舒服吗？”

妻子是个爱动感情的人，早已热泪盈眶了，连声说：“舒服，舒服，好舒服。”

女儿说：“你生我生对了吧？”

妻子说：“生对了，生对了。”

女儿说：“我长大了还要给你洗澡呢。”

妻子心中最柔软的地方被女儿击中了，她一把把女儿抱在了怀中，泪水流了一脸。我明白那是喜悦的泪水。

女儿转脸又对我说：“爸爸，我也给你洗洗脚。”

我说：“太晚了，就不洗了。”

女儿说：“那明天晚上我给你洗吧。”

看着孩子一天天长大、一天天懂事，我们喜悦满怀。虽说我们在一天天老去，但希望却在一天天增长、强大，无与伦比！

女儿的问题

晚，与六岁的女儿看电视，荧屏正在热播一部抗战题材的电视连续剧，战斗的场面很火爆，女儿看得很入迷。

忽然，女儿发问：爸爸，日本鬼子的武器好，还是八路军的武器好？

我没想到女儿竟然提出这样一个问题，讶然地看着她。这个问题超出了她的年龄。

女儿见我不吭声，催促道：爸爸，你说呀！

我说：日本鬼子的武器好。

女儿接着问：那为啥日本鬼子死了那么多？

我看着电视画面，只见八路军个个都是神枪手，抬枪鬼子就毙命，鬼子死了一大片。

我说：八路军的枪法好。

女儿又问：日本鬼子是不是都是大笨蛋？

我说：可能是吧。看电视，别吭声。

女儿不吭声了。

少顷，女儿又提问了：爸爸，八路军是不是都打不死？

我说：能打死。

女儿说：打不死，你看，八路军的胸膛都流血了，还跑得那么快！

我看电视画面，果然，主人公（八路军的一个军官）胸部中了一枪，血流如注，可并不影响他健步如飞，提着盒子枪杀敌。

我说，他腿好着哩，不影响跑步。

女儿“哦”了一声，继续看电视。

我吁了一口气，心里说，还好，他的腿上没中枪，如果腿部中枪，女儿问我咋还跑得这么快，该怎么回答？

生命中的这一刻

在人生的旅程中，我前行的道路上布满了荆棘，生活的日子充满了阴霾，但也有平坦的康庄大道和阳光灿烂的日子。

2008 年 7 月 3 日是个特别的日子，这一天奥运圣火在我的家乡杨凌传递，而我是火炬手之一。虽然天气预报说是阴天，但天气晴朗，阳光灿烂。老天爷给力呀！好心情加上好天气，很容易让人兴奋激动。

一大清早，妻子陪着我就奔火炬手集结点，因为观看圣火传递的人太多，道路被严格管制了。昨天晚上由于心情太激动，子夜时分才入睡，觉得刚迷糊过去就被妻子喊醒了。匆忙上路，生怕迟到了，被取消了火炬手的资格。妻子比我还着急，似乎火炬手是她不是我。幸亏我胸前戴着“火炬手”的牌子，才没被拦在外边。就这，二里多路我赶了半个多小时。

在集结地点火炬手们聚在一起，谈论着即将到来的圣火传递，人人神情激动，神采飞扬，并拍照留念。是啊，这样的盛会百年也未必能赶上一回，可我们赶上了！我们是幸运儿，能不激动？能不兴奋？

不大的时辰，我们上了火炬投放车（我在四号车上）。在车上北京奥组委的工作人员给火炬手们发放了火炬，车上顿时响起一片欢呼之声。我仔细看手中的火炬，火炬造型呈中国传统纸卷轴状，使用锥体曲面异型一次成型技术制造，在漆红色“祥云”图案的陪衬下高雅华丽，质地是轻薄的高质量铝合金，重 985 克，长 72 厘米，十分的轻盈。火炬的下半部用塑胶漆喷涂，手感很舒适。火炬燃料为丙烷，燃烧时间为 15 分钟，零风速下火焰高度 25 ~ 30 厘米。真可谓巧夺天工。

身穿“火凤凰”运动服，手擎祥云火炬，尽管火炬还没有点燃，那个感觉真是不一般，一个字：爽！

北京奥组委有规定，为了确保火炬手们的安全，圣火传递期间，不让带任何东西上车。这样一个难忘时刻，不能拍照留念真是遗憾。正在惋惜遗憾之时，工作人员拿出相机给我和妻子拍照。给他留网址时，他见我字写得不俗，问我是不是教师，我说我的职业与教师有点接轨。当听说我是《关中匪事》的作者，他竟然十分激动，要和我拍照合影。我前面的司机师傅更是兴奋异常，拿出笔记本一定要我签名留念，原来他是我们的陕西乡党。我挥笔写下了一行字：与奥运同行。

性格和命运使然，我是个不轻易激动的人。可当手中的祥云火炬被点燃的那一刻，我全身的血液顿时沸腾起来。我原以为“点燃激情，传递梦想”只是写在纸上的口号，可此时此刻才真切地感觉到这不再是口号，这是一种实实在在的精神，就在我眼前。手中的火炬在熊熊燃烧，道路两旁挥动旗子的人群在狂喊：

北京加油！

中国加油！

奥运加油！

百年奥运，终于梦圆。怎能不令人欢欣鼓舞！怎能不令人激动兴奋若狂！在模拟演练时辅导人员曾多次告诫火炬手们，在其他地方曾有火炬手跑到终点又往回跑，完全昏了头，让大家一定要保持镇定。那时我觉得好笑，此时此刻身临其境，才明白辅导人员的告诫并不多余。在这欢声雷动如潮的时刻，谁能镇定下来？

我强抑着激动的情绪，尽可能地使自己保持镇定，低声对推轮椅的陪护跑手说："咱们跑慢一点。"小伙子自然明白我的意思，当然也不愿意快跑，笑着点点头。

一棒火炬手只有68米路程，就是走，一分多钟也就到头了。我觉得还没有来得及享受这份激情、这份荣耀、这份幸福，就到了交接点。

接棒的火炬手是刘庆，我们是朋友。他是北京2008年奥林匹克火炬接力境内传递陕西杨凌段组委会办公室主任。他单腿跪地，双手高举祥云火炬。他这一颇有特点的接火动作让我再次受到了感动。我完全明白，他这是对奥运圣火的尊重，同时也是对残疾人的尊重。

我双手高擎火炬，点燃了他手中的火炬。两只火炬熊熊燃烧着，我们手掌相击，紧紧地握在一起。

刘庆举着火炬向前跑去，我退到路边，心潮却久久不能平静……

2008年3月24日北京奥运会圣火在奥林匹亚点燃，象征着"和平、友谊、平等”的奥林匹克圣火，拉开2008年北京奥运会的精彩序幕。期间发生了汶川大地震，我们的国家和民族经受了前所未有的考验。奥运圣火传递到今天，我觉得我们不仅仅只是在传递奥林匹克的体育精神，更多的是在传递十三亿人民凝聚起来的中国力量，在传递中华民族不屈不挠的奋斗精神。

奥运圣火渐渐远去，奔向北京。作为一名奥运火炬手，我虽然只跑了六十八米路程，但这短短的路程在我人生的旅程中却是一个极其辉煌的亮点，是我一生中最为精彩的一幕。生命中有了这一次经历我感到无比荣光，无比自豪。生命中的这一刻将永远烙印在我心中！

2008年7月3日夜记

善待生命

儿时，我常常和小伙伴们像看耍猴一样，围住村里一个患小儿麻痹的半大小伙子。他虽然已经十七八岁，但个头只有十一二岁的小娃娃那么高。他走路的样子十分可笑，一手扶住膝盖，身子向前一晃，腿一抡才能向前迈步。小伙伴们扮着鬼脸模仿他，有的还用小土块砸他。他很生气，抄起树枝吓唬我们。小伙伴们四散跑开，但并不跑远，一哇声地呐喊：“跛子娃，叫大大（父亲），大大没钱给娃娃。”

每逢这时，他的脸就变了颜色，但腿脚不方便，奈何不得我们。

清楚地记得有一次，小伙伴们又这样喊他，他突然“哇”地一声哭了。小伙伴们全都吓傻了。

那是什么样的哭声呵！既不是嚎，也不是啕。至今我还记得，那哭声尖啸悲怆，令人毛骨悚然、肝胆欲裂。

当我由一个健康人变成残疾人时，当我拄着拐杖被小娃娃喊作“跛子娃”时，我才明白了，只有一个人的尊严受到极大侮辱时，只有一个人的心灵受到极大创伤时，才会发出那种悲痛欲绝的哭声。

二十年过去了，每每回想起这件事，我心里有说不出的内疚和不安。我们当年是多么的愚蠢无知呵！

我刚受伤致残时，心情十分苦闷，不吃不喝，整日傻呆呆地望着土楼板。眼前的东西变成一片灰暗，连阳光也是灰色的；四周一片寂静，风儿也死去了，只有一个可怕的声音不住地在耳畔轰响：“拥抱我吧，我会使你忘记痛苦和不幸……”

呵，我听出来了，那是死神的声音！难道我已经到了死神的国土？

我的心僵死了，痛苦和不幸不翼而飞。

怎样去死？上吊？抓电线？还是吃安眠药？饱食终日，坐以待毙的日子我不愿去过。窝窝囊囊地活着，不如慷慷慨慨地死去！

我死后会被人当作英雄去称赞的，我想。

当我还没有下定决心时，邻村发生了一件轰动乡里的事情——一个小伙子高考落选，寻了短见。

一时间，村里舆论界纷纷发表评论：

“那娃有志气！”

“屁！给先人丢脸呢！”

“就是，有志气的娃不走那条路。”

“走了那条路就全完了，这娃真瓜（傻）！”

刚听到这个消息时，我十分激动。我真钦佩这位敢于与人世诀别的勇士。他是我心目中的英雄，学习的楷模。没想到乡亲们竟然给这位“英雄”做出了这样的评价！

我惶惑不安了，还未下定的决心又动摇了。

一天，当年被小伙伴们喊作“跛子娃”的拴牛哥来看望我。他早已成为闻名方圆十村八堡的鞋匠。他用自己的劳动汗水和超人一等的手艺，赢得了乡亲们的尊敬和欢迎。

拴牛哥默默抽了一袋烟，说：“兄弟，想开些，天无绝人之路。你看，哥不是活过来了么，活得也很滋润。你年纪还轻，又知书识文，将来保准会比我更强，更有出息。”

没有震撼人心的开导和教训，只是平平常常的话语，却打动了我快要死的心。

他虽然没有引导我走上文学道路，却使我想到了未来的生活道路。我突然感到死的世界太可怕了。那里一切都是灰色的，没有痛苦和不幸，可也没有欢乐和幸福，更不会有希望和理想。

我明白了一个浅而又浅的道理：生活的道路从来都是不平坦的。我所钦佩的勇士，实质上是懦夫。真正的勇士是那些敢于与命运抗争的人！

前些日子，拴牛哥来家看望我，给我讲了一件他亲眼看到的事——一个小伙子踩了另一个小伙子的脚。被踩者破口大骂：“瞎了你的狗眼！”另一个也不肯示弱，以牙还牙。再后来竟拔刀相向。要不是公安人员来，说不定会闹出人命。

我不禁想起了上中学时的一件事。我的两个同学因一件小事打起了架，拳下见红，任谁都拉不开。后来，班主任老师来了，他们才住了手。我们那位班主任十分严厉，训斥他们："看你俩打得满脸的血！你们把这种精神用在打敌人上，你们是英雄；你们打自己的同学，是狗熊！"

那拔刀相向的二位是什么呢？

拴牛哥感叹地说："现时有些年轻娃动不动就拿性命开玩笑，好像性命一钱不值。我可巴不得能活上一百岁，给世人多做点事。"

我也感叹道："就是，如今有些人太不珍惜生命了。"

说着话他要我给他读段书。他虽然目不识丁，却很喜欢书，每次来我家都要我给他说说书里的事。我翻出一本杂志，把美国著名盲人女作家海伦·凯勒的名篇《三天所见》读给他听。

好半天，他喃喃地说："这个外国老太太的话说得太好了。我的腿要能站立就好了，哪怕只有半天……我先要拉着架子车给地里送两车粪，再抡起镢头把地好好翻一翻。然后撒上种子、灌上水，最好能亲手收回种的庄稼……咱是庄稼汉，却一辈子没有人模人样地在田地里干过一回……真让人难受呵！"

呵，拴牛哥竟然是如此心胸！他想到的是播种、耕耘、收获、劳动创造。

我被他的激情感动了，眼眶不觉湿润了。我明白了，生命的根须只有植于土地之中，才能永远长青！

我曾经是个健康人，当我健康时对生命的意义和价值并不理解。命运之神使我沦为残疾人的今天，我才明白了生命的意义在于有所贡献，生命的价值在于有所创造。

朋友，你也许对我的见解不以为然，认为有教训人的口吻。但我相信，如果有一天你面临我这样的命运的时候，你一定会赞同我的见解。

我，一个由健康人沦为残疾人的人，向你们再重复一遍一位名人的话：“人最宝贵的东西是生命，生命属于我们只有一次。”

善待生命吧，让生命为人类的进步发出光和热！

保尔不死

看电视连续剧是我的一个喜好。遗憾的是平庸的制作太多，看也就看了，留下深刻印象的作品寥寥无几。

前几天在电脑上又看了一遍《钢铁是怎样炼成的》，让我的心灵又一次受到震撼。这是一部不可多得的好作品，值得反复去看去体悟。我是这样认为的。

最早读这本书是在上初中时。记得是同桌拿来了这本书，我一看书名就讥笑同桌：“咋地，想当炼钢工人?”同桌说：“炼啥钢，是本小说，你看看，怪吸引人的。”我便仔细读了，果然吸引人，记住了保尔·柯察金，这个苏联人的名字。

五年后我双腿不幸致残，对以后的生活丧失了信心和希望，躺在病床上郁郁寡欢。这时一位朋友送来了一本《钢铁是怎样炼成的》，且残缺不全。躺在病床上重读这本书，有种别样滋味在心头。那时有句流行语“带着问题学毛选”，我当时是带着问题用心灵去仔细认真地读这本教人“怎样炼钢”的书，我是一口气读完的，书未掩卷，早已热泪盈眶。

“人最宝贵的东西是生命，生命属于我们只有一次。一个人的生命应当是这样度过的，当他回首往事的时候，不因虚度年华而悔恨，也不因碌碌无为而羞耻。”

我把保尔这句名言郑重地写在笔记本扉页上，作为自己的座右铭。这么多年来它一直鞭策着我，激励着我。

前些日子和人闲谝，一位朋友说，他朋友的朋友官居某县某局局长，一次酒后大着舌头说，他该玩的也玩了，该吃的也吃了，就是现在死了也没啥遗憾的了。那位先生酒后吐真言，我相信他说的是实话，可不知道他对保尔这段名言有何理解？他会为自己虚度年华而悔恨吗？会为自己碌碌无为而羞耻吗？但愿他会。

由于身患残疾，我常常在思考“活着”这个问题。人生在世，究竟应该怎样活着？如果说上面那位先生活得潇洒活得满足，那么种猪种牛种马不比他活得更潇洒更满足么？人之所以比其他动物高级，是因为人有思想，有精神，有追求。无疑，保尔是我们的精神楷模，人生在世难免会遇到困难和挫折，在困难和挫折面前就需要一种精神，一种拼搏奋斗进取的精神。这话说起来容易，做起来很不容易。这就需要树起一个英雄形象做楷模。保尔便是这样一个形象楷模。

保尔的精神过去鞭策激励着我，现在依然鞭策激励着我，保尔不是偶像，保尔是一种精神，是一种力量。他过去鞭策激励着一代人，现在依然鞭策激励着一代人，将来肯定还会鞭策激励着一代人。我相信这种精神永远不会过时。

保尔不死！

六十抒怀

一天与一位文友闲谈，我说十月份就退休了。文友讶然道：你就要退休了!? 又问我的生日。我说农历九月初六。文友说，到时大家给你庆生。我笑道，谢谢，我从不过生日。我明白，这年头什么都值钱，就是岁数不值钱，岁数大了不是本钱，更不是炫耀的资本。生日不过也罢。

朋友却认真地说，六十是人生一个重要的阶段，到时一定要庆祝庆祝。他言辞恳切，却之实在是不恭。

生日那天，朋友们聚在一起为我庆生，气氛热烈欢乐。一杯酒落肚，那位文友问我有什么感受。我说，难受。朋友们都是一怔，看着我。我感慨道，从此我就步入了老年。

老是自然规律，谁也无法抗拒。我再愚蠢也懂得这个道理，只是我还没想过老了怎么办，我怎么就老了，让人措手不及、无所适从。此前妻子问我，生日你最想的是啥，我说我想我妈。儿女的生日，母亲的难日。父母养育了我，可我没有回报过父母。我是个不孝子，一想到此我就心痛……

六十年，弹指一挥间啊！时光真如白驹过隙。我深深地感叹：挥不去的是记忆，留不住的是年华。

往事不堪回首，可我却时时在回首往事，有点卧薪尝胆的意思。我生不逢时，童年赶上了“三年困难时期”，没吃饱过肚子；刚读初中一年级，“文化大革命”开始了，是所谓的“老三届”的尾巴，中学等于没念。回乡务农两年，被生产队推荐上了高中；不到半年，父亲病逝，辍学回家；第二年复学，毕业时却赶上了“上山下乡”大潮，哪里来哪里去，时年二十岁，正值人生大好年华。踏着父亲的足迹前进，理所当然，我并不悲观。让我做梦都没想到的是，第二年九月份，天降大祸，我不幸受伤致残！

最初，我怎么也不相信这个事实。一个风华正茂、活蹦乱跳的小伙子被钉在了病床上，连翻一下身都需要别人帮助，那狼狈样窝囊劲使人望而生怜、望而生悲。

青春刚刚拉开大幕就要谢幕，我真想在人生的道路上画上句号。然而，我没有这样做。怕死吗？也许，但也不尽然。自己杀死自己太残酷了，我是个懦弱的人，没有这个勇气。

那个年代讲究学“毛选”，我不能免俗，虽然不是积极分子，但毛主席老人家有段语录我一直没有忘记：“我们的同志在困难的时候，要看到成绩，要看到光明，要提高我们的勇气。”我以为这段语录至今没有过时，能给人正能量。

于是，就活着，但又不想窝窝囊囊地活着。

我在想：人来到这个世界上是很不容易的，生不能由己，死亦不能自己做主，唯有活着这段时间里我们才有一些自主性，干自己想干的事，说自己想说的话，吃自己想吃的东西。虽然有时活得很累很不痛快，甚至很痛苦，但我们毕竟活着，实实在在、真真切切地表现着我们生命的自主性。如果死了，这一切都将化为虚有。再说，人都会末路逢凶，确切地说我并不是怕死，只是心有不甘。来人世一回也不易，还有太多的事未做，还有太多的心愿未了，就这么走了，心里实在不甘啊！

想是这么想，可路在何方？圣人度人，强者自度，我不是强者，更非圣贤，未来的路在哪里？我的眼前一片灰暗。所幸母爱给了我力量。

后来我拿起了笔学着涂鸦，做起了文学梦。我之所以选择文学，最初是为了打发难熬的病床生活，后来渐渐地喜欢了，而后欲罢不能。

没料到的是母亲突发脑溢血，驾鹤西去，我的文学梦将要化为泡影。在危难之时，堂嫂担起了照料我生活的重任，我的文学梦得以继续。二十年后，大嫂病逝……“化悲痛为力量”的语言太矫情，也苍白无力。我心中明白，只能前行，绝不能后退。否则，我将来无颜去见父母和大嫂他们。

我在一篇文章中写过这样的句子：“当厄运突然降临的时候，生命被可怕的黑暗和绝望吞噬着，几乎所有罹难者的精神都濒临崩溃的边缘。已故著名作家史铁生说过：在科学的迷茫之外，在命运的混沌之点，人唯有乞求自己的精神。为了从精神上拯救自己，我选择了文学。”

几经努力，多年打拼，我从文学中找到了另一种站立的方式，文学使我能够鼓起勇气，正视现实，以残缺的生命面对厄运，粉碎苦难，活得有尊严。

如今我有一个幸福的家，妻子、女儿和我，三位一体，其乐融融。女儿是上苍赐给我们的小天使，她让我们品尝到生活的甜蜜，感受到生活的温暖，享受到生活的快乐。

朋友们都说我心态好。哭也是一天，笑也是一天。笑比哭好，我选择了笑。如此而已。

朋友们说我是个成功者。我知道这是鼓励我鞭策我。文学艺术的殿堂辉煌而遥远，我只是在朝那个方向艰难地跋涉。

朋友说："六十岁人才真正成熟了，从此更加淡定从容。"这话我爱听。我明白，上苍待我已经不薄了，我感激上苍对我的恩赐。年龄越大，梦想越小。我会抓住梦的尾巴，脚踏在现实的土地上，淡定从容地往前走，往前走……

感恩每一缕阳光

初冬的日子，乍寒还暖，我坐在阳台的书桌前，捧着出版社刚送到的新作《女俘》，望着窗外一片片落叶在空中飞舞，心中油然生出万千感慨……

新书散发着油墨的清香，浸润着我的心田；一缕阳光悄悄探进头来，照耀着我的身体，我只觉得身心暖洋洋的，愉悦无比。

文学创作之路是条狭窄的路，崎岖坎坷，布满荆棘。在文学已经边缘化的今天，更是如此。然而，命运还是让我选择了它。

当厄运突然降临的时候，生命被可怕的黑暗和绝望吞噬着，几乎所有的罹难者的精神都濒临崩溃的边缘。已故著名残疾人作家史铁生说过：在科学的迷茫之外，在命运的混沌之点，人唯有乞求自己的精神。为了从精神上拯救自己，很多残疾朋友选择了文学。我亦如此。

文学现在已经完全边缘化了，也有人说过，文学不再神圣。但我以为文学是一盏永不熄灭的神灯，他让人们看到前进的方向和道路，特别是我们残疾人，更需要文学的滋养、慰藉和安抚，从中汲取力量、勇气和信心。

自我们出生的那一刻起，死神就同我们签约，没人可以违约。每个人的最终结局相同，但生命的过程可以截然不同。我们残疾人的生命过程更是坎坷不平，布满荆棘。我们不屈不挠，艰难前进，迎难而上，希望自己残缺的生命能放射出火花，哪怕只是一点微弱的火星子。

众所周知，现在创作难，出书更难。据我所知，许多很有名气的作家的书稿都锁在抽屉里，成为“抽屉文学”。名家尚且如此，何况我们这些身有残疾的无名作者。我身边的很多残疾作家朋友，以宗教般的狂热与文学结缘，把文学创作当作自己毕生的追求，出书是他们的梦想。他们忍受着常人难以忍受的苦痛，在困顿中煎熬，呕心沥血、点灯熬油地写作。书写成了，却不能出版，还有比这更让人揪心、更痛心的事吗？

生命虽有残缺，我们的内心依然美丽；生活虽多坎坷，我们的精神依然前行；身体虽然有障，我们的梦想依然飞扬。文豪契诃夫说过：大狗要叫，小狗也要叫。我们是小狗，是身体残缺的小狗，但我们也要叫。我们希望自己的声音能被人们听见，能不被忽视；希望自己的劳动有所收获，能被社会承认。在前行的路上，我们遇到的困难太多太多，我们需要帮助，需要友谊，需要关爱，也不拒绝善意的同情和怜悯。就像遭到早霜摧残的小草，更需要阳光的温暖、雨露的滋润。

让我们感到欣慰的是，近年来省作协一直在积极努力地为残疾作家出书多方奔走，联系爱心企业家赞助。2011 年 12 月 25 日，陕西文学基金会成立了。省作协党组书记、常务副主席、陕西文学基金会理事长雷涛在成立大会上致辞，明确表示，基金会就是要解决处于社会最底层的作者创作难、出书难的问题。我们残疾人作家自然包括在其中。果真如此，我们残疾人作家成为首批资助的对象。在成立大会上，省作协秘书长、基金会副理事长王芳闻女士与西高新园林企业家朱西京先生资助的三位作家——笔者、刘爱玲、杨柳岸当场签了约。此后又联系到爱心资金资助两位作家——连忠照、显晔出书。

这让我们感动不已，兴奋不已。

然而，好事多磨。一本书从创作到出版实属不易，其中最大障碍就是出版资金得不到落实。虽然签了约，但资金却迟迟不能到位，王芳闻秘书长十分焦急。为此，她做了大量的工作，跑了不少路，费了不少唾沫，付出了很多的汗水和心血。须知，她还有比这更重要的工作去做，她是作家，还要创作。她的时间是宝贵的。多次与她通电话，我明白她受了不少作难。在这个浮躁的时代，谁还愿意做这些出力不讨好的事情？她却乐此不疲，毫无怨言。如果没有一颗博大的爱心和责任心，是很难做成做好这样的善事的。

现在我们的书终于出版了。手捧着散发着油墨香的书本，我除了感激，还是感激。前些时日与王秘书长见面，我向她表示感谢，她淡淡地说："谢啥哩，我只是做了自己应该做的事。"随后又给我说了省作协领导对这件事的重视、关心，许许多多爱心人士的鼎力支持和帮助。我再次被感动。

我们是遭到早霜摧残的无名小草，渴望春光的温暖，渴望雨露的滋润。霜天过后，我们感受到了阳光的温暖。我们感恩文学，文学使我们活得有自信，有尊严，同时也让我们的生命有了意义和价值。

我们感谢所有关注和关爱我们的朋友们。有了朋友们的关注和关爱，在前行的路上我们就有了信心和力量，也会走得更远。

我们感恩生活，感恩每一缕阳光。

愿阳光普照，洒满每一个角落。

安居的感觉

俗话说：想要一天不消停，就去请个客；想要一年不消停，就去盖座房；想要一辈子不消停，就去找个情人。前一个和后一个“不消停”咱不去说它们，单说说盖房子的不消停。以前在乡下老家居住时曾几次盖过房子，个中滋味深有体会。从筹备资金到新房落成，那个不消停何止一年，甚至三到五年，抑或更长的时间。

熬过了艰苦的岁月，终于在城里买了套单元房，兴奋喜悦之情不言而喻。看房那天，下着蒙蒙细雨，朋友郑君开车来接我。家乡有个习俗，建房架大梁之日逢雨，谓之：浇梁。大吉！

这一天是个吉日。

新建的住宅小区名曰：家乐园。有家就有乐，这个名起得好。由于身体原因，我选了一楼的一套房子，两室两厅一厨一卫，主卧室带着大阳台，阳台正对着小区大门，视野十分的开阔。

买房与盖房相比较，前者省心，后者省钱。鉴于此，我和妻子多次商量过，以节俭为原则，两室一厅就行了。我们都出身农家，家境贫寒，以前的居住条件极差。我曾写过一篇短文《陋室小记》，文中记道："老鼠在电线上玩走钢丝的把戏，报纸糊满了墙壁……"这套房比我们预计的多出一个八平米的餐厅，与先前的陋室相比不知好到哪儿去了。再者，我和妻子都能随遇而安，且极容易满足。

我们这里有个乡俗，居住忌讳家门对大门。这套房犯这个忌讳，但我不忌讳这个。门对着门不仅视野开阔，而且预示着未来的日子通畅大顺，甚合我意。我征询妻子的意见，妻子说："你看着好就行。"

我说："那这套房咱就买了。"

接下来是装修。一位挚友听说我买了房子，急忙打来电话告诫我，装修简单些，千万不要搞得太复杂，房子是为人服务的，不要弄得人为房子服务。这位挚友早我一年买了房子，装修得很高档，吊了屋顶，包了墙壁，装了打蜡的木地板。加之他老婆有洁癖，隔几天就要求他给地板打一次蜡，他不堪其烦，叫苦不迭。挚友的话是经验之谈，我当然愿意采纳，而且装修简单自然就省钱，何乐而不为呢。

是时，我客居他乡，托一位兄弟帮我搞装修。兄弟是个匠工，泥瓦活、木工活都能干，十分的懂行。我打电话请他帮忙，他满口答应，问我怎么装修。买房时我已拉下了债荒，听过来的人说，装修不仅麻烦，而且十分的耗资。我就说，一要省钱，二要漂亮。他在电话那头笑了，我也不好意思地笑了。我知道是给他出了难题，巧妇难为无米之炊嘛。

两月之后，兄弟打来电话，告诉我房子装修好了，让我回来看看。当时我正忙，就让妻子回去看看，顺便把窗帘啥的做了。三天后妻子回来一脸喜气地告诉我，房子装修得虽不豪华高档，但绝不寒碜穷气。又说，在阳台上给我拾掇了个小书房，有书架有写字桌，阳光可以从早上照到下午，你看书写作累了抬头就看看窗外的草坪绿树红花，还有人来人往。妻子描述的景象令我十分神往，恨不能立刻就搬进新居。

去年春天，我结束了客居他乡的流浪生活，终于住进了新家。走进新家的那一刻，我眼前一片朗然，第一感觉是：嫽！第二感觉还是嫽！屋顶和墙壁粉刷得雪白，平添了一片亮光；地板砖光亮如镜，令人惬意；木质的装饰全部油漆成米黄色，一种暖融融的温馨从四面八方包围过来，使人如同沐浴在一片阳光之中。

我坐在阳台的书桌前，随手打开一本书。太阳从窗外探进头来，悄然地在阳台上散步。这时妻子飘然而至，递给我一杯清茶。我接过茶杯，两对目光相撞，情不自禁地都笑了。人生如此，夫复何求？

晚上躺在床上，熄了灯。小区门口的灯光远远地从窗口射进来，照在雪白的墙壁上，泛着橘黄色的光。我有种梦幻般的感觉，问妻子："这是我们的家吗？"妻子笑我，说不是咱们的家，人家的屋谁让你住。我笑了。有家的感觉就是好，心里踏实。

安居才能乐业。从此，我可以消消停停地干自己想干的事了。

病　友

我住进了医院，这是上帝的安排，无法抗拒。

“41 床!”打饭的是个女高音。

有人碰了我一下，转眼一看，是个小孩，一张稚气的小圆脸，两个乌黑充满灵气的眼珠，可惜背上有个“锅”。

“喊你打饭哩，你是 41 床，我是 42 床。”他指了一下床头挂的白牌子。“你没饭票吧，我借你。”几张饭票递到了我面前。我这才醒悟过来，接过饭票，连说“谢谢!”。他龇着小虎牙冲我一笑，脸蛋上显出两个可爱的小酒窝。

我们就这样认识了。他姓张，名叫狗娃，十二岁，看上去只有八九岁。他叫我“41 床”，我便喊他“42 床”。

夜晚，是我最难熬的时刻。受伤以来，我寄希望于医院，却一住进医院就失眠，只好睁着眼睛呆望从窗外流淌进来的灯光。

有人轻声喊我。扭头一看，42 床不知什么时候趴在我的床边。

“我也一样，睡不着。”他说话的神情与他的年龄完全不相符。“你的腿咋了?”

“摔伤的。”

“我这病是得的。我妈说，我两岁时背上长了个小疙瘩，越长越大。到医院去看，大夫开点药，吃了跟没吃一样。这回大夫说要给我做手术。你做过手术吗?”

我点点头。

“疼吗?”他不无紧张地问。

我摸着他的大脑袋，笑着说：“你不怕疼就不会疼的。”

他一挺身子：“只要能治好我的病，再疼我也不怕!”半晌，他又说：“我爸说这家医院的手术水平高，能治好我的病。你说行吗?”他眼巴巴地望着我。

我怎么能让他失望，拍了一下他的大脑袋，说了声：“行!”

他笑了：“你的腿也一定能治好！时候不早了，咱们睡吧。”他转身爬上了床，不大的工夫，响起了细微的鼾声，那张圆脸上露出了希望的微笑……

几天后，大夫安排我做手术。

家里亲人送我到手术室门口。42床忽然从手推床前冒了出来，气喘吁吁地说：“我问清楚了，今天中午饭是你最爱吃的油泼面，我帮你买，你可要早点出来呀!”

一股热浪顿时涌上我布满阴云的心头。我拉住他的小手使劲握了一下……

当我从昏迷中清醒过来时，已经是手术后的第三天中午了。我睁开眼睛，第一个映入我眼帘的是42床。他趴在我身边，一双黑眼珠正看着我。

“你醒啦!”他十分惊喜。我给他做了个笑脸。

“你还疼么?”他轻轻地问，似乎声音大了会撞疼我的伤口。“你老说胡话，真吓人。”

我冲他笑了一下：“今天中午吃啥饭?”

他摇摇头：“我不知道。我要出院了。”

我感到诧异。他告诉我，大夫给他做了全面检查并会了诊，说他的病现在不适合手术，让他先出院，以后再说。他声音凄凄的，几乎要哭了。我也感到鼻子一阵发酸。

许久，我问：“你什么时候出院?”

“今天。我爸办出院手续去了。”

旁边另一位病友告诉我：“42 床本来昨天就要出院，可他说啥也要等你醒来，跟你说一声。”

热泪一下子涌出了我的眼眶。我拉住他的手，久久地看着他。这时他的父亲来了——一位很和善的中年工人——他亲切地问了我的病情，随后对孩子说：“跟叔叔说再见。”

他没有叫我“叔叔”。

“41 床，再见!”他龇着小虎牙冲我笑了笑。走到病室门口，他突然又跑了回来，趴在我耳边说：“那天晚上你骗我，我不怨你。我爸我妈也常常那样骗我，我从没怨过他们……”

他走了，瘦小的身影消失在我莹莹的泪花里，却镌刻在我永远的记忆里!

母与子

上世纪九十年代的一个冬日，我不幸又住进了医院。

几天后，来了位新病友，紧挨着我的病床。他二十出头，身体羸弱，脸色苍白，如同刚刚露出尖尖角的小荷遇到早霜的袭击。他睁大着忧伤而又好奇的眼睛，环视着这个陌生的世界，最后把目光落在了我的身上，露出了苦涩、友好的微笑。我以同样的微笑迎接着他。

就这样我们认识了。他的名字叫陈全生，来自渭北高原一个偏僻的乡村，带着淳朴、憨厚的气质。我很喜欢他，但更喜欢他的母亲。

他的母亲是陪伴他来的。老人酷似我的母亲，黑色衣裤，灰白的头发；田野的风雨、长年的阳光、艰辛的生活给她那消瘦的脸庞刻满了皱纹；颧骨高凸，眼窝塌陷，浑黄的眼珠里包藏着忧郁悲伤，流露着和蔼慈祥和希望之光。

小陈患骨髓炎，伤口不断线地流脓，医生说有截肢的危险，他的情绪很低落。每有空闲，他的母亲就坐在他的身边，面带微笑给他说着闲话，尽管老人不善言辞。老人很勤快，不等护工来就把病房打扫得干干净净。病友们不让她干，她笑着说："这点活不算个啥，就当是活动胳膊腿哩。"

每每看见她为儿子铺被褥、理枕头、擦洗身体、用匙子喂食物，我就想起了离我而去的母亲，绵绵的思念在我心中卷着狂澜，禁不住的泪水溢满了眼眶。

老人看到我眼里的泪水，便来到我的床边，关切地问："你咋了？身子不舒坦？"

我慌忙掩饰地抹一把眼睛。

老人说："我给你叫大夫去。"

我摇摇头。

"喝口水吧。"老人给我倒了一杯水。

我轻轻推开水杯。老人放下水杯，从我的神色中看出了我的心情，不再说什么，坐在我的床边，用她那瘦骨嶙峋、劳累一生、粗糙的手轻轻地抚着我的额头、头发。一股暖流顿时流遍了我的全身，久违了的母爱沐浴着我带伤的躯体，驱走了我心头的凄凉和寂寞。我完全沉浸在一片温暖之中。我幸福地微闭住眼睛，尽情地享受着这份慈爱……

一天中午，我斜靠在被子上读一本杂志，突然，小陈惊呼起来："妈！妈！……"

我吃了一惊，抬眼去看，只见他侧身趴在病床上，眼里充满着恐惧，额头渗出了冷汗，两只手向前伸着似乎要抓什么，嘴里不住地呼喊着妈。

显然，他是被噩梦惊醒了。

老人正在洗衣服，见儿子这般模样，没顾得上擦一把水淋淋的手，慌忙奔到儿子病床前，拉住了儿子的手。儿子一头扑进母亲的怀抱，紧紧地抱着母亲，好像一个快要掉进深渊的人抓住了悬崖边的一棵老松树。

"妈，我怕……"儿子完全不像一个二十大几的小伙，小娃娃似的把脸紧紧地贴在母亲的胸脯上。

"甭怕，妈在你身边哩，我娃甭怕……"母亲搂婴儿似的紧搂着儿子，一只手轻轻地抚着儿子的头和背，嘴里喃喃地念叨着，眼里饱含着疼爱的泪花。

我深深地被这一幕感动了，禁不住的热泪涌出了眼眶……

两个月很快过去了。小陈的病奇迹般地痊愈了，连医生也感到惊奇。然而，小陈的母亲却躺倒在了病床上。

儿子羸弱的身体强健了，苍白的脸色红润了。母亲灰白的头发却完全花白了，消瘦的脸上皱纹织得更密，面如槁灰，只是那双浑黄的眼珠比先前明亮了许多。

老人住在隔壁病房，我常去看望她。老人终日昏睡，神态安详，似乎劳动之后休息。她一旦醒来，就久久地凝视着儿子，眼里不见了先前的忧郁悲伤，溢满了欣慰和希望，甚至还有幸福和快乐。

小陈终日守护在母亲身边，时常抑制不住自己的情感，伏在母亲身边失声痛哭。每每这时母亲就微笑着说："看你这娃，哭啥哩嘛，妈好着呢。"用枯瘦的手抚摸着儿子的头和背。

自老人病后，我从没听见老人呻吟一声，她似乎没有病痛。但是，出乎意料，老人的病一天天沉重了。

这天中午，医生给老人做会诊，要把老人搬到急救室去。小陈"咕咚"一声给主治医生跪下了，声泪俱下："大夫，求求您，千万治好我妈……"

主治医生急忙把他扶起："不要这样，我们一定尽最大的努力。"

"妈，我对不住您呀……"小陈趴在母亲身边，痛哭流涕。

主治医生把他拉起："不要哭了，这样会刺激老人的，对治疗不利。"

小陈好不容易才止住悲伤，哽咽着说："大夫，求求您了……我妈和妈不一样啊……"

这话是怎么说的？病房的人面面相觑，最后把目光落在小陈的身上。

"我妈不是我的亲妈……不不，我妈就是我的亲妈，比亲妈还要亲……"小陈语无伦次，泪如雨下。

怎么，他们不是亲母子?！病房的人不禁都是一惊，如堕五里雾中。

好半天，大家才从小陈的泣诉中弄明白了——“文革”期间，城里一对年轻夫妇带着一个两岁的孩子被流放到渭北高原的一个小乡村。一年后，那对年轻夫妇不幸遭遇车祸，那个孩子被村里一个善良的妇女收养了。农妇家里十分贫穷，还有两个孩子（一女一男）。她可怜没妈没爸的孩子，从没另眼相待这个孩子，反而疼爱有加，宁肯让自己的孩子吃糠咽菜，也要省一把粮食给这个孩子吃。这个孩子活下来了，可农妇的亲生儿子（两个孩子同岁）却因营养不良，不幸夭折。

病房一阵沉寂，谁都明白那个善良的农妇是谁。小陈哀哀地啜泣着，病房所有人的泪水都涌出了眼眶。谁说他们不是亲母子？他们比亲母子还要亲！

仲春时节，我要出院了，去跟陈全生母子告别。

推开病房门，老人鼻孔插着输氧管，正在输液。小陈伏在母亲病床边睡着了。笃笃的拐杖声把他惊醒了，他站起身，拿过椅子要我坐下。他没有休息好，眼圈发青，白眼仁布满了血丝。我没有坐，默默地注视着老人。她脸色灰青，闭着眼睛，似一片即将凋零的秋叶，枯黄而又羸弱。

我轻声问：“大妈好点了么?”

小陈说：“好点了，能吃点东西了。”

我拿出两罐奶粉递给他：“给大妈补补身子。”

小陈推辞着，我说啥也要他收下。

忽然，老人的眼皮动了动，慢慢睁开了眼睛。我俯下身，叫了声："大妈!"

老人昏黄的眼珠呆呆地看着我。小陈在老人耳边说："妈，我贺哥看你来了，他要出院了。"

老人脸上现出了慈祥的微笑，说道："好实在了么?"

我说："好实在了。"其实我的伤病药物已起不了什么作用，我之所以这样说，是安慰老人，也是安慰自己。

"妈，我贺哥送你了两罐奶粉。"小陈拿出奶粉给老人看。

老人说："看你这娃，你身子骨也要好好补补，留着自己吃吧。我老胳膊老腿了，吃那东西就浪费了。"

我说："大妈，快别那么说了，全生还离不开您老人家哩。"

"妈!"小陈叫了一声，已热泪盈眶了。

"甭哭，妈死不了，妈还要跟我娃过好日子哩。"老人说着脸上绽开了笑容。

我也笑着说："大妈和你的好日子还在后头哩。"

小陈破涕为笑……

出了病房，春光灿烂，万物复苏，草坪织出一片新绿，草叶上的晨露未消，闪着晶亮的光辉。我再回首，目光穿过窗户，小陈正一匙一匙给母亲喂汤。我忽然想起一首古诗：谁言寸草心，报得三春晖。心里一热，眼睛又潮湿了……

十多年过去了，我再也没见到陈全生母子，不知他们生活得可好？我想，那样好的人，上苍一定会保佑他们的。我为他们祈福!

散文

说南道北

也说读书

关于读书这个话题，谈的人已经很多很多了，而且不乏大家，也不乏真知灼见。在这里我就不东施效颦了，只谈谈自己这些年来的读书体会和感受。

我六岁入学，自以为书念得还不错。课外读书谈不上如饥似渴，却也囫囵吞枣，来者不拒。有语云：万般皆下品，唯有读书高。读书向来被视为很高的雅举。父母送我上学并不是冲着“唯有读书高”

而来的。他们都是农人，没有那样高雅的想法。当然，也不是一点想法也没有。不是有句老话：书中自有千钟粟，书中自有黄金屋，书中自有颜如玉。“黄金屋”父母压根就没想，“颜如玉”可能想了一点，他们主要想的是“千钟粟”。他们从饥饿的岁月走过来，深知饿肚子的滋味。他们渴盼儿子永远不要再饿肚子。他们把儿子的前程押宝似的押在了读书上。

有道是：少年不知愁滋味。那时年幼，我根本洞察不到父母的良苦用心，读书完全凭兴趣出发，囫囵吞枣，不求甚解，只图热闹好看。我的第一本藏书是《林海雪原》。说来惭愧，那本《林海雪原》是我偷钱买的。那时我上小学五年级，课外读书有点饥不择食。一天从同学手中得到一本连环画，作业也顾不得做就如饥似渴地翻看起来。那册连环画残缺不全，无头无尾，却非常吸引人。我一连看了好几遍都觉着不过瘾，为没弄清书中主人公命运的凶吉祸福而牵肠挂肚。同桌告诉我，书名叫《林海雪原》，镇上的新华书店有卖的，一套十册，好看死了。同桌带有煽动性的广告语言，有着强烈的怂恿味道。我的心痒痒了，打算买一套回来，美美地看它个天昏地暗。但资金是个严重的问题。上哪儿去解决呢？犯难之中我想到了父亲的钱夹子。

父亲的钱夹子在衣柜里的一个木匣里放着。木匣没有锁，保密性能很差劲，每每取衣服时我都能看到它。最初，我也想光明磊落地解决没有资金的困难，向父亲要钱去买书，但又想到父亲一定不会批给我这笔款项的。父亲虽然很疼我，也很支持我读书，但他向来财政困难，爱莫能助。

思之再三，我决定铤而走险，做一回内贼。我趁父母不在家之际，掀开衣柜，打开木匣，取出钱夹子。父亲的钱夹子实在瘪得太羞涩，钱币不会超过十元。我不敢拿元以上的纸币，只是扫光了毛票和“分分洋”。

第二天，放了午学我家也没回，直奔镇上的新华书店。当我从营业员手中接过那套十册的《林海雪原》连环画时，激动得手都在发抖。可一看定价，心顿时凉了。全套连环画定价二元五角，可我手中的钱仅有一元一角五分，连一半都不够。我翻着那十册书做着抉择，舍弃哪一册都感到可惜。营业员是个和蔼的中年妇女，她看出我的心思，也洞察到我的经济现状，微微一笑，拿来一册厚厚的书递给我，说道：“买这本吧，包你满意。”

我接书在手，仔细一看，是小说版《林海雪原》。再看书价，不禁大喜过望，定价正好是我的囊中所有。我便毫不迟疑地把手中的钱给了那位和蔼可亲的营业员。现在回想起这件事，既觉得有趣，也有点儿心酸。

稍大一点，便拣自认为好看的书去读，看不上眼的书就弃之一边，因此这段时间的读书收获并不大。我真正读书是从受伤致残开始的。

那是在1974年，修家里的电灯线时我不慎从树上摔了下来，摔伤了脊椎骨，导致双腿瘫痪。

久卧病榻，最难熬的不是病痛，而是寂寞。为了打发难熬的日子，我便找了些书来读，时间充裕，而找来的书有限，就翻来覆去地读。在那个年代书本来就很难找，在农村书更是难找。我逮着什么书就读什么书，把地理课本和《动物学》都翻烂了，连一本《电工作法》也不放过。有一本书名叫《虹南作战史》，这本书是“文革”开始后出版的第一部长篇小说（1972 年出版），尽管该书是“文革”时期的政治语言堆砌而成的，味同嚼蜡，难以卒读，我当时竟翻来覆去地读了好几遍。在那个年代，真正能让人感兴趣的书，说实在话，还是浩然的《艳阳天》，尽管现在有人把它说得一无是处。

后来我得到了一本残缺不全的《钢铁是怎样炼成的》。最初我不知道书名，只是觉得这本书非常好看，那个名叫保尔·柯察金的人真是了不起。这本书对我的影响很大，我不认为保尔·柯察金是我的偶像，但他象征着一种精神，是一种非常特别的精神，这种精神至今还激励着我，直到永远。

人活着是需要一种精神的！

在病榻上读书最初对我来说是一种消遣，排解痛苦、寂寞，打发难熬的时光。且不说读书可以陶冶情操，可以提高修养，可以提升境界；书籍是通过心灵观察外部世界的窗口，至少可以开阔我的视野。残腿限制了我的自由，闭塞了我对外部世界的观察，但书籍开阔了我的视野。从那时起，我真正喜欢上了读书。

渐渐地读出了味道，读出了意境，读上了瘾，自觉胸中天地小，书中乾坤大。待到后来觉得读书乃人生一大快事，必不可少。读书可以抗拒死亡，避免空虚，可以教人想事儿，怎样活着，怎样做事，怎样做人。人生苦短，幸亏有了书，人类在时间和空间上才能把见闻扩大无数倍。住在没有书籍的房舍，如同房舍没有窗户。倘若世间没有书，倘若我不识字，我真不知道该怎样活下去。我不敢去深想这个问题，只是庆幸我识得字，更庆幸世间有读不完读不尽的书。

由于身体的缘故，有人曾多次劝我学佛信教；还有人送给我一本《牧灵圣经》，希望我能成为上帝的门徒。我背诵过《寿生经》，读过《金刚经》，也断断续续读了《圣经》，也曾去教堂听过神父布道。但我终究是个俗人，悟性也不够，最终没有成为佛门弟子，也没有成为上帝的门徒。可我在读经中明白了一个道理：人生在世应常怀感恩之心、悲悯之心，做事应该宽人律己、与人为善。开卷有益由此也可见一斑。

后来我萌生了学习写作的念头。我清楚地知道，想要写好文章，自然先要多读书。因为有句话说得好：读书破万卷，下笔如有神。我读中学时，一位语文老师就再三地告诫过我们：要想写一篇好文章，不读几十篇好文章，不背诵几篇好文章，那是根本不可能的。当时我对这句话没有多少体会，后来命运之神改变了我的生活轨迹，我走上文路时，才深深地感受到：诚哉斯言！

古语云：读万卷书，行万里路。把读书置于行路之前，由此可见读书的重要性和必要性。我自知山高水远的生活不再属于我，因此更不敢放松，以读书来弥补自己脚力的不足。

秦腔有一出名剧——《三滴血》，剧中有个县官名唤晋信书，自称读了五车书，却食古不化，做出了滴血认亲的蠢事。应该说五车书真是多也。若在今日，这个“车”别说是火车皮，就是五卡车也了不得。我不知道普天下读过五卡车书的有几多人，我可是连五架子车书也没读下，因而不敢妄称自己是读书人，只能说自己喜欢读书而已。

我捉笔涂鸦后，读书也变得有方向性和目的性。我的功利思想并不十分严重，读书作文主要为的是不虚度此生。原以为自己读了些书，待到此时才深感到“书到用时方恨少”是至理名言。于是更不敢松懈，稍有空闲就读书，唯恐落后、落伍，被时代淘汰。

我读得最多的书是中国文学，四大名著不用说，还有《聊斋志异》、“三言二拍”、《儒林外史》、《官场现形记》、《镜花缘》、《二十年目睹之怪现状》等。有的书读过好几遍。我感到中国古典文学是座巨大的宝库，取之不尽，用之不竭。

中国现代文学我读过巴金的“激流三部曲”；茅盾的《子夜》、《林家铺子》；老舍的《四世同堂》、《骆驼祥子》。鲁迅的书我几乎都读过，杂文且不说，单说小说，鲁迅没有长篇，《阿Q正传》是鲁迅唯一的一部中篇小说，也只有两万多字，它可以说是中国中篇小说的开山鼻祖，也是当之无愧的经典作品。据研究鲁迅的专家说，鲁迅的思想太活跃，情绪太激愤，没有时间去谋篇布局经营长篇小说。但我以为鲁迅为中国文学长廊贡献的典型人物，不比任何一个长篇等身的作家逊色。凡读过鲁迅小说的，谁会记不住阿Q、孔乙己、祥林嫂、闰土、九斤老太、华老栓？

陕西现代、当代作家的代表作可以说我都读过。我是个写小说的，本土作家的作品不能不读。柳青《创业史》的史诗品格，路遥《人生》的真实深刻，陈忠实《白鹿原》的厚重、沧桑、大气，贾平凹散文的灵动隽永，都是我的最爱。

我不大喜欢读外国文学，主要是那些人名地名记不住。但还是读了一些。契诃夫、莫泊桑、欧·亨利的短篇，《安娜·卡列尼娜》、《红与黑》、《悲惨世界》、《真正的人》、《这里的黎明静悄悄》、《罪与罚》、《第四十一个》、《喧哗与骚动》，都读过。还有一些，我就不一一列举了。人名地名记不住就不去记，只记住主要情节就行了。《悲惨世界》、《这里的黎明静悄悄》很好读，《喧哗与骚动》、《挪威的森林》读起来很费劲。

坦率地说，我是个土包子，喜欢吃自己家打的粮食，不大喜欢吃洋面包，可隔三岔五地也吃几口。还得承认，人家老外的“洋面包”还真营养丰富，该吃就得吃，还得多吃。不然的话，就会严重营养不良。

现在读书有点难了。难的原因之一是书价太贵。一本书动辄定价十几元、几十元，十元以下的书几乎没有。我辈工薪族要读书，却囊中羞涩。无奈之中便找朋友、同事、熟人借书读。借书到手不敢生懒惰之心，赶紧挤时间把书读完，生怕人家催还。这倒也是因穷逼出了好处，抓紧时间多读了书。

当今社会烦嚣不堪，报刊林立，报挤刊，刊挤书，加之音像制品之类充塞市场，障眼遮目，不少读书人的精力和时间被挤占了。喧嚣的市声、浮躁的心态，越来越多的人远离挑灯夜读的意境。可我依然觉得读书是件美事，是难得的精神享受。读一本好书比抽一支好雪茄更过瘾，比连和几把麻将更让人心醉神迷。

回顾三十多年来走过的路，我每一步都在书的阶梯上留下了脚印。我没有什么嗜好，只知与书为伴、与文交友。生活顿顿宁无肉，居家时时必有书。一天不看书，吃不下饭；一夜不读书，就会睡不着觉。毫不夸张地说，是书拯救了我，给了我重新生活的勇气和力量。

现在我不仅读书，也写书。我一直以为勤奋、修养和悟性对搞艺术者来说必不可少。腹有诗书气自华。我以为我缺的不是勤奋，是读书，是学习。在读书学习中提高自己的修养、升华自己的悟性是我毕生的追求。

人生有限，书海无涯。这辈子我是不会离开书的。

活到老，读到老。这是我永远的座右铭。

千古《满江红》

少年时代我尚武，主要是太贪玩，认为练武很好玩，练武的人都是很有能耐的人。因此敬重项羽、关羽等人物，一有空闲就拿根棍子在院子比画。历史的天空闪耀着许许多多的将星，我以为“二羽”是其中最耀眼的。稍长，读了些书，才知道文武兼备是为将者的最高境界，因此转移了目标，敬重岳飞。

清楚地记得，读五年级的时候，我买了一套《岳飞传》连环画，钱是偷父亲的。一套连环画十五册，第一集《岳飞出世》，第十五集《风波亭》，记得清清楚楚。可惜的是，这套连环画一本也没留下来。

中国历史上名帅名将颇多，最令我敬重崇拜的还是岳飞。无疑，那套连环画在我心底刻下了很深的印记。“力拔山兮气盖世”的西楚霸王——项羽，勇则勇矣，却文才匮乏。我孤陋寡闻，只知道他留下一首诗作：力拔山兮气盖世/时不利兮骓不逝/骓不逝兮奈若何/虞兮虞兮奈若何。这是末路英雄发出的悲叹。五虎上将之首——关羽关云长，时时手不释卷，攻读《春秋左氏传》，但未曾见寿亭侯留下些许文章。而岳飞岳鹏举上马勇冠三军，令金兵丧胆；下马挥毫《满江红》，壮怀激烈，文采飞扬，代代传诵，谁可与之比肩？

说起岳飞之死，人人痛恨的是秦桧。其实，最该痛恨的应该是宋高宗——赵构。秦桧得意时肆意妄为，排挤他人，陷害忠良，暗通金国，这一切似乎都成为他奸佞邪恶的铁证。然，无论秦桧多么奸诈、凶残、嚣张，如果得不到赵构的默许和支持，他绝不敢肆意妄为，更不敢以“莫须有”的罪名杀害官居“湖北、京西南路宣抚使兼营田大使”的岳飞。翻阅《宋史》，不难发现，许多被加在秦桧头上的罪名，其实都是源于赵构暗地里的指示。朝中有奸佞之臣在所难免，不足为惧；可怕的是君主昏庸无道，肚量狭窄，唯我独尊，心黑手辣。明代文徵明有首《满江红》，其词曰：

拂拭残碑，敕飞字，依稀堪读。慨当初，倚飞何重，后来何酷。果是功成身合死，可怜事去言难赎。最无辜，堪恨更堪怜，风波狱。

岂不念，中原蹙；岂不惜，徽钦辱。但徽钦既返，此身何属？千古休夸南渡错，当时自怕中原复。笑区区一桧亦何能？逢其欲。

“笑区区一桧亦何能？逢其欲。”真是一针见血啊！岳飞、韩世忠等人在战场上厮杀半生，却落了个鸟尽弓藏、兔死狗烹的结果。真是忠良蒙冤，奸佞得志。每每读书到此，义愤填膺，扼腕长叹。不说也罢！不说也罢！

说说岳飞的文才吧。

《宋史》云：西汉而下，若韩、彭、绛、灌之为将，代不乏人，求其文武全器、仁智并施如宋岳飞者，一代岂多见哉。史称关云长通《春秋左氏》学，然未尝见其文章。飞北伐，军至汴梁之朱仙镇，有诏班师，飞自为表答诏，忠义之言，流出肺腑，真有诸葛孔明之风。

岳飞一生戎马倥偬，少有闲暇，他留下的诗作仅十余首。且看他的《满江红·怒发冲冠》：

怒发冲冠，凭栏处，潇潇雨歇。抬望眼，仰天长啸，壮怀激烈。三十功名尘与土，八千里路云和月。莫等闲，白了少年头，空悲切！

靖康耻，犹未雪。臣子恨，何时灭？驾长车，踏破贺兰山缺！壮志饥餐胡虏肉，笑谈渴饮匈奴血。待从头，收拾旧山河，朝天阙！

真是神情激越，豪情万丈，气势磅礴，读之令人热血沸腾，豪气陡生。晚清词家陈廷焯评论岳武穆的这首词云：“何等气概！何等志向！千载下读之，凛凛有生气焉。”可以说，在我国古代诗歌中，没有一首像这首词那样有这么深远的社会影响，也从来没有一首像这首词那样具有激奋人心、鼓舞人们杀敌上战场的力量。抗战期间，这首词以其低沉但却雄壮的歌音，激励着中华儿女走上驱逐倭寇的战场。

其实，岳飞的另一首词《小重山·昨夜寒蛩不住鸣》，不输《满江红·怒发冲冠》。

昨夜寒蛩不住鸣。惊回千里梦，已三更。起来独自绕阶行。人悄悄，帘外月胧明。

白首为功名。旧山松竹老，阻归程。欲将心事付瑶琴。知音少，弦断有谁听？

《小重山》不似《满江红》那样豪情万丈、壮怀激烈，似有些情绪低落，忧愤徘徊。岂不知他是借琴弦抒发着心中无言的呐喊，宣泄壮志难酬的孤愤？写这首词时，他被“十二道金牌”召回，他的抗金报国志业，不但受到赵构、秦桧君臣的忌恨迫害，而且与他曾一同抗金的张俊、杨沂中、刘光世等，亦进行阻碍，他胸中能没有块垒？不宣泄宣泄会憋死的！

南宋的另一位抗金英雄辛弃疾（他同时是一位著名词家），他的《破阵子·醉里挑灯看剑》可与岳飞的《小重山》媲美。“了却君王天下事/赢得生前身后名/可怜白发生”一句，道出了词人的心声、无奈和悲叹。辛弃疾比岳飞晚生三十余年，终以报国无路，忧愤而死，令人可叹。

纵观岳飞一生，赤胆忠心、精忠报国，他浴血沙场驱逐入侵之敌，希望“收复中原，迎回二圣”，更希望得遇明君，为大宋建功立业，以慰平生。他是寂寞英雄，满腔抱负，无人赏识，“欲将心事付瑶琴”，却无奈“知音少，弦断有谁听”？

赵构、秦桧之流戕害的不仅是一代民族英雄，也是一代文豪。悲哉！悲哉！杭州栖霞岭下的岳坟前长跪着四个奸佞之人——秦桧夫妇、万俟卨、张俊，独少了赵构！

余有时假想，若是岳飞当年没有被赵构、秦桧杀害，他一定能直捣黄龙，甚至灭掉金；若是他生在没有战争的年代，他的诗词成就能不能超过李白、杜甫？

然，历史没有假设。我唯有叹息。

杨凌赋

关中腹地，渭水之阳，终南之阴，有城杨凌，其名也彰。斯地因隋文帝泰陵而名之，舜封邰国，秦为邰县；汉置扶风郡，武功、美阳（今扶风）所辖。改革之初，设区独立；廿世纪末，升格市级，改“陵”为“凌”，意在高翔，名曰：农业高新技术产业示范区，神州华夏，堪称第一也。

斯地势踞形胜，前挹太白之秀，后负周原之美；东控平原，西携长川，襟渭带漳，三水环绕；无峭拔之山岳，有广袤之平川；处兵家之要冲，通丝绸之古道；地以人杰盛名，物以丰稔泽民，民以勤劳著称。

临斯地而思古。周朝始祖，农神后稷，教民稼穑，树艺五谷，中华农耕文明，自兹日盛，发扬光大。黄飞虎之川云关，伏波将军之桑梓，隋文帝之泰陵，唐太宗之悬弧处，毗连左右，创业君王之遗迹昭然可见。马融扶风之绛帐镇，张载武功之绿野亭，周至李颙，眉县李柏，状元康海，才女苏蕙，诸儒故里亦相接近。文化底蕴，厚重灿烂。

星移斗转，时序更迭。四千多年过去，弹指一挥间。圣地不失钟灵毓秀之气，学府明珠应时而生。民国元老，于公佑任，亲临斯地，筹建西北农林专科学校，慧眼识宝地，选址在凤岗。从此：佳气接终南，百代宏图奠胜基；晴光临渭水，千间广厦育英贤。[①]

几度风雨，几度春秋。新中国成立以来，斯地旧貌换新颜，万物逢春而竞秀，百业乘运而兴旺。民以食为天，古来皆然。善恶之行，不在于人之质性，而在于岁之饥穰；仓廪实而知礼节，衣食足而知荣辱。悠悠万事，唯民生为大计。党和政府忧民之忧，乐民之乐，力抓农业科研教学。农业院校、科研机构，如雨后春笋，蓬勃而生。昔日农神教民稼穑之地，今日农业高新技术产业示范区；鲤鱼跃龙门，农科乡巨变为农科城。中华农耕文明从这里起步，东方“绿色硅谷”又从这里崛起。天意乎？巧合乎？历史的必然也！

世纪发轫，华夏腾骧；改革开放，国运大昌。西部开发，乃千载难逢之佳遇也。国之希望在西部，陕西为龙头，科技是出路，示范在杨凌。蓝图绘出，号角吹响；康庄大道，万马奔腾。筑巢引凤，蓄水藏龙。农神铜像高耸教稼园，竖起示范区之高标；人工造湖，巧夺天工；会展中心，高筑平台；昆虫博馆，亚洲唯一。幢幢大楼拔地而起，鳞次栉比，靓丽生辉；大道畅通车流之血脉，广场坦荡封闭之胸怀，鲜花织出绚丽之风景，绿色营造和谐之氛围。林密而鸟聚，天阔而鹰翔。投资兴业者纷至沓来，得天时，得地利，得人和，生意兴隆而通四海，财源茂盛而达三江。

春风化雨，教育奠基；科技兴邦，农业当先；农高盛会，万众瞩目，八方来聚，四海共贺；高新科技，百花齐放，惠泽人民，引领方向。西农大圣地明珠育英贤，农科城沃野千顷铸辉煌。设施农业，遍地开花；观光农业，独领风骚；马海毛基地，全国之最；克

① 此句为1934年西北农林专科学校（今西北农林科技大学）成立时主席台两侧的楹联。

隆羊群体，世界领先；葡萄酒飘香，誉满亚洲；现代农业示范园，冠盖全球。济济英才，引领农业科技独占鳌头；莘莘学子，泛舟知识海洋勇搏激流；科研所里，探索着农业科学之奥秘；教学楼中，升起无数理想之风帆。生命在这里拓展，希望从这里放飞！

龙得水时添意气，虎靠山处长威狞；地得天时而兴旺，人逢盛世而腾飞。抬望眼，大手笔绘出新蓝图，新时期续写新篇章；杨凌儿女再创业，一代风流竞争先！

美哉，杨凌！绿色和谐之家园。

壮哉，杨凌！现代农业之旗舰。

展故乡杨凌之未来，乘西部奋飞之强劲东风，仗桑梓毓秀之灵气，千帆竞发，万众划桨，劈风斩浪，辉煌前景，犹如旭日东升也！

读书笔记两则

梁山好汉的座次与名气

夜读《水浒传》，读到第七十一回“忠义堂石碣受天文　梁山泊英雄排座次”，不由生出几多感慨。

据书中所写，梁山好汉的座次是上苍的安排。显然，著书时作者为梁山好汉座次的排定颇费了心思。若要以资深资浅来排座次，白日鼠白胜说啥也不会排到倒数第三。想当初，晁盖、吴用等人智取生辰纲，他不仅参与了，且立了大功，资历不可谓不深，怎的会排在倒数第三？杜迁、宋万也会跳出来说话，从“王伦时代”算起，争一番高低。若要以功劳大小排座次，鼓上蚤时迁盗来雁翎甲，计赚金枪手徐宁上山，为大破连环马立下了首功，说什么也不能排名在后。若要以武功高低来排座次，林冲曾是东京八十万禁军教头，且是梁山泊元老，应坐头把交椅。

假若众位好汉都较起真来争座次，只怕一千年也难摆平，排定座次。遥想当年，施、罗两位老夫子行笔于此，恐怕也犯了难。两位老夫子可能一是怕辱没了好汉们的名声，二来可能是为豪杰们讳，杜撰出了一个上苍安排座次的情节。仔细想来，这一招实在是高。老天爷如此安排，谁敢有异议！施、罗两位老夫子真不愧为大家手笔。

其实，梁山好汉的座次是一回事，名气又是一回事。金圣叹批《水浒传》，将书中人物分为五等。金老先生言道：“一百八人中，定考武松鲁达上上人物；卢俊义柴进只是上中人物；石秀便是中上人物；杨雄属中下人物；时迁宋江同属末流，定考下下。”这种评定，自然大有争议。依笔者愚见，把宋江时迁打入末流，就失公允。宋江位居梁山泊头把交椅，时时口称：“小可宋江，怎敢背负朝廷？盖为官吏污滥，威迫得紧，误犯大罪；因此权借水泊暂时避难，只待朝廷赦罪招安……”虽失却英雄气概，是一副猥琐形象，但不乏义士胸怀气度，怎的也不该打入末流。至于时迁，虽是梁上君子，但有豪杰作为，且屡建功劳，打入末流实属误批。

在世人的心目中，梁山好汉的座次更是另外一回事。鲁提辖拳打镇关西，林冲火烧草料场，杨志刀劈牛二，武松景阳冈打虎，黑旋风砍倒杏黄旗……至今广为传颂。显然，鲁智深、林冲、武松、李逵、杨志诸人的座次在老百姓的心目中远在宋江、卢俊义、公孙胜等人之上。缘何如此？世人自有他们看问题的独到之处。古往今来，高俅、镇关西、牛二、西门庆之流一直没有绝种，虽然为数不多，但祸害却不小。

君不见，大街之上，光天化日之下常有痞子横行，路人敢怒而不敢言。

数日之前，笔者在街上目睹一恶少拳打脚踢一位中年人，只因那中年人拉架子车不小心把他的皮夹克弄脏了。那中年人用衣襟把皮夹克擦干净了，可恶少却还不依不饶，打得中年人口鼻流血。中年人趴在地上大呼："武二爷鲁提辖，你咋不转世救救我！"中年人一定是看了电视连续剧《水浒传》。遗憾的是当今武二爷鲁提辖太少太少。正是因此，武松、鲁智深、杨志等英雄好汉在老百姓心目中的形象永远光辉高大。

今人不见古时月，古月依旧照今人。时光流逝了八百多个春秋，却掩不住千古绝唱；朝代几经更改，却抹不去英雄传奇。英雄好汉的名气不是刻在石碑上的，而是镌刻在老百姓的心底里。

《水浒传》中的女人

一部《水浒传》，写的是北宋末年农民起义的故事。该书是施耐庵、罗贯中两位老夫子在《宣和遗事》、元人杂剧、民间传说的基础上编撰成书的。两位老夫子虽然妙笔生花、才华横溢，所写人物惟妙惟肖、栩栩如生、呼之欲出，却对女人存有偏见。君不见，梁山一百单八好汉，仅有三位女性——扈三娘、顾大嫂、孙二娘。只因元人杂剧、民间传说早将这三位女性列入梁山英雄谱上，两位老夫子才不得不点缀于《水浒传》书中，勉强笔墨，导致她们形象苍白。仅以三位女将的绰号来看，两位老夫子也有贬低之嫌，曰母夜叉，曰母大虫。扈三娘本是妙龄女子，绰号却叫“一丈青”。笔者愚钝，琢磨许久，终弄不明白这个绰号是什么意思。

梁山泊三位巾帼英雄形象且是如此，其他女人两位老夫子更是轻视、歧视，甚至仇视。在他们的笔下，女人多数是庸人、小人、贱人、坏人。武松杀潘金莲，石秀杀潘巧云，宋江杀阎婆惜，卢俊义杀贾氏，史进杀李瑞兰，雷横枷劈白秀英；从刘知寨的妻子到李鬼的老婆，从浔阳歌女到丫鬟迎儿……简直没有一个好女人。

哦，有一个好女人，那就是林冲的娘子。林冲的娘子坚守贞操，从一而终，是女性的楷模。可叹好人不得长寿，实在令人惋惜。

仔细想来，两位老夫子笔下的坏女人被开膛剜心、被杀死或打死，好女人为守贞操而亡，命运都是一个字——死！看来真是应了一句古语：女人是祸水。不是么？武松因杀了潘金莲而被刺配孟州；宋江杀了阎婆惜而面颊刺了金印；石秀、雷横等都是拔刀杀了女人而奔上梁山。林冲娘子虽是个难寻的好女人，却害得林冲有国难报，有家难归，发配沧州……

在众多女人中，潘金莲的形象最为恶劣。其实，认真品读《水浒传》，不难看出潘金莲并不是一个十恶不赦的坏女人。她的沉沦是有原因的，谋杀亲夫不是她的本意，而是受人唆使。她原是清河县张大户的使女。那张大户要娶她做妾，她不肯依从。张大户怀恨在心，竟使出一个恶毒之招—— 一文钱不要，把她白白嫁给了三寸丁谷树皮武大郎。若那武大郎不是个懦弱猥琐的三寸丁谷树皮，而如同他兄弟武二郎一般英雄威武，她还会移情别恋么？若在今日，潘金莲观念更新，也许会傍了张大户这个大款。可叹她那时并无半点傍大款的想法，而是按自己的想法去追求爱情，追求自己的意中人。当武二郎拒绝了她的爱情时，她便走上了一条自我毁灭的道路。

上世纪二十年代，剧作家欧阳予倩为潘金莲翻过案。在欧阳老的笔下，潘金莲不再是坏女人，而是封建婚姻的叛逆者，是自由恋爱的追求者。

时间的脚步迈到了上世纪末，四川才子魏明伦写出一部荒诞剧《潘金莲》。作者请出了古今中外的人物，跨朝越国而来，从不同角度评说潘金莲。才子魏明伦用心可谓良苦，想为弱女子潘金莲讨回一个公道。

然而，潘金莲的淫妇形象似乎是铁定的了。在绝大多数中国人的眼里，“潘金莲”这三个字就是淫妇、祸水的同义词。

施、罗两位老夫子一挥春秋巨笔，小女子潘金莲永无翻案之日！

嗟乎，古今多少事无可奈何，可叹可泣！

梁山泊英雄重排座次

却说宋江让圣手书生萧让宣读罢众位好汉座次名单，询问大家还有什么意见。只见两位彪形大汉上前躬身施礼，齐声问道：“敢问哥哥，此次排座次凭的是什么？”

众人举目看去，两位彪形大汉乃是摸着天杜迁和云里金刚宋万。

宋江答曰："二位贤弟，此次排座次乃是天意。"

杜迁质疑："有何为证?"

宋江又答："有石碣之字为证。"

杜迁道："哥哥差矣，据何道士所言，石碣之字乃是天书，仅他一人识得，众位弟兄并不认得，谁能保证没有弄虚作假？再者，又有谁人知他没有收受贿赂，厚此薄彼？想当年，我与白衣秀士王伦、云里金刚宋万共创梁山基业，坐的是第二把交椅，现在却被排到了第八十三位！不知这个座次是如何的排法?"

宋万也道："哥哥恕我直言，卢员外上山才几日，怎的就坐了第二把交椅?"

宋江道："二位贤弟少安毋躁。晁天王临终有遗言：'但有人捉得史文恭者，不拣是谁，便为梁山泊之主。'现如今卢员外只坐了第二把交椅，还是有愧于他的。"

杜迁道："卢员外的座次让你说了过去。可我不明白张清凭啥坐上了第十六把交椅？他上山迟暂且不说，就在擒他之时，他用石子一连打伤山寨十五位头领。如此之人杀了都不足泄众位头领心中之恨，怎的座次就排在了我和宋万兄弟的前头？哥哥用人如堆柴火堆，后来者居上，这公平么?"

宋江沉吟片刻，答道："张清飞石打人，百发百中，人呼为'没羽箭'，是位不可多得的将才，我们山寨正在用人之际，不可埋没人才，他坐第十六把交椅正合适。"

宋万道："这个也让你将就说了过去。只是那萧让、蒋敬怎的也排在了我们之前？我俩虽是粗鲁，却也颇能舞枪弄棒，难道还不如一个写字打算盘的?”

宋江一时语塞。

杜迁又道:“我还有不明之处，那皇甫端只不过是个兽医，怎的也排在了我们之前?哥哥怎的如此重畜轻人?还有，那矮脚虎王英是个好色之徒，且个头矮小，我们一个绰号‘摸着天’，一个绰号‘云里金刚’，单是比个头也高出他一截，却座次排在他的后边。哥哥莫非与他有私?”

宋江满脸通红，不知如何辩答。

杜迁、宋万又上前一步，齐声嚷道:“如此排座次，我们心中不服!”

宋江长叹一声:“唉——也罢，你二人由地煞提升为天罡，杜迁坐第三十七把交椅，宋万坐第三十八把交椅。”

话音刚落，跳涧虎陈达、白花蛇杨春齐声嚷了起来:“我等也心中不服!我二人与史进、朱武一同上山入伙，怎的他俩的座次比我俩的座次高出许多?不服!不服!”

一时间，众位头领吵吵嚷嚷，乱成了一锅粥。急得宋江连连跺脚:“怎生得了!怎生得了!”

军师智多星吴用这时开了腔:“众位头领，且休吵嚷，此次排座次不算数。大家且回营安歇，明日再来评定。”

一连数日，众位头领在聚义厅评定座次，却很难摆平。就连号称“智多星”的吴用也无法可想，仰天长叹道:“唉——如此争名夺利、斤斤计较，山寨衰败之日将至矣!”

贪欲是杀人的利刃

雨夜读《水浒传》，读到第九回、第十回，被一个人物吸引住了。读《水浒传》不是第一次，好多次了，以前都被一百单八将的豪强壮举吸引住了，忽视了这个人物。经典就是经典，每读一遍都有新的收获。

这个人物是差拨。其实“差拨”是个职位，不是人名。《水浒传》中的人物大多有名有姓有绰号，但施耐庵老夫子给他连个名字、绰号都没起，以职位称呼他，可见他只是个阿猫阿狗式的人物。

差拨是沧州牢城营里的一个小管事，也就是说他只是个听从差遣的小人物。手中有点小权，千方百计就想把它最大利益化揣进自己兜里，古往今来这样的人物车载斗量，但千万不能小视。别的这里且不说，单说差拨，他虽然无名无姓无品，却手握着管理犯人的权力。林冲林教头发配到沧州后，他对其前后的态度变化，判若两人。按当时的狱规，新到犯人要“吃”一百杀威棒。可林冲却没吃杀威棒，是差拨给他出主意：“少间管营来点你，要打你一百杀威棒时，你便只说你一路患病未曾痊可，我自来与你支吾，要瞒生人眼目。”原来是林冲给了他五两银子（林冲让他转交给管营的十两银子后来被他掉了包）。有道是吃人的嘴短、拿人的手软，他自然替林冲说好话。随后他又对管营建议：“现今天王堂看守的，多时满了，可教林冲去替换他。”管营同意了他的建议，他又对林冲说：“林教头，我十分周全你 。教看天王堂时，这是营中第一样省力气的勾当，早晚只烧香扫地便了。你看别的囚徒，从早做到晚，尚不饶他；还有一等无人情的，拨他在土牢里，求生不生，求死不死。”林冲又给了他二三两银子，他便又给林冲打开了项上的木枷。

如果到此，差拨还算得上是个好人。可是，事情还在发展。

当陆谦陆虞候从东京来到沧州要设计害死林冲，差拨的态度来了个一百八十度的大转弯，前后判若两人。他对陆谦说：“包在我俩身上，好歹要结果了他。”随后他的表现更是让人大跌眼镜。草料场那把大火就是他放的，放火之后他谄媚地向陆谦表功：“林冲今番直吃我们对付了，高衙内这病必然好了。”可老天不成全他，降下一场大雪压倒了林冲所住的草棚。林冲在山神庙暂避风雪，躲开了灭顶之灾。害人之人必遭天谴。陆谦、差拨等人来到山神庙前一边观火一边说林冲必死无疑，他们的阴谋诡计被林冲听了个清清楚楚。是可忍孰不可忍。林冲“挺着花枪，左手拽开庙门，大喝一声：‘泼贼那里去?’……举手‘肐察’的一枪，先戳倒差拨。”当林冲杀死陆谦之后，差拨正爬将起来要走，林冲按住喝道：“你这厮原来也恁的歹！且吃我一刀!”把头割下，挑在了枪上。

读书到此，我脱口叫道：“痛快!”之后，不禁在心中发问：“差拨这小子到底是怎么了？怎么对林冲前好后坏，判若两人？林冲并没有得罪过他呀!”仔细再想，原来都是贪欲在作怪。起初，林冲刚进牢城营内，一见面差拨就破口大骂：“你个贼配军，见我如何不下拜？却来唱诺！你这厮可知在东京做出事来，见我还是大剌剌的。我看这贼配军，满脸都是饿文，一世也不发迹！打不死、拷不杀的顽囚!”林冲等他发作过了，取出五两银子，赔着笑脸告道：“差拨哥哥，些小薄礼，休言轻微。”真乃钱通鬼路。差拨看到银子，眼睛立马放光，不仅态度当即变了，言语也变了：“林教头，我也闻你的好名字，端的是个好男子！想是高太尉陷害你了。虽然目下暂时受苦，久后必然发迹。据你的大名，这表人物，必不是等闲之人，久后必做大官。”林冲看出他的小人嘴脸，心里说：“宁可得罪君子，不可得罪小人。”便又拿出几两银子给他。

林冲先后在差拨身上花了不到十两银子，就买得差拨团团转。当陆谦把一帕子银两塞给差拨时，他岂能不动心！他立马变了嘴脸，成为陷害林冲的帮凶。看似偶然，实则必然。他原本就是一个贪欲很重的宵小之徒。施耐庵一支生花妙笔，把差拨这个宵小人物的卑微灵魂和嘴脸表现得淋漓尽致。

掩卷闭目，窗外响着雨打棕榈叶的沙沙声，似乎催眠，而我无法入睡。

差拨最终被林冲所杀。仔细想想，不是林冲杀了差拨，而是钱杀了他、贪欲杀了他呀。有道是：不作孽就不会死。

联想到当下，报纸、电视不时有小官巨贪的新闻爆出，一个小小的科级干部贪污钱财竟然过亿！论职位他们比“差拨”高不到哪儿去，可贪污之巨让“差拨”感到汗颜。何以如此？除了监督机制的缺失，余以为是贪欲在他们心里作祟。一个人活着一天不过三餐，睡觉不过七尺之地，要那么多钱干啥？自个儿能花完吗？留给儿孙？儿孙自有儿孙福，不必为儿孙做马牛。再者，不义之财贪不得，现在把自己闹到监狱去了，吃嘛嘛不香。难道是钱惹的祸?！钱是好东西，谁不爱？但有句话说得好：君子爱财，取之有道。何为道？道就是劳动，劳动所得取之磊落安然，不义之财一分一厘也不要伸手，伸手就会被捉。贪欲千万不能有，贪欲是杀人的利刃！

许多贪官以为自己收受贿赂很秘密，不会被人知晓，岂不知，人在做天在看，头顶三尺有神灵，更何况群众的眼睛是雪亮的。再说一个小故事：东汉时，杨震在由荆州刺史调任东莱太守的赴任途中，经过昌邑时，昌邑县令王密是他提拔起来的官员，听说他途经本地，为了报答他的恩情，暮夜去拜访他，并怀金十斤相赠。杨震说："故人知君，君不知故人，何也？"王密没听明白杨震的责备之意，说："天黑，无人知晓。"杨震说："天知，神知，你知，我知，何谓无知？"王密这才明白过来，大感惭愧，怏怏而去。杨震暮夜却金，被后世人传颂，称为"四知先生"。

十八大以来，中央反腐一马当先，至今已擒虎过百，中纪委甚至创下"一天打三虎"的纪录。中央狠下杀手，就是要彻底消灭为官者心中的贪欲，让为官者以党和国家的利益为重、以人民的利益为重，不能贪，不敢贪，不想贪。老百姓为此点赞喝彩。反腐斗争之所以牵动人心，从根本上说，这个问题牵涉到损害老百姓利益的问题。对老百姓而言，如果身边的"苍蝇"没人管，甚至满天飞，身边的"差拨"到处都是，肆意横行，那是最悲哀的事。相比较，现实中的"小苍蝇"的危害较"大老虎"有过之而无不及；"差拨"比和珅更令人痛恨。

"无欲则刚"、"心底无私天地宽"，这些警句耳熟能详，但谁能把它镌刻在心中永远铭记？为人为官，心中无私念，活得就会坦坦荡荡、安安然然。纵观古今中外，许多原本是很好的人，却因贪财爱钱而最终被钱财送了命。这些人傻吗？他们几乎都是很聪明的人，他们是被心中的贪欲迷了眼，入了歧途不能自拔。是贪欲害了他们，是贪欲杀了他们。

斗　狗

有幸去了一趟富平，途中在栎阳镇打尖，吃的是“农家乐”。朋友告诉我，这家“农家乐”主营狗肉，还有斗狗表演。斗牛、斗鸡、斗蛐蛐，包括狗撵兔，我在电视上看到过，斗狗还真未曾见识。

斗狗表演是在餐后。养狗人是这家“农家乐”的老板，他家后院很大，养了几十条狗。他家的前院也很宽敞，但餐桌占去了三分之二的地方，斗狗的场所便临时设在甬道——用铁栅栏把甬道围成一个笼子。两个汉子牵来两条大犬。对狗品种的认知，我的水平大约在二三年级之间。有懂行的人说，模样似狼的是雪橇犬，另一条是沙皮狗。雪橇犬被牵进笼子时，脚步迟疑。它环视四周，那神情不仅有点不愿意，也有点不知所措，还有点惊诧茫然。沙皮狗倒是爽快地进了笼子，它没有尾巴，看样子是在战斗中丢失的。

两只狗一上场并没有相斗的意思，都用嘴巴嗅着对方，似乎在相互问好。狗的主人却提着拴它们的皮套，唆使它们去厮咬对方。狗是人类忠实的朋友，尤其忠于自己的主人。在主人再三的唆使下，沙皮突然出招了。雪橇犬没想到自己的同类会对自己发起突然进攻，被扑倒在地。它一时没明白过来，半天挣扎不起来。它刚挣扎起身，沙皮在主人的唆使下又扑了过来，它又倒在地上。沙皮的主人喊了声“好!”鼓起掌来。围观者也跟着鼓起了掌。雪橇犬瞪着眼看着围观者，那眼神里充满着愤怒，也有无可奈何。随后两只狗厮咬在一起。最终，没有心理准备的雪橇犬败下阵来。

一个汉子又牵来一条防暴犬。防暴犬也只有半截尾巴，骨架很大，但很瘦弱。然而，狗不可貌相，它是个好战分子，一进铁笼就扑向沙皮。沙皮还陶醉在胜利的喜悦之中，一下子就被防暴犬扑倒了，发出了怪叫声。沙皮的块头大，抗击能力不错，它一滚，站起身子，立刻奋起还击，两条狗亲嘴似的搂在了一起，在地上厮咬翻腾。围观者叫起好来。它们厮咬得更为激烈，最终沙皮不敌防暴犬，败北了，发出一阵哀叫。

看着两条狗在厮咬，不知为什么我突然感到很恐怖。我并不是被这个血腥的场面吓着了。吃饱了喝足了让狗们自相残杀找刺激取乐，是不是太残忍了？人啊！

围观者却没有尽兴，喊着再来一局。养狗人又牵来了雪橇犬。雪橇犬这回有了心理准备，但它并没有主动出击。它是犬类的智者，一双眼睛紧盯着防暴犬。防暴犬是个无情的杀手，它听命于主人，主人一声唆使，它就扑向了雪橇犬。雪橇犬急忙腾挪，躲过防暴犬的扑咬。防暴犬连连出招，被雪橇犬一一化解。防暴犬的主人大声呵斥起来，防暴犬的攻击更猛烈更频繁，雪橇犬躲避不及，被防暴犬咬住了脖子，它只能奋起一搏，但力量悬殊，雪橇犬倒在地上。防暴犬的嘴角滴出血来还不肯松口。四周是一片欢呼声。

几位女士不忍看这惨烈的一幕，尖叫着让把它们赶紧分开。

雪橇犬走出铁笼时，环目看着四周，那目光分明再问：为什么让我们自相残杀？我们的自相残杀能给你们带来什么好处？

好处当然有。朋友悄悄在我耳边说，这家“农家乐”就是以斗狗来招揽生意，因此生意十分火爆。

我知道我不能制止斗狗，也无法制止。我默然退出了围观。

人为万物之灵，其实是很残忍的动物。众所皆知，这颗蓝色的星球上几乎每天都在发生着战争。人，主宰着这颗蓝色的星球，他们为所欲为，想干啥就干啥。从古到今，为了自己的利益，人们不惜同类相斗，甚至父子兄弟相残；唆使狗们、牛们、鸡们、蛐蛐们相斗，只是人性之恶的一斑。如果是狗们、牛们、鸡们或是别的什么动物主宰着这个星球，它们找刺激取乐把人关在笼子里，让人去自相残杀，人们是如何的感受？

万物生活在地球上，这是上帝的恩赐。动物和我们是平等的，我们理应和它们和睦相处，不应倚强凌弱，更不应该虐待它们。这个道理谁都明白，可谁又能做到呢？

《双节棍》与《菊花台》

好几年前，在街上看到一伙十七八的小青年边走边哼哼哈哈地喊着什么，且手舞足蹈，很有点奇怪，却不明白他们在干啥。后来才知道他们喊的是周杰伦的《双节棍》。再后来在电视上看到许多歌手唱过这首歌，也看过周杰伦的原版。可能我有点耳背，一句歌词都没听清，满耳都是哼哼哈哈的吼声。不敢恭维，我不觉得这是首好歌，歌者不是在唱，而是在喊，是在声嘶力竭地喊。可此歌却流传甚广，歌者十有八九都是年轻人。跟一些青年朋友谈论过这个话题，问他们能否听得清歌词。答曰：这首歌不是听歌词，听的就是这个快节奏。原来如此。有语云：萝卜白菜，各有所好。信哉斯言。

《满城尽带黄金甲》上映后，观众议论纷纷，见仁见智，臧否不一，但有一点却是众口一词，《菊花台》是首不错的歌。更有甚者，说自己看《满城尽带黄金甲》是冲着《菊花台》去的。大家对《菊花台》的喜爱程度由此可见一斑。

一首好的歌曲不仅要音乐优美，更重要的是歌词要写得好。余以为《菊花台》的成功之处是歌词写得好。电影《满城尽带黄金甲》的故事发生在五代十国时期，后蜀王国四季太平、兵强民富，但宫廷之中正在酝酿风暴。国王原本是一个下级军官，经过努力经营终于成为一国之主。他逐走了给他生下大王子的原配夫人，从后梁迎娶了王后，又生了两个王子。他发现王后和大王子有染，于是令医官在王后的药中下了慢性毒药。王后很快就察觉到了，但为了不引起国王的猜疑而坚持吃药，同时说服二王子在重阳节谋反。大王子和医官的女儿偷情，而医官的妻子就是国王的前妻。在重阳节，二王子兵变攻打宫廷。二王子突然出手杀死大王子，要国王传位给他，被国王轻易击败。由于大王子事先告诉了国王二王子兵变图谋，国王伏兵平定叛乱。国王赦免了二王子，但要求他负责服侍王后吃药。二王子不肯加害母后，自刎而亡。

这里且不说这个乱伦故事是否有重复别人之嫌，单说在电影结尾唱响的《菊花台》：

你的泪光／柔弱中带伤／惨白的月弯弯／勾住过往／
夜太漫长／凝结成了霜／是谁在阁楼上／冰冷的绝望／
雨轻轻弹／朱红色的窗／我依身在纸上／被风吹乱／

梦在远方 / 化成一缕香 / 随风飘散 / 你的模样

菊花残 / 满地伤 / 你的笑容已泛黄 / 花落人断肠 /
我心事 / 静静淌 / 北风乱 / 夜未央 / 你的影子剪不断 /
徒留我孤单 / 在湖面成双 ……

《菊花台》令人伤痛的歌词和优美音乐，再加上歌者忧伤的演唱，与剧情配合得天衣无缝，让观众感受到一种无与伦比的凄美，令人动容。看《满城尽带黄金甲》时，我没被剧情感动，但被《菊花台》这首歌打动了心扉。

我以为《双节棍》与《菊花台》不是一个层次的艺术品，尽管这两首歌是由同一个歌手演唱的。一个歌手唱出两个不同层次的歌曲，让我感到诧异。这也许正是周杰伦的与众不同之处。

流行的不一定是好的，好的艺术作品却一定会流传下去。

话说老陕

外地人称陕西人为“老陕”。这个称呼倒是很传统，如果出自南方人的口便有几分贬义。老陕却浑然不觉人家是贬自己土气保守，倒觉得这么称呼实在受用。

大凡老陕皆秉性粗犷、豪放耿直，喜怒神气全写在一张脸上。男女的五官虽不如南方人秀气，却鲜明具体生动，脸方、唇厚、眉浓。参观过兵马俑的人都言老陕长得像秦俑。秦俑原本就是老陕，准确地说，秦俑是老陕的祖宗。老陕如果不像秦俑，那就是遗传基因出了毛病。

老陕不讲究吃穿，喜食锅盔羊肉泡，家常饭是一碗长面一碟油泼辣子。老陕嘴唇厚，大多不善言辞，话不多却来得实在。譬如请客吃饭，老陕不会讲客气话，祝酒词只有六个字：咥美，咥好，咥饱。

有俚语说："南方才子北方将，陕西冷娃排两行。"言外之意是说老陕不是当官的料。这话倒也没太冤屈老陕。老陕的生冷撑倔是出了名的。当官需要权术（或曰谋略）和技巧（或曰领导艺术），生冷撑倔是做不了官人的。吃不上葡萄就说葡萄酸。老陕做不了官人便最见不得给官人拍马溜须之徒，骂他们是"胡骚情"，斥之为"尻子客"。当然，老陕中亦不乏尻子客。

传统的老陕最恋乡土，就是穷死也不肯挪窝另寻生路。他们爱土地胜过爱自个的老婆，他们称土地为"刮金板"，尽管"刮金板"榨尽了他们的汗水，也没有使他们富裕，可他们毫无怨言，痴心不改。他们宁肯低头求土，不去仰脸求人，以"佛争一炉香，人争一口气"为做人准则。凡和老陕打过交道的人都说："老陕是直杠子脾气，鼻子不钻烟，好交！"

老陕最重乡党情谊。出门在外若遇乡党，定要举杯邀明月，待如上宾。朋友敬老陕一尺，老陕就敬朋友一丈。你若敬老陕一丈，老陕就掏出心窝与你交，你要鞋老陕连袜子都给。老陕厌恶言过其实夸夸其谈之徒，贬之为"谝传客"，嗤之以鼻。

秦地历史悠久，老陕受其文化熏陶，多侠士豪杰。有传言称，上海人说西安是乡下。老陕听此言十分愤慨。上海人也太狂了，怎敢如此奚落老陕，上海有几年历史？翻开中华民族的史册看一看，半坡遗址、仰韶文化、丝绸之路、秦汉雄风、盛唐气象……哪一页不都写着秦地的辉煌风流！上海在哪里？“长安自古帝王都”，先后有十三个朝代在秦地建都，累计长达一千余年。上海又在哪里？

俱往矣！老陕虽注重脸面和荣辱，心里却也明白一味地炫耀先祖的辉煌风流其实是一种无奈的尴尬。毕竟今不如昔，如今的世界很精彩，精明的南方人已率先富起来，款爷富婆比比皆是。老陕先是愕然不知所措，待醒悟过来去追赶时，已落后了一大截子。老陕的血管里究竟流着先祖的血液，不甘落后，拼死吃河豚学南方人下海经商。怎奈他们都是旱鸭子，扑腾不了几下，呛水的不少，学会游泳的只是极少数。

老陕大多活得很累，他们也知道卡拉永远 OK，却潇洒不起来。他们生在黄土地长在黄土地，过惯了清贫日子，耐得住寂寞困苦，经得住炎凉浮躁，看不惯满世界的光怪陆离，不愿与之同流合污。老陕中有好多大写家，如路遥、陈忠实、贾平凹等。他们几个身居陋室，啃锅盔喝凉水日夜笔耕，路遥老兄连性命都搭上了，终于让老陕们辉煌了一回，扬眉吐气了一番。陕西是文化大省，却经济落后。有物质享受没有精神享受让人受不了，有精神享受但兜里没有钱亦让人受不了。唯愿乡党们重振昔日雄风，让腰包尽快地鼓起来，来个物质精神双丰收，让世人瞧一瞧！

感叹秦腔

村里过庙会，请来了某县的秦腔剧团来助兴。头台戏是《法门寺》。戏是好戏，几个角儿都是出了名的把式，唱念做打很见功夫。可台下看戏的人并不多，都是些老汉老婆和妇女。

少年时村里也唱过庙会戏，戏是演了不知多少遍的《红灯记》，角儿也没名气，台下却人山人海。戏演到高潮时，人海起了波涛，挤得戏台都摇晃起来。维持秩序的用长竹竿在空中狂舞，嘴里大喊："坐下看，不要挤！"竹竿打竹竿，在头顶噼啪作响，很有震慑的威力。那才叫看戏哩！至今回忆起来都让人兴奋不已。日下戏台下的苍凉景象实在令人心酸。

多少年来，看戏对乡下人来说是最大最美的精神享受。在西北五省区人们唱的喊的都是秦腔。特别是在陕西，几乎人人都能有板有眼地吼一段秦腔。长线辣子西凤酒，羊肉泡馍秦腔戏。陕西人好的就是这个调调。如果哪家儿女能用架子车拉着父母去看戏，那一定会被认为是最具孝道的行为。

秦腔拥有观众之多是其他剧种不能相比的。一出《秦香莲》赢得了千万妇女同情的泪水；一出《梁山伯与祝英台》道出了男女青年追求爱情的心声；一出《包青天》喊出人们渴盼清官为民做主、惩恶扬善的愿望……人生大舞台，舞台小人生。人间多少爱恨离情酸甜苦辣尽在其中，引得多少男女老少时而欢笑，时而流泪，时而赞叹，时而怒骂……

俱往矣，秦腔的繁荣已是明日黄花，传统秦腔发展到今天，形成了一个基本固定的模式：公子落难、小姐搭救、丫环牵线、幽会后花园、私订终身、赠银赶考、高中状元、结局大团圆。万变不离其宗。也有许多唱忠臣良将的戏，杨家将朝朝代代场场出出都要不厌其烦地痛讲革命家史，从大哥二哥七弟八弟说到大叔二叔七爷八爷，代代忠良骁勇唱老了几代总角豆蔻？到如今被南拳北拳少林拳和枕头大腿光膀子的影视作品一冲击，自然败北。别说年轻人，就是许多秦腔迷也把屁股从戏台下挪到了电视机前。往日走红的秦腔表演艺术家如今不如一个未入流的歌星值钱。

现在走到城里，满街都是卡拉OK厅、录像厅。戏园子都关了门，要不就改成了舞厅。秦腔被赶出了城，在乡下搭戏台子的不是过庙会就是举办物资交流大会。更使人感到悲哀的是，许多秦腔名角去给寿星或丧家唱堂会，否则，难以维持生计。

前些日子，村里一位老人谢世。老人的儿女都有钱，大办丧事，请来了两个戏班热闹，一个是秦腔自乐班，一个是西洋鼓乐队。自乐班的演员都是从县剧团请来的名角，鼓乐队的演员全是乡下的业余通俗歌手，严格地讲是通俗歌曲爱好者，根本不入流。秦腔名角硬是没干过业余歌手。尽管名角们十分卖力，台下观众却寥寥无几，只有几个掉了牙的老汉老婆。鼓乐队的台下挤满了红男绿女，笑声掌声一片。一个倍受冷落，一个格外受宠，相形见绌。目睹此情此景，深为秦腔悲哀。

作为秦人的一分子，我也能吼几句秦腔，尽管不入弦。年轻时在田地里劳动，困乏时直起腰吼几句："为王的坐椅子脊背朝后，没小心把肚子搁在前头……"会招来一片欢快热烈的笑声。那时的夏夜，打麦场上几乎每晚都聚着一堆人，围着自乐班唱乱弹。村里有个秦腔迷能扮各样角色，独自一个把《辕门斩子》从头唱到尾……如今再也看不到这红火景象了。小学生边走边唱的是："妹妹你坐船头，哥哥我岸上走，恩恩爱爱，纤绳荡悠悠……"秦腔从戏台上被赶进了电视屏幕里，每星期三晚上才能红火那么一个时辰。

这几年省电视台的"秦之声"栏目频频举办各县区的群众秦腔大赛，上至八旬老人，下到三岁孩童都登台唱秦腔，看似繁花似锦，其实明眼人一眼可以看穿"繁荣"只是一种花架子，秦腔实则在走下坡路。喜欢看秦腔的几乎都是老年人。

秦腔真老了么？听到过这样一个理论：持久的爱情需要不断地加入新鲜的东西。如果给秦腔不断注入新鲜的、充满活力的东西，我想古老的秦腔会焕发出勃勃生机的。

狗年杂感

狗年作狗的文章，大有赶时髦之嫌。其实，想作这篇文章的心愿久矣。

那日，和一位熟人闲谈，他告诉我他买了一条狗崽子，让我猜值多少钱。前几年家里养了一条狗，卖了三十元。这几年狗价速速上涨，我猜道："百十元吧。"熟人大笑，说我少见识，他那条狗崽花了整整一千元！我惊呼："爷爷价，这么贵！"

的确，我实在是太少见识。一千元买条狗崽算个啥。前些日子在报纸上看到一则新闻："某市成交一条西施犬，价码高达三十八万元！"这才是真正的"爷爷价"！看来，外边的世界实在是很精彩。

犬守夜，鸡司晨。大凡平民百姓，养狗是为了看家护院，以防梁上君子。前两年"德国黑背"的价码扶摇直上，很是吓人。能养得起此种狗的人都是这几年发起来的主儿。成年的"德国黑贝"十分雄健，背黑肚微黄，腰细腿长，双耳尖竖，有虎狼之雄姿，令人望而生畏。养此畜生看家护院可以高枕无忧。但曾几何时，有虎狼之雄姿的"德国黑贝"栽在了长毛哈巴狗的手里。那些能养得起长毛哈巴狗的主都是一些暴发户和狗倒爷。兜里有了钱，便想着法儿寻开心。街上不是常有一些大款富婆牵着宠犬招摇过市么？玩狗的品种繁多，有法国蝴蝶犬、爱尔兰雪达犬、法国贵妇犬、英国萨特犬、北京宫廷犬、中国西施犬等等。价码最高几十万人民币，最便宜的也要万余元。价钱如此昂贵，普通人家别说买不起，就是买得起，要那狗也没用。如我辈平民百姓，只配养笨狗、柴狗看家护院。实在是外边的世界很无奈。

笔者是很喜欢狗的。有句老话说："儿不嫌母丑，狗不嫌家贫。"狗对主人的忠诚是其他动物无法相比的。当然，狗也有摇尾乞怜讨好的缺点。若以优缺点相抵，笔者以为还是优点大于缺点的。声明一句，笔者所喜欢的狗是"德国黑背"式的种乃至那些笨狗和柴狗，对那些价钱昂贵的玩狗则嗤之以鼻。

前几日，偶遇一位朋友。他的一身装饰打扮令我大吃一惊。长发红衫，唇上一抹小胡子，牛仔裤，老板鞋，全然不见了他老实厚道的影子。朋友见我惊诧地看他，苦笑一声说："我这打扮不顺眼吧？我也觉得别扭！"

闲谝起来，我才有所醒悟。朋友原是个老实厚道之人，为谋生计做小商贩，长年奔波于外，免不得遇到“牛二”式的人物，常常被欺负被敲竹杠。再后，朋友家养了一只狼狗，体形很大，十分雄健，舌头血红，却是一只菜狗，从不咬人。朋友外出，那狗紧随其后，过往路人皆纷纷回避。究其原因，不是惧怕朋友，而是那狗令人生畏。朋友每每说那狗从不咬人，却无人相信。有那狗在，朋友外出免了不少麻烦。后来那狗不幸吃了耗子药死了，朋友着实伤心了一回。再后，朋友又养了几只狗，不是太菜就是太凶，都不如先前那只既貌凶又不咬人。一日，朋友灵感顿生，把自己装饰打扮起来，几年闯荡下来，朋友很少再遇到麻烦，竟还有一位大款要招他做保镖。朋友最后感慨万端地说：“如今在外边混饭，干啥不干啥，得先把势扎起来！”

晚上睡不着，顺手翻开枕边高建群先生的大作《最后一个匈奴》，书中一位名叫曹国舅的诗人原想夹起尾巴做人，却没人买他的账。后来受到所养的狗的启示，便把尾巴乍了起来，反而啥事都办成了。曹国舅把这个启示上升到了哲学的高度，谓之曰：“狼狗哲学。”并用一句通俗的语言为之注解：“咬人不咬人，先把尾巴乍起来。”

读到此处，不由得又想到了朋友的那番话，只觉得这人世间有许多说不清道不明的道理。

那一夜我做了个梦，梦见一只狗在讲课，听讲的竟是万物之灵——人！心里不禁起疑，以为是马戏节目。仔细再瞧，不是马戏节目。便好奇，也坐下去听讲。那狗讲的一句也没听进去，自个却嘴里不住地嘟哝：“狗给人讲起课来了，这是怎么了?!”

醒来时才知是南柯一梦。

鼠年说猫

鼠年本应说鼠，却说起了猫，犯了鼠们的大忌，肯定要遭鼠们的诅咒。诅咒就诅咒去吧，我与鼠们为敌久矣。

提起老鼠，气得我都没了脾气。多年以来，家里鼠患成灾。青天白日鼠们堂而皇之穿堂入室，追逐嬉戏，有时还在电线上玩起走钢丝的把戏，全不把万物之灵放在眼里。我的陋室并无可食之物，多的只是书籍。鼠们却不嫌弃，把室主的心爱之物咬噬得残缺不全。我多次开展灭鼠运动，毒饵、捕鼠夹、捕鼠笼诸般武器一齐上。谁知我小瞧了鼠辈们，它们的智商之高令人吃惊，一鼠上当而再无重蹈覆辙者。

鼠辈猖獗，令人忍无可忍。万般无奈，我决意养猫。

两天后，一只小黑猫在家里定居了，它十分讨人喜欢，全身皮毛油黑发亮，只是嘴巴和鼻梁两处是雪白的毛色，更使它添了几分俊气。当天下午我就目睹了一场猫鼠大战。

我屋里常常出没一只肥硕的大老鼠，足足有半尺多长，它可能是鼠中之王吧。它对小黑猫的到来十分藐视，竟避也不避，依然穿堂入室和它的部属追逐嬉戏。

鼠王的傲慢态度激起了小黑猫极大的愤怒。它发威地竖起尾巴，圆圆的眼珠闪着绿莹莹的光，弓起腰拼力扑了过去。接下去是一场激烈的浴血战，地上洒满了斑斑血迹，猫毛和鼠毛飘落一地。最终，小黑猫的鼻梁破了皮，留下鼠爪的血痕。可它的爪下却躺倒着鼠王的尸体。

从此以后，鼠辈们渐渐销声匿迹了。

小黑猫却不肯善罢甘休，把战场扩大到四邻八舍。一日，它从邻家捉了一只老鼠回来，饱餐后不久就满地打滚，发出痛苦的哀鸣，其状惨不忍睹。原来那只老鼠吃了耗子药。

小黑猫死了，死在人类发明的一种灭鼠方法之中。可叹可惜。

鼠辈们不知怎样得到了小黑猫的死讯，立即卷土重来，闹腾得家无宁日。

无奈，家里又养了一只猫。

这是一只虎皮斑纹色的大狸猫，颇威武雄健，橘黄色的眸子十分有神，一条豹尾时不时地摆动着，常常做出种种捕鼠的姿态，十分惹人喜爱。它的到来令鼠辈们亡魂丧胆。几天后，家里便没了鼠患之忧。一家人对它都宠爱有加。

鉴于上次教训，家里人给它脖子拴了一根绳索，在另一头拴了一个圆铁管。它走到那里圆铁管就滚到那里。它想跳过墙头远走高飞却是不能。它对此却不能理解，用爪子挠绳索，用牙齿咬绳索，却奈何不得人类强加在它身上的枷锁。它发出“喵呜喵呜”的叫声，声音十分悲哀。

那天清晨起得床来，一幅凄惨的图像呈现在我的眼前：大狸猫挂在半墙上，一双橘黄的眼珠鼓鼓地凸着，绳索紧紧地勒着脖子，另一头死死地挂在墙头的一根蒿草根上，土墙上醒目地印着一片垂死挣扎的爪印。

大狸猫的死使一家人都很难受，大家怎么都没想到，为了它的安全反而害了它。那天锅里的饭剩了许多……

行笔到此，有友人来访，看了文章说道："这个世界上老鼠太多猫太少，咱们人类又无意或善意地杀了许多猫，使原本失去平衡的生态越发地不平衡了。长此以往，老鼠都敢吃人了。"沉吟半晌，又说："其实咱们人群里的'猫'和'老鼠'也渐渐失去了平衡，不多养些'猫'，怎生得了!"

友人向来思想深刻，目光敏锐。他的看法很有见地。唯愿这个世界上多一些猫，少一些老鼠，给人们一个安定的居室、舒心的生活。

闲话对联

对联在过春节时贴便叫春联，故乡称作"贴对子"。过年贴对联是习俗，家家户户门口贴上大红对联，营造出一种红火热闹的迎新春氛围，让人们感到生活真美好。家乡的父老乡亲对贴对联有一种超乎寻常的热情。结婚的人家贴"勤劳人家德望高，青春儿女结红梅"诸如此类的喜联。老人辞世的人家也贴对联，"有心思亲亲不在，无心过年年又来"，几乎都是这样怀念亲人的词句，纸不用红纸，而用白纸、黄纸或蓝纸，以示区别。没有红白事的人家贴的对联就异彩纷呈了，有俗有雅，令人目不暇接。当然，还有一些高品位的精品，读后令人感慨万千、赞叹不已。可见乡下也有藏龙卧虎的隐士。

"文革"时期，我听到过这样一个故事：某村一位老汉过年给家门上贴了一副对联，上联曰：二三四五；下联曰：六七八九；横批：

南北。村里人围观，不解其意。后来一位小学教师看到此对联，沉思半晌，跑去报告公社革命委员会主任，说这副对联是“反标”。主任把那副对联看了半天，弄不明白“反”在哪里。小学教师便往明白解释，上联：二三四五，缺一；下联：六七八九，少十；横批：南北，没东西。缺一（衣）少十（食）没东西，这不是含沙射影否定“文革”骂毛主席骂共产党么?！主任幡然醒悟，当即下令开批判大会，给老汉戴一顶“反革命”高帽，最终把老汉送进了“四堵墙”里。小学教师报案有功，荣升为公社文教专干。

这事是真是假，不得而知。可这个故事在当时流传甚广，人们津津乐道，口气却是赞叹那老汉的胆识和才智，痛斥小学教师的钻营和无耻。由此可见人心所向。

“文革”结束后，乡亲们的日子开始好过了。记得 1984 年春节，一位乡友让我给他写副春联。我提笔信手写来，上联：一二三四五斤酒；下联：六七八九十斤肉；横批：看我过年。其实这副对联是我抄袭来的，虽有点儿张扬艳乍之嫌，可那时正合乡友的心境。乡友身背一个祖传的“地主”成分，多年来忍气吞声夹着尾巴做人，现在终于卸了重负，挺起腰杆子做人，其时心情空前欢畅舒坦。他看罢对联，喜笑颜开，连声说道：“知我者，吾友也。”兴冲冲地去贴对联。那副对联在村里引起了一阵不大不小的轰动。

过年贴春联是十分有讲究的。寻常百姓家且不去说，各行各业门口的对联都有各自的特色。“虽是毫末技艺，却是顶上功夫”，让人一看就知道是理发铺，而不是杂货店。“但愿世间人无病，何愁架上药封尘”，这是药铺，绝不会是粮店。去年春节期间在街上闲逛，看到有好几家小店都贴着“生意兴隆通四海，财源茂盛达三江”，总觉得有点儿太俗，也有点儿大而不当之嫌。有一家面馆的对联别具一格，上联曰：酒能解乏，请进来喝上几杯；下联曰：面可充饥，往上坐品尝两碗。读来让人感到亲切笃诚，毫不作假，忍不住进去喝上几杯酒吃上两碗面。

从面馆出来，逛到街东头，恰有某剧团在露天剧场公演，便动了雅兴。来到戏台下，台上几个老生老旦正唱得热闹。半道而来，一时竟看不明白，一眼却瞧见戏台两边醒目的对联：

上联：台上帝王将相脸谱任后人涂抹；

下联：台下忠奸贤愚功过凭自己作为。

横批：世界如戏。

我没有去仔细推敲对联对仗是否工整，只是仔细玩味那文字，颇觉有点儿意思。后半场戏我也没看进去，却在肚里感叹，人生大舞台，舞台小人生。一时竟以为解悟了人生的真谛。

是夜，久久不能入睡，又细细去琢磨人生真谛到底是什么，却又感到十分茫然，越发地弄不懂。后来想起了一副对联：

佛理如云，云在天边，登上山头云更远；

教义似月，月在水中，拨开水面月更深。

长叹一声，翻身去睡……

年的话题

不觉又到了年底。一进腊月，便闻到了年味。今年的“年”不比寻常，千禧龙年三千年一遇，我辈能遇到这样一个“年”真乃三生有幸!

现在和人拉起过年的话题，一不留神就说起“从前”。正应了“人过四十爱扯淡，张口就是那二年”的俗语。这也难怪，人到中年，对过年的热情已悄然减退，甚至生出些畏惧来，感叹光阴真是过得太快。

儿时，最盼过年。过年穿新衣、吃饺子、贴对联、放鞭炮、荡秋千、耍社火……尽是美事热闹事，谁能不盼?家乡过年一进腊月就拉开了序幕。喝了腊八粥，村里的锣鼓队就开始操练锣鼓，铿铿锵锵地制造喜庆气氛。腊月二十三灶王爷升天过小年，大年三十除旧岁，正月初一是春节，破五儿补穷窟窿，正月十五闹罢元宵“年”才算过完。那时总觉得“年”来得太慢，走得太快。吃了元宵，我就迫不及待地问爹妈，几时又过年?每逢这时父母就相视苦笑。我不明白，过年爹妈也穿新衣吃饺子看社火，为啥却不大高兴?每到年底，父亲就叹气说:“年关又到了。”母亲也跟着叹气说:“又到年关了。”

稍长一点，我便明白了爹妈叹气的原因，置新衣、办年货、还旧债，样样都离不开一个“钱”字，而爹妈最没有的东西恰恰是钱，即使买一挂百字头鞭炮、半斤水果糖也要掂量掂量该不该买。他们视过年为关口，有时竟谈“年”色变。细细想来，皆因贫穷所致。当然，还没有穷困潦倒到杨白劳那步田地。

弱冠之年，依然最盼过年。每到腊月，嘴里也学着父母的口气说：“年关到了。”心却喜滋滋的。那时回乡务农，一年四季都忙活，不得空闲，唯有过年生产队才放几天假。我不盼穿新衣贴对联，只图能美美吃顿饺子，好好歇歇，痛快玩玩。记得有一年，上面号召“过革命化春节”，生产队便不放假，大年初一不许包饺子吃臊子面，一律吃忆苦饭（玉米糁子煮野菜），并要男女老少去修梯田，谁不服从以“现行反革命”论处。那一年的“年”没半点年味，乡亲们脸上结着霜，整个村子没有欢声笑语。

时光流逝，而今我已过了不惑之年，不再盼过年，“年”却每年不紧不慢地向我走来，不知不觉又到了年关。周围的人也叹年关，可大多不是因为生活困窘，而是太忙，厌烦应酬太多。我不盼过年，并不是如父辈那样贫困潦倒怕过年。现在衣食无忧，平日里也吃得起肉菜饺子，并不在乎过年能改善生活。看着娃们掰指头算日子盼过年的憨态，自己竟有了父母当年说的“过年是给娃娃们过的”心态，不禁感叹：“岁月不饶人呵！”我有时老怀疑，现在是不是地球越转越快了？不然的话，“年”过得怎么这样快！

过一年就要长一岁，童年时代一去不复返了。如今，鬓角已悄然生出白发，而事业无成，不禁心中充满惆怅。这也许是我不再盼过年的根源所在。

卯兔辞岁，辰龙迎春。新的一“年”又如期而至，不管你盼还是不盼。过年其实是真好。我身体欠佳，曾多次住过医院，其中一次是在医院过的年。春节那天医院里冷冷清清，几乎没有什么病人，只有几个小孩被爆竹炸伤来治疗包扎。值班大夫告诉我，每年春节他们最清闲。还有一件，过年最少闹家庭矛盾。去年过年邻居小两口闹意见，我过去说了一句："大过年的吵啥嘴，让嘴歇着好吃肉喝酒。"一句话把小两口说乐了，警报解除了。

没病没灾、乐乐呵呵多好哇。就冲着这两样，我还是盼过年。

祭灶趣话

农历腊月二十三是民间习俗的祭灶日。所谓祭灶，以近代意识而论，就是送"灶王爷"（陕西关中对灶神的称谓）到玉皇大帝那里述职。传说灶神是玉皇大帝派下来监视家宅、"受一家香火，保一家康泰，察一家善恶，奏一家功过"的视察官。每年腊月二十三这一天他要升天去向玉皇大帝汇报所管辖家宅的情况。由此可见，祭灶其实是和灶王爷拉关系。这一天家家都要请灶神灶马、烙"灶饦饦"。是夜，各家主妇敬起香火，供上美味佳肴和十二个"灶饦饦"（代表一年十二个月），焚烧纸钱灶马，燃鞭炮，恭送"灶王爷"上天。还在"灶君神位"旁贴上一副尽人皆知的对联"上天言好事，下凡降吉祥"。那红火景象不亚于过年。因此，人们把祭灶也称"过小年"。

据考证，六朝以前祭灶无定日，不过是人们对火的崇拜。大概过了一个世纪，到了晋朝，周处的《风土记》才记下比较俗定的祭灶日期，并略说明原因："腊月二十四夜祀灶，谓灶神翌日上天，白一岁时事，故先一日祀之。”这“先一日”就是腊月二十三。直到现在，民间大都在腊月二十三祭灶。

小时候家里祭灶，母亲都要我陪着她给灶王爷磕头。我也乐意去给“灶王爷”磕头，不是出于虔诚热爱，而是眼馋灶王爷面前的供品。那时家里穷，一年难得吃上白面馍，更别说白面烙的“灶饦饦”了。灶王爷闻到的只是香气，而真正享用的是我这个独生儿，但需送走灶王爷后才能享用。母亲跪在地上，啰啰唆唆地祷告着，我惦着“灶饦饦”，无心去听母亲的祷告，但却清楚地记着这么两句：“到玉帝面前好话多说，回来给娃把粮带饱。”由此看来，灶神不仅是管辖家宅的视察官，而且还兼管着一家人的口粮分配发放。怪不得大家伙儿要和他拉关系哩。许多地方祭灶时除以好酒好菜对灶王爷进行“贿赂”外，还特别准备了粘糖、麦芽糖或糯米制品等有粘封功效的食品，好把他的嘴封住，以防汇报时说漏嘴。

祭灶之日也有例外。我大姐家距我家仅四里之遥，却习俗不同，祭灶日定在腊月二十四。何故如此？听村里老人讲，早年间，他们的先人外出做生意，因一桩买卖延误了时日。家里人等到腊月二十三下午，还不见当家的回来，那个着急担心自不必说，迟迟没有祭灶，怕送走了灶神误了当家的来年的口粮。腊月二十四当家的终于赶回了家。是夜，一家人团团圆圆恭送灶王爷上天汇报户口。自此，他们村把祭灶日改在了腊月二十四。

“文革”时期，这个村子的“造反派”干出了一件前无古人、后无来者的荒唐事——把灶王爷给枪毙了！那年月“破四旧”闹得欢。村里的“造反派”自视革命最坚决，要在“破四旧”上显出威风来。腊月二十三晚上，“造反派”召开群众大会，把一个纸糊的灶王爷绑赴杀场。“造反派”头头走上土台子义愤填膺地指着纸糊的灶王爷说：“这家伙是个瞎熊，啥都不干，比我还牛皮，尽吃肉喝酒。今日格我代表中央文革判处他死刑，立即执行!”说罢，抄起一杆“七九”步枪“哗啦”一声推子弹上膛，对准灶王爷的脑袋开了一枪。

这件事多年来都是人们饭后茶余的谈资笑料。前些时日去大姐家，拉起闲话，又说到了这件事。我问大姐：“你们现在还祭灶吗?”

大姐笑着说：“年年都祭灶，就是灶王爷被枪毙那年也没越过。”

祭灶可能算四旧吧，但与迷信无关，仅仅是民间的一种习俗而已。人们对灶神顶礼膜拜，是对好日子的渴盼，是对幸福生活的期求。

好日子谁不想过?幸福生活谁又不期求?

吃的随想

又到了午饭的时间，妻子问我想吃什么。说句不怕大家见笑的话，现在妻子和我常常为吃什么饭而犯愁。不是我们的胃有什么毛病，我们的胃都很健康，但却不知最想吃什么。

大前天是刀削面，前天是臊子面，昨天是蘸水面，今天再吃面就很倒胃口。吃饺子吧，与面有点接轨，也不好。米饭是南人的主食，我也爱吃，可这些年吃得多了，胃对它不再感兴趣。想了半天，我说：“做搅团凉鱼吧。”妻子很是惊愕:“你不是不吃搅团凉鱼吗?”

妻子说这话是有原因的。一次我们逛街，看到有好几家餐馆卖搅团凉鱼，食者趋之若鹜。妻子问我要不要咥一碗，我说："打死我也不再吃那东西。"

我说这话也是有原因的。我的青少年时代是从饥饿的岁月中度过的。三年自然灾害有点遥远（上个世纪五十年代末六十年代初），不说也罢。改革开放之初，家里还未摆脱饥饿的困境，细粮少粗粮多，餐桌上的早饭是玉米糁子、粑粑馍，下饭菜是凉调搅团鱼鱼；午饭是水围城（搅团的另一种吃法，一大碗汤，舀一勺刚出锅的搅团跌入其中，俗称水围城）；晚饭是煎搅团（现在叫烩搅团）。天天如此，难得换样，吃得我一看见搅团胃里就往上冒酸水。搅团不抗饿，吃多了又胀肚，真是难受。那年月实在太穷，大家的日子都不好过，为了调剂生活，便想着法儿在粗粮上变花样。譬如：金裹银——一层玉米面一层高粱面蒸的花卷；发糕——玉米面加糖精蒸的粑粑馍；鱼儿钻沙——在玉米糁子中下几条面片。但都不如搅团凉鱼好吃，搅团堪称粗粮细作的典范。那时我最大的愿望是：一顿米饭一顿面，隔二间三吃搅团。但这个愿望何时能实现？不得而知。我曾暗暗发誓：以后若是富了，绝不让搅团上餐桌。

我们家乡有句俗话：家有金钱万贯，白馍长面总是稀欠。关中平原自古盛产小麦，可几千年来生活在这里的人们似乎没有让白馍长面喂饱过肚子，从这句俗语中可以得到见证。当然，这句俗语也包含着让大家珍惜敬畏粮食的意思。白馍长面是关中人对吃饱吃好的一种期盼，不知从什么时候起，这句俗话被人们淡忘了，不再提及。人们不再认为白馍长面是稀欠了，普通得不能再普通了。主妇们在一起谝闲传时，都说上顿下顿吃面，把人吃厌了，不知吃啥饭才好。

一次朋友聚会，餐桌上七大盘八大碗的摆满了，下箸鸡鸭鱼虾的不多，一盘凉拌荠荠菜和一盆玉米粥却特受大伙的青睐，转眼之间一扫而光。是大伙的口味倒退了么？非也。人是杂食动物，单一的食品再好吃，吃多了味觉和胃也会产生抵触情绪。

家里餐桌上发生的变化是近十多年来的事，先是粗粮悄然退出了餐桌，再后白馍长面一统餐桌；渐渐地胃对白馍长面也生了厌，便向往大鱼大肉的生活；有了大鱼大肉的生活，又想吃素食。有句俚语说：吃了五谷想六谷。说的是人的欲望永难满足。其实这不是坏事，如果知足了就很难再谋求发展和进取了。

仔细想来，餐桌发生变化在情理之中。改革开放后，政府出台实施了许多惠农富民政策，把土地承包给农民，三十年不变；逐年减免掉农业税；农民种地政府发给补贴款，等等。自从盘古开天地，哪朝哪代有过这样的好政策？大伙都说："我们赶上了好年代！"

三十年在历史的长河中只是短暂的一瞬，可中国大地却发生了翻天覆地的变化。别的不去说，仅从餐桌上的变化就可见其一斑。再过三十年，这种变化该是怎样的锦上添花？

我正在遐想之际，妻子做好了饭。她是做搅团的高手，漏的搅团鱼鱼又长又光，佐以西红柿鸡蛋汤、蒜辣子苜蓿菜，令人口舌生津，胃口大开。我一连咥了两大碗，只觉得余香满口。我以前怎么从没感觉到搅团凉鱼如此美味可口？妻子笑我，说是好东西真把你吃腻了。

尽管我的胃口不再对白馍长面情有独钟，但我还是衷心地希望我家餐桌上的主食永远是白馍长面，搅团凉鱼等食品只是副食小吃。

散文

大地行吟

延安印象

车绕西安，过渭水，追风般地向北疾驰。此行去延安。心目中的延安很是神圣，不仅仅因为她是革命圣地。

华夏第一陵，世界第一塬，黄河第一瀑；米酒油糕，红枣小米；安塞腰鼓，剪纸熏画；遇事唢呐狠劲吹，劳动高唱信天游，欢庆狂扭大秧歌；白羊肚手巾红腰带，打起腰鼓舞起来；捞面粗如手指，陶瓷碗大如小盆，素必有洋芋白菜粉条子，荤必有大肉鸡血羊杂碎，饮必有米酒“老榆林”……这些深刻在我的脑海里。

正在脑海中翻阅着书本及影视里的延安篇章、画面，车上了洛川原。

印象中的黄土高原沟壑纵横，苍茫寂寥；山梁梁上揽羊汉身穿白板羊皮袄、头扎白羊肚手巾，唱着信天游；眼尖的话，会看见山旮旯四妹妹拉三哥哥的手。踏上这块黄土地，会看到忘情激昂的腰鼓，听见凄凉高亢的唢呐。

车窗外沟壑依然纵横，厚实的黄土层以特有的形态为模板，向东西、向南北“拷贝”，绵延千里，交错着千沟万壑。极目搜寻，没有看见山旮旯的四妹妹和三哥哥，也没看见飞扬奔腾的腰鼓；仔细聆听，没有唢呐声，也没听见信天游。怅然之中我有所醒悟，那些东西是融化在这块黄土地的血脉中的，不是随时随地可以看见和听到的。

高速路两边青山苍翠，绿荫连片。放眼望去，秋日的黄土高原，天空别有几分宁静寂寥的透彻。青蓝的苍穹几朵白云随风飘动，一只老鹰从眼前飞过。沟沟岔岔里密密麻麻排布着一排排窑洞，一直延伸到半山腰，装点出一道亮丽的风景。

揭开尘封的历史，白狄、匈奴、鲜卑、突厥、女真、蒙古等部族先后在这块黄土地风骚一时。

这是一块中华民族的圣地，轩辕、大禹在这里留下过不朽的足迹。秦蒙恬，汉李广，宋范仲淹、沈括、韩世忠，明末李自成……在此文韬武略，上演过精彩的一幕。木兰替父从军、杨家将抗辽的故事，不仅在这里，而且在世人的口中代代相传……

这是中国革命的圣地，刘志丹、谢子长、习仲勋、李子洲、马文瑞、刘澜涛以及后来的毛泽东、朱德、周恩来、刘少奇、任弼时、彭德怀……一代伟人叱咤风云，在这里演绎出了金戈铁马、威武雄壮的历史，奠定了新政权的伟基。

这也是一块贫瘠的土地，滋生着贫穷、饥饿、压迫，迫使乡民揭竿而起……

当我们回顾曾经的辉煌、怀恋腰鼓剪纸红枣小米粥时，谁会想到这里会出现百强县?!

“俱往矣，数风流人物，还看今朝!”这是毛泽东的词句，也是当今的写照。君不见，但凡川道的开阔地带，铺陈着各式现代建筑，林立的塔吊在忙碌地工作着；高速路上载重卡车一辆接着一辆，运油、运煤、运钢材……完全可以感觉得到这块黄土地正发生着前所未有的变化。

到达延安，夕阳压在了山尖。文友侯波早在路边迎候，寒暄几句，便带我们去吃“陕北老碗”（农家乐）。老友魏建国和小高陪同前往。米酒油糕、洋芋擦擦、钱钱饭，碗大如盆，面粗如手指。朋友们洋溢的热情消融了我们路途的疲劳，我们都有回家的感觉。

翌日早晨七时，上街去吃早点。街上行人寥寥，进得一家小饭馆，竟然空无一人。边吃边与老板闲聊，方知这里的生活节奏比西安慢半拍。据说生活节奏越慢幸福指数就越高。这么说来延安人民很幸福。是的，延安人民应该幸福。

饭后，沿着延河散步，但见河两岸矗满着高楼大厦，因高楼大厦太多的缘故，原本不宽的河川显得更加逼仄；河川的逼仄让矗立的高楼大厦显得十分拥挤。河堤上的毛头柳随着河道左右延伸，勾勒出一道别样的风景。延河水不是歌中唱的那样“清凌凌”，而是浑浊不堪，很是有点煞风景。

晨光透过毛头柳泼洒下来，流过长街，漫过河堤，铺满杨家岭大桥。秋叶轻舞杨柳风，曙光初照延河桥，风景绝佳啊！我们赶紧站在河畔、桥边拍照留影。

片刻工夫，小高赶来做向导，带我们去参观。杨家岭、枣园、王家坪、清凉山……都是耳熟能详的地名，而且无数次在电影电视中观赏过它们的风貌，但身临其境还是第一次。杨家岭斑驳的会议厅，古老欧式的“鲁艺”，枣园威严的雕塑，革命纪念馆的群雕……历历在目，默默地讲述着曾经的辉煌。

身临其境的感觉非同一般，脚踩这里每一块厚重沉实的黄土，走进革命先驱们的旧居窑洞，抚摸着斑驳的门窗，遥想当年，心潮逐浪高，你会感悟到一种别处无法得到的东西。延安小城，虽偏居一隅，但时势造就了延安，延安推动了历史，历史在这里翻开崭新的一页。

正午时分，我们驱车去宝塔山。宝塔山，古称丰林山，宋时改名为嘉岭山，现称为宝塔山，位于延安城东南方。早在盛唐时代，山上就建有宝塔。北宋时期，韩琦、范仲淹等一代名将，在宝塔山屯兵设寨，戍边御敌，留下众多文物古迹。明清时期，此处庙宇林立，红极一时。近代，它作为新民主主义革命的红色首都——延安的标志和象征而闻名于世。真的很是遗憾，宝塔山上的宝塔正在修葺，周围搭满了脚手架，只能远远地眺望一下宝塔在绿色安全网中的朦胧身姿了。

遗憾总是有的。试想想，谁的一生中没有遗憾呢？

约会水镜庄

癸巳暮秋，应《作家报》之邀，去参加2013第二届中国作家新创作论坛暨“楚韵南漳”金秋笔会。会后主办方安排大家去水镜庄一游，真是求之不得。

来到水镜庄，天公不作美，铅云低垂，暮秋的山风扑面而来，颇有寒意，我下意识地把衣服往紧地裹了裹。

水镜庄背依玉溪山，面朝蛮河水。放眼看去，水作青罗带，山如碧玉簪；漫山遍野黄里透红的树叶在山风中摇曳，十分的醒目提神。不由得心中赞叹：果然好景色！好居处！

蛮河的索桥，如雨后的彩虹飞架两岸。在朋友们的帮助下，我的轮椅上了索桥，晃晃悠悠，如同荡秋千。过了索桥，一座古今混合式门楼映入眼帘，石柱铁门，柱挺飞檐，颇为气势。门楣上楷书三个大字——“水镜庄”，黑底金字，苍劲雄浑，格外醒目。

进得庄来，信步到了司马草庐，但见水镜先生正在抚琴——当然是雕塑——颇觉眼熟亲切，似曾相识，略一思索，在梦里与先生相会过。

幼时看《三国演义》连环画，就知道了水镜先生大名。稍长，粗通文墨，读《三国演义》小说，对水镜先生有了进一步了解——先生复姓司马，单名徽，字德操，颍川阳翟（今河南禹州）人。是时北方战乱，为避战乱他隐居襄阳玉溪山麓、蛮水河畔（今襄阳市南漳县城南0.5公里处）。《资治通鉴》载：“司马徽，清雅有知人之鉴。”传说，司马徽与东汉末年襄阳名士庞德公（庞统的叔父）、诸葛亮、徐元直交往甚密。庞德公称诸葛亮为“伏龙（卧龙）”，庞统是“凤雏”，司马徽为“水鉴”。鉴者镜也，是说司马徽有知人之明。由此可见，先生是当时的世外高人。

遥想当年，刘玄德同志襄阳遇险，马跃檀溪，来到此处，经牧童指引，寻琴声到了水镜庄。玄德同志闻琴声优雅甚美，侧耳听之，琴声却戛然而止。弹琴者笑而出曰：“琴韵清幽，音中忽起高抗之调，必有英雄窃听。”不用问，此人便是水镜先生——松形鹤骨，道貌非常，器宇不凡。

能以琴音识人者，绝非等闲之辈。果然，刘玄德同志与水镜先生一席谈话，便知先生胸怀雄才，绝非凡人，邀其出山相助。先生自称是山野闲人，不堪世用，谢绝邀请，但向刘玄德举荐两位高人。《三国演义》第三十五回有段他们的对话，谨录于下：

> 水镜曰：“吾久闻明公大名，何故至今犹落魄不偶耶？”
>
> 玄德曰：“命运多蹇，所以至此。”
>
> 水镜曰：“不然，盖因将军左右不得其人耳。”
>
> 玄德曰：“备亦尝侧身以求山谷之遗贤，奈未遇其人何！”
>
> 水镜曰：“今天下之奇才，尽在于此，公当往求之。”
>
> 玄德急问曰：“奇才安在？果系何人？”
>
> 水镜曰：“伏龙（卧龙）、凤雏，两人得一，可安天下。”
>
> 玄德曰：“伏龙、凤雏何人也？”
>
> 水镜抚掌大笑曰：“好！好！”
>
> 玄德再问时，水镜曰：“天色已晚，将军可于此暂宿一宵，

明日当言之。"

客随主便，刘玄德同志并不推辞，是夜便住在了水镜庄。

那一夜，水镜庄还来了一位著名人物，这便是徐庶徐元直。其时，徐庶欲出山一展才华，去投刘表，却见刘表徒有虚名，失望之极，故来找密友司马徽倾诉衷肠。《三国演义》第三十五回也有段他们的对话，不妨再录于下：

玄德因思水镜之言，寝不成寐。约至更深，忽听一人叩门而入，水镜曰："元直何来？"

闻其人（徐庶徐元直）答曰："久闻刘景升（刘表，字景升）善善恶恶，特往谒之。及至相见，徒有虚名，盖善善而不能用，恶恶而不能去者也。故遗书别之，而来至此。"

水镜曰："公怀王佐之才，宜择人而事，奈何轻身往见景升乎？且英雄豪杰，只在眼前，公自不识耳。"

其人曰："先生之言是也。"

此后，便有了"单福（徐庶的化名）新野遇英主"、"徐元直走马荐诸葛"、"三顾茅庐"、"隆中对"等千古佳话。

此刻，不才来到草庐访古寻幽，只见先生抚琴，但不闻琴声；山风从一千八百年前吹来，却不见刘玄德、徐元直的踪迹，唯在心中嗟叹。

忽一阵风扑面而来，草庐的树木飒飒作响，似有人窃窃私语。冥冥之中我感觉先生已知我来，心里甚是喜悦。读《三国》，我心中一直有个疑团，此时正好求教先生。

一问：先生您胸怀济世之才，为何不出山辅佐刘备？却向他举荐伏龙、凤雏？

先生不答，聚精会神地抚琴。

再问：是不是您知道自己的才能不及伏龙和凤雏，他两人已是谋士中的极品了，自己没必要出山？

先生依然不答，只是抚琴。

还问：您有句名言，“卧龙虽得其主，不得其时”，是不是您看透世事已知结局，因此不愿出山？

先生还是不答，依然抚琴不止。

我还想问，但知先生是不会回答的，也以默然相对。

良久，忽觉有优雅的琴声在耳畔萦绕，猛然醒悟，先生是隐士，隐士就是闲云野鹤，隐居山林，无束无羁，独善其身；就是不想掺和到那复杂的斗争中去的人。

后人有记载：建安十三年（公元208年）七月，曹操南征，刘琮率荆州降曹，司马徽也为曹操所得，欲大用，惜不久病死。

笔者以为，这个记载不可全信，荆襄之地因刘琮降曹而归曹操，但以司马徽的秉性和人格，绝不会出山辅佐曹操。这一点应该是无可置疑的。传说：诸葛亮、庞统、徐庶等人都是司马徽的学生。果真如此，水镜先生胸怀济世之才，虽未能出山一展雄才，但得天下英才教之，大幸，无憾无悔也。

暮色将至，无缘，不得在此留宿。

一千八百年前的山风送我出了草庐，只见蛮河之畔的水镜广场，一伙人正在随着音乐翩翩起舞。我知道我与水镜先生的约会结束了，要再相会，那就只能在梦里了。

翠峰山踏青

谷雨时节，正是踏青的好季节，周至一伙文友邀我去翠峰山踏青。由于身体健康原因，这些年我很少外出活动，特别是踏青登山这类活动从不参加。登山踏青对我来说是很奢侈的事，不是不想去，是怕给别人添麻烦。然，文友们盛情相邀，说不去就是不给他们面子。恭敬不如从命，便欣然前往。

车子在乡级公路上颠簸迤逦而行。久旱无雨，路上尘土很厚，车过卷起一股黄尘，竟有点游龙穿山越岭的壮观。前来接我的刘慧是个十分干练的女人，她和丈夫开了两爿店，虽说是生意人，却酷爱文学，自己出资办了份《青山报》。如今世事喧嚣人心浮躁，难得见到她这样痴迷文学的人，我为之感动。她给我介绍翠峰山的佳处。翠峰山位于周至县城西南 18 公里的翠峰乡境内，海拔 1773 米，东临骆峪，西濒汤峪，南靠佛坪，北接平原，山形地貌奇特，植被丰茂，千峰竞秀，岩崖峥嵘，每山必峰，每峰必翠，故又名青山。随后，她又给我讲了翠峰山许多神奇的传说，令我神往之。

杨凌与周至隔河相望，风俗文化几乎相同。我很早就听说过“索姑逃婚，羽化成仙”的美丽传说，也听说过“唐王狩猎，御马刨泉”的神奇故事，更听说过“终南千山秀，翠峰山最青”的赞誉。但却无缘一睹翠峰山的芳容。

车过渭河大桥，穿过哑柏镇，直上昌公原，终南山一览无余地呈现在眼前。渐行渐近，隔窗望去，群峰叠翠，满目一片春色。刘慧指着青山翠峰说：“到了!”

俗话说，看山跑死马。说到了，其实只是到了山边。车子在坡道上缓缓而行，苍翠的橡树、吐绿的柿树、枝头挂满白花的洋槐，各色争奇斗艳的野花野草在路两旁展示着春天的明媚和俏丽。

好一幅翠峰山春色图!

忽然，车停住了。伸颈去看，不是到了路的尽头，而是道路被熙熙攘攘的人群所堵。刘慧告诉我，每年农历三月初六至初十是索姑娘娘的庙会。今日初六，是庙会的头一天，人还不算太多。但道路已被朝山的香客和逛庙会的群众堵得水泄不通。据说，会圆时逛庙会的人多达十万之众。我们只好在一个农家院落停车，我下车改坐轮椅。

文友丁炜平说，再往前全是山路，很不好走，先把肚子咥饱，上山就有劲了。这个提议得到了大伙的热烈拥护。炜平尽地主之谊，用油泼面招待大家。这饭食很对关中人的胃口，既美味又实惠。

饭罢小憩，大伙谝着关于翠峰山的故事。相传，这里是索姑修行学道之地。索姑是隋朝末年人，家住扶风青龙庙村（今扶风县段家乡青龙庙村），早年丧母，其父在外经商，与兄嫂居家过日。其兄忠厚老实，其嫂却是一个刁钻悍妇，平日对索姑百般虐待，动辄打骂。索姑聪慧良善，勤劳俭朴，与世无争，对恶嫂的种种劣行毫无怨言，默默忍受。及长，一心向善，常怀超世之志，拒婚避嫁，不坠红尘。后乘白马离家，至周至翠峰山修行学道。

索姑入山后，潜心研习医术，遍采草药，为山乡百姓医治病痛，悬壶济世，救死扶伤。她尤其擅长妇婴疾病的治疗，且有求必应。百姓对她感恩戴德，称赞她是“送子娘娘”，因而当地人称翠峰山为娘娘山。

有道是，天下名山僧占多。翠峰山风景如画，幽静优美，索姑当年选在此地修行学道自然在情理之中。

养精蓄锐之后，我们动身上山去唐王井。妻子刚要过来推轮椅，文友们一拥而上，抢了她的特权专利，她只好当甩手掌柜。

唐王井位于车峪口东二百米处的半山腰。相传当年李世民功高盖主，其父李渊为了削弱其势力，将他贬谪到远离京城的武功庆善宫。李世民在众谋士的策划下，为实现自己的宏图大略，操练兵马，伺机而动，借口青山狩猎，躲开朝廷耳目监视。一日大队人马行进在车峪口，时值炎夏酷暑，烈日当头，官兵口渴难耐，一时却找不到水源。李世民的坐骑得索姑点化，双蹄趵出一泓泉水，故名唐王井。井水至今终年清澈盈满，天旱不涸，水质纯而甘洌，凉而清爽，沁人心脾。人们称之为可以祛病的“神水”。

去唐王井的山道九折十八弯，且陡峭异常。好在文友众多，轮番推轮椅，我便步步升高。沿途的灌木丛上挂满着丢弃的衣帽、手帕等物，多不胜数。我惊问其故。推车的小吴告诉我，这是朝山的香客替患病的亲人来求神水丢弃的，这些衣帽都是病人的，丢弃了它们就是把病魔丢弃了，病人从此就康复了，没病没灾了。原来如此。我真想把轮椅也扔在这里，可离了轮椅我就不能前行了，只好作罢。

前行不远，邂逅一位下山老者。文友们称其“王老”。王老今年七旬有九，但精神矍铄，腰不塌背不驮，看上去只有六十出头，登山爬坡可与四十岁的汉子争高低，如今退休在家，喜好摄影。王老见我坐轮椅，问其故。文友们把我介绍给他。他惊喜异常，说啥也要再回唐王井为我们拍照，其情甚笃，却之不恭。

再往前行，一位壮汉骑马缓缓下得山来。有人大声打招呼，原来壮汉是文友俊峰的朋友。俊峰把我介绍给他的朋友，听说我是《关中匪事》的作者，壮汉急忙翻身下马，握住我的手要和我合影留念。王老为我们拍了照。壮汉姓马，是位老板，他兴奋异常，说他要把这张照片放大挂在他家的客厅。我急忙说："使不得，使不得。"

马老板说："咋使不得，挂上你的照片可以蓬荜生辉。"

我笑而无语，心里说："但愿能让他蓬荜生辉。"

尽管山路崎岖，但在文友们的帮助下，我终于到达了唐王井。井前竖立一通石碑，上书"唐王井"三个遒劲大字。碑亭下坐着几位老太婆说着关于唐王井的千年古经，一旁供奉着两匹微型神骏，可能是李世民当年坐骑的缩影吧。香烟袅袅，弥漫出许多神奇来。

此时，大伙都气喘吁吁，大汗淋漓，争饮"神水"。妻子舀一瓢水让我解渴，我怕喝生水拉肚子。一位眉发皆白的老太婆笑道："这是神水，包治百病，你放心地喝，不会有事的。"我闻言痛饮几口，果然清凉甘洌，入肚后热燥顿消。

随后我们登上了讨封亭，合影留念。站在亭台放眼望去，别有一番景象。正所谓，欲穷千里目，更上一层楼。但见青山主峰颇似一只展翅欲飞的凤凰，苍翠的树木就是凤凰丰满的羽翼；鸟瞰北望，山路蜿蜒在一片翠绿之中，村落瓦舍庙宇在林海碧波中时隐时现。真似一幅妙笔丹青！

站在身边的炜平告诉我，唐王井是在半山腰，若是登上翠峰之巅，东观四方台雄伟多姿；南视秦岭梁逶迤连绵起伏；西望太白主峰积雪皑皑；回首渭河，如丝织飘带，阡陌纵横，美不胜收。如是万里晴空，极目远望，杨凌农科城新姿一览无余，关中美景和渭北高原的山川轮廓尽收眼底。

多么令人神往的一幅壮丽山水画卷！

自伤残了双腿之后，我从未登过山，因此，对山我一直情有独钟，做梦也想登一回山。今日借助文友们之力，了却了多年的夙愿，甚感快慰。

从唐王井下来，我们又去拜谒三霄洞。这段山路更是崎岖难走，最险要处仅一人可行。文友们抬起轮椅奋力攀登，我有点腾云驾雾、飘飘欲仙的感觉。可苦了文友们，他们满头大汗，气喘如牛。见此情景，我说啥也不肯前行，尽管三霄洞近在眼前。

大伙坐在草地上休息，谝着三霄洞的来历。传说碧、云、琼三霄在此修仙悟道，后人便在此翻修洞祠，供奉碧霄、云霄、琼霄三姐妹，三霄洞由此得名。

翠峰山有三大景区，共有景点 80 余处。每个景点都有美丽动人的故事传说。我们今日只是窥其一斑，但却似见到了全豹。文友们指点江山，激扬文字，说是翠峰山是养在深闺人未知，现在已有开发商投巨资修建翠峰山森林公园。假以时日，翠峰山就会更加锦上添花。

太阳西斜，我们下了山。回望翠峰山，峰峦叠翠，黛色如烟，恰似一个含情待嫁的美丽村姑。

文友们说，翠峰山最美的季节是秋季。那时满山遍野的红叶，层林尽染；苹果、梨、柿子、核桃、板栗都成熟了，山里山外都飘着果香，酒不醉人人自醉。他们和我相约，秋天再来翠峰。

我期待着翠峰的秋天。

凤县之旅

夜宿山城

庚寅初冬，省作协在宝鸡召开长篇小说座谈会暨“西风烈”丛书新书首发式，随后进行“陕西作家重走灵官峡”采风活动，我有幸成为此次活动中的一员。11 月 13 号上午召开了“座谈会暨首发式”，发言人多，时间又太短，会议结束几近下午一点。

饭后小憩，三时许出发去凤县。一路穿山越岭，车到凤县已快六点。山里的夜来得早，加之时令已到初冬，天气阴霾，县城早已是一片灯火。

听朋友讲，凤县人美景更美，最美在夜晚；有语云：白天像乡镇，晚上像深圳。在车里浮光掠影地一瞥，但见嘉陵江两岸一片灯火辉煌，每座大楼都被灯光装扮得靓丽无比，其情其景比大都市有过之而无不及。

天色已晚，主办方安排采风活动明天启动，今夜在县城下榻小住。

吃罢晚饭，我和妻子带着女儿迫不及待地就去观赏山城夜景。

果然如朋友所说，满街的火树银花，流光溢彩；霓虹灯闪闪烁烁，璀璨无比；各种灯光交织在一起，汇聚成灯的海洋。我们一家在灯的海洋中徜徉，尽享眼福。

忽闻一阵音乐响起，便循声而去。只见新建路上数百群众在大街之上手拉着手围成大大小小的圆圈，圈内是电光营造的火盆，在欢快悦耳的羌族锅庄舞曲中翩翩起舞。舞者有上至六七十岁的老人，下到七八岁的儿童，他们毫无扭捏羞涩之态，落落大方，动作自然柔和，令人感到一种特别的温馨。他们的舞姿很优美，身形移动时膝部微曲，腰胯之上至肩部作轴向环动，上身微微拧倾，形成“S”形的优美体型，煞是好看。两岁半的女儿被这热火的场面感染了，在我怀中双手也舞动起来，招惹来一串串笑声。

羌族舞蹈怎么会在凤县街头盛行？这是我心中的一个谜。后来听当地一位朋友讲出了原委：凤县原本是羌族的居住地。据史料记载：三国时期，曹操追杀魏延途经凤县时遇到羌族人阻挡，曹操一怒之下，斩杀羌人，羌人流迁到四川省岷江一带。羌族人有着在逢年过节、婚丧嫁娶、放牧狩猎等活动时跳舞的习俗。如今，凤县又将流传已久的羌族文化寻归故里，并发扬光大。当地群众学会了十六种羌族舞蹈表演艺术，每当夜幕降临，凤县县城的街头总会响起羌族舞蹈音乐，羌族姑娘和群众自发地跟随音乐翩翩起舞，吸引着游客们驻足观看。数百人在县城街道跳舞，游客互动，大家共舞，早已成为凤县一道靓丽的风景。

这是山城的人之美。

要观赏山城夜景之美，须到嘉陵江畔。

我们来到嘉陵江大桥，环目四顾，映入眼帘的都是辉煌的灯火，宛如星河落九天。一排排景观路灯沿江而立，坐落在江两岸的每座楼房都被灯光亮化；江面上左右两边各有两条巨龙，灯光把巨龙装扮得美轮美奂；两条舫船通体透亮，靓丽无比，为嘉陵江美丽的夜色增添一道靓丽的风景。抬眼望，环抱山城四周的群山缀满了人造星星（太阳能灯光），直与天上的群星相接。当地政府实施山体亮化工程，利用太阳能技术造出繁星点点、月儿弯弯，天上人间融为一体，让亘古寂寞的大山充满诱人的无穷魅力和勃勃生机。

当地朋友介绍，凤县原本是矿产资源大县，经过这些年的大量开采，矿产资源日趋减少萎缩。县政府着眼长远，及时向旅游产业转型，提出“旅游兴县”的口号，打造“水韵江南，七彩凤县”，在嘉陵江筑坝蓄水，造出三十万平方米的景观水面，呈现在我们眼前的美丽景色只是其中的一部分。那边还有大型动感音乐喷泉景观，集音乐、激光、灯光、音响于一体；音乐喷泉造型众多，有水火泉、水炮泉、大型直流排、追风逐月等，动感十足，激情四射，魅力无限。水景表演据说投入有上亿元，其中高达 180 米的水柱喷泉，仿佛是一根擎天玉柱，被誉为亚洲第一高音乐灯光喷泉。

目睹山城美丽的夜景，我发出由衷的赞叹：凤县的夜色真美！美得令人陶醉！真无愧“中国最美小城”的称号。

我们正准备去观赏音乐灯光喷泉景观，天公却不作美，突然下起了雨，且雨点越来越稠，越来越大。无奈，只好返回住处。

是夜，窗外雨打棕榈叶噼啪有声，我久久不能入睡，眼前浮现的尽是山城的夜景。不知过了多久，我渐渐入睡，做了个梦，梦见了音乐灯光喷泉，真是一根擎天玉柱，直刺苍穹，又高又壮观，在山外都看得见。

留在灵官峡的思绪

车子出了凤县县城，朝西南方向驶去。我们此行的目的地是灵官峡。

灵官峡因已故著名作家杜鹏程的短篇小说《夜走灵官峡》而名扬天下。行前听当地一位朋友介绍，灵官峡距县城只有十里之遥。公路傍着嘉陵江婉转延伸，山路坡陡多弯，车行缓慢。隔窗观赏路边景物，所经之处的崖体呈赤红色，显现出罕有的丹霞地貌特征，公路两边的“农家乐”随处可见。渐入峡谷，两边山势陡峻起来，山崖上的树木被初冬的山风涂染成一片橘红，别具风光。生长在平原，很少这样近距离观赏陡峻多险而又不乏瑰丽色彩的山景，我有点陶醉了。

忽然，车子停了下来。同车的朋友说了声：“到了。”

推开车门，只见叠嶂陡峭的山峰夹着嘉陵江，头顶仅有一绺狭窄的天。早就听说过，灵官峡是嘉陵江上游第一道峡谷，也是宝成铁路穿越秦岭的险段之一，地势险峻，有“气死猴子吓死鹰”之称。此时身临其境，觉得“气死猴子吓死鹰”有些夸张，但险峻之势还是令人惊魂。

跨过横在嘉陵江上的吊桥，硕大无朋的汉白玉浮雕《夜走灵官峡》全文映入眼帘，文字浮雕下是一组人物浮雕，镌刻着宝成铁路建设者们的英姿和热火朝天的劳动场景。浮雕在石崖和水波的衬托下更显厚重醒目。

凝望着浮雕，我默默地读着：纷纷扬扬的大雪下了一尺多厚，天地间雾蒙蒙的一片……

多么熟悉的字句！

这篇文章曾被选入中学语文课本，开头的段落我可以背诵下来。此时此刻重读这篇文章，我仿佛又回到了学生时代，心里不禁涌起诸多感慨……

一阵山风扑面袭来，我禁不住打了个寒战，急忙竖起了衣领。天气预报说是晴天，不知怎的天阴了，而且起了风。峡谷初冬的风颇具寒意，吹得插在江岸上的旗帜哗哗作响，令游人缩起了脖子。遥想当年，筑路工人在天寒地冻的隆冬季节吊在半山腰打炮眼，那是何等的艰苦呵！诗仙云：蜀道难，难于上青天！而我们的筑路工人在那个艰苦年代，硬是凭着铁锤和钢钎打通了难于上青天的蜀道，让天堑变成了通途。

如今的灵官峡已被当地政府开发为以铁路文化为主题的旅游景区。这张牌打得不错，让来此旅游休闲者不仅观赏了灵官峡的奇异风光，同时也领略体验到当年筑路工人的大无畏的忘我劳动精神。

在同行朋友们的帮助下，我的轮椅进了隧道。据导游小姐介绍，1981 年 8 月，天降大雨，山洪暴发，冲毁了宝成铁路，抢修时铁路改迁西移，这段隧道废弃了。开发景区时，废弃的隧道被利用起来。让我没料到的是，隧道被声、光、电等现代化科技打造成了“十八层地狱”！隧道两边崖壁设置了地狱鬼怪的形象，灯光忽明忽灭，鬼怪形象更显狰狞恐怖，加之不时发出凄厉的怪叫，令人毛骨悚然、不寒而栗。三两个游人切不可贸然进洞，须结伴成群而行才不会被吓着。

如果从商业角度考虑，这个点子也是不错的。从繁华都市来的游客往往寻求的是另类刺激，这样的设置正好满足了这些人的消费需求。但是我在想：既然打铁路文化这张牌，为什么不在隧道里搞一个展览馆，把当年修筑铁路的铁锤、钢钎、安全帽、机械等实物展示出来，让后来者见识见识，感悟一下当年筑路工人的风骨和精神？

也许有人很讨厌“忆苦思甜”这种教育方式。可我认为该忆的苦还是要忆的，不说“教育”二字，只希望记录下这一段历史，不让后人遗忘。“人定胜天”的口号无疑是很荒唐的，但人类在进程中追求创造更加美好的生存环境，需要一种吃大苦、耐大劳、大无畏的精神。这种精神与“人定胜天”是风马牛不相及。再者，搞成一个“筑路展览馆”，与山崖上的浮雕相映生辉，更显主题统一、协调。

这只是我的想法而已。

告别灵官峡时已近正午，这时太阳从云层中露出了笑脸，峡谷的风却更猛了。我从车窗探出头，山风吹起了我的头发，也扬起了我的思绪。我再看一眼镶嵌在山体上的巨幅浮雕，挥了挥手。

我不知道以后的日子还能不能再来灵官峡，却知道我的这段思绪永远留在了这里。

孟姜女祠记游

应铜川市王益区作协的朋友之邀，前几天去了一趟铜川。与铜川文友闲谈，话题自然扯到了铜川的历史人文。在座的铜川王益区作协主席秦凤岗先生是一位学识渊博的学者，他如数家珍地说出铜川的历史人物：药王孙思邈、书法家柳公权、画家范宽，还有家喻户晓的孟姜女。孟姜女是铜川人？我有点质疑。秦先生引经据典，侃侃而谈：“《大明一统志》《临榆县志》《郡国志》《陕西通志》等史料中都有‘孟姜女，陕之同官（铜川古称）人’的记载。”秦先生言之凿凿，孟姜女是地地道道的铜川人，故里就在黄堡镇孟家塬村。我大为惊讶，觉得自己太孤陋寡闻。

孩提时就听母亲讲过“孟姜女哭长城”的故事，那哀婉的故事情节给我幼小的心灵刻下了很深的印记。我曾为孟姜女洒下一掬同情之泪，同时心中也生出对秦始皇的憎恨。及长，知晓了历史，秦始皇其实是一位很了不起、很有建树的皇帝，然而，《孟姜女哭长城》的故事给他的形象蒙上了太多的阴影，挥之不去。

《孟姜女哭长城》和《牛郎织女》《梁山伯与祝英台》《白蛇传》，被称为中国古代四大爱情传奇，千百年来一直广为流传。最早的传说可上溯到《左传》。据我所知，山海关有座孟姜女贞烈祠。这座贞烈祠坐落在秦皇岛市山海关区城东 6.5 公里处的望夫石村北凤凰山小丘陵之巅。1956 年，被公布为河北省第一批重点文物保护单位。

山东涌泉齐长城风景区也有一座孟姜女故居纪念馆。

新乡市区也有孟姜女河、孟姜女路、孟姜女桥等名称。

还有人考证孟姜女为今湖南津市人。2009 年津市嘉山孟姜女传说成功申请为国家非物质文化遗产，并举办了孟姜女艺术节，孟姜女故居之争似乎已经尘埃落定。

这么多地方争孟姜女，看上去有点不可思议。怪哉？不怪也。《金瓶梅》和《水浒传》中虚拟人物西门庆是一个泼皮流氓无赖，都被争得不亦乐乎。今人被金钱烧得头脑发热、血压升高、视线模糊，分不清好歹了。贞节烈女孟姜女应该有更多的地方去争，我以为。

真没想到孟姜女的故里就在铜川，而且还有一座孟姜女祠。我为之高兴。孟姜女祠近在咫尺，何不去一游？

翌日上午，我们驱车去孟姜女祠。孟姜女祠位于铜川印台区金山脚下、漆水河畔，是古“同官八景”中“姜祠清风”和“瀑泉飞雨”两景的所在地。果然名不虚传，一下车清风就扑面而来，7 月暑天沐浴在凉风之中，让人有说不出的惬意和舒心。

孟姜女祠依山而建，仰头去看，祠门柱上有副篆体烫金楹联：泪泉不竭姜女传说满华夏，殿宇重新同官故里添神韵。这副楹联的作者就是秦凤岗先生，2008 年新建孟姜女祠石刻画廊时秦先生为之而作。秦先生告诉我，孟姜女祠何时建祠已无从考证，有文字记载的是：北宋嘉祐年间（公元 1056 ~ 1063 年）县令宋宗谔重修。这个时间比明万历二十二年（公元 1594 年）修建的山海关姜女庙还要早五百年。因此，我们可以说铜川孟姜女祠是修建最早的姜女祠庙。秦先生再三提到《大明一统志》，该书这样记载：“孟姜女陕之同官人。秦时，以夫死长城，自负遗骨以葬于县北三里许。”而且，山海关孟姜女祠碑刻亦持此说。我明白，秦先生之所以再三强调，是告诉大家孟姜女是铜川人不是胡诌，而是有史可考的。我当然相信他。其实，秦先生祖籍甘肃临洮，他这么热爱铜川，真让我感动。

因祠前台阶多且陡，我行动不便，没有进祠，只是在祠前沐风而坐，遐想当年孟姜女寻夫哭长城的情景……

在祠前留影时秦先生又给我讲了秦版《孟姜女传说》：孟姜女负夫骨骸而归，身心交瘁，力竭，至金山崖下瞑目而亡。同官人置二人遗骸于洞中，各塑为像，祀之。

孟姜女的传说有很多版本，在此笔者就不一一赘述。

中央电视台十频道在 2007 年 12 月份做了一期“孟姜女传说”的节目，说孟姜女的丈夫杞梁是齐国的将军。杞梁战死疆场，齐人载杞梁尸回临淄。杞梁妻哭迎丈夫的灵柩于郊外的道路。齐庄公派人吊唁。杞梁妻认为自己的丈夫有功于国，齐庄公派人在郊外吊唁既缺乏诚意，又仓促草率，对烈士不够尊重，便回绝了齐庄公的郊外吊唁。后来，齐庄公亲自到杞梁家中吊唁，并把杞梁安葬在齐都郊外。这也是《左传》中的故事。秦朝修建长城的时候孟姜女已经死了好几百年。中央电视台持此说，肯定是经过论证的。以此看来，秦始皇背了一个大黑锅。

传说毕竟是传说，不是历史的真实。我们不必较真，您说呢?

从最初的杞梁妻故事到后来的孟姜女传说，其间有两千余年。一个故事能长时间为人民群众所喜爱，并不断地被改造、加工，并不是偶然的。其主要原因是因为这个故事代表了整个人类的共同愿望，抒发了劳动人民最真实的心声：向往和平，渴望安居乐业、家庭幸福、生活美满。

孟姜女的传说还会一代代流传下去，这无疑是好事，只是得让秦始皇继续背黑锅。

结缘玉华宫

7 月游玉华宫正是好时节。

玉华宫景区位于铜川市西北郊玉华镇（原焦坪煤矿），距铜川市 37 公里，也就半个小时的车程。可路上堵车，到达目的地已近 12 点，正是艳阳高照。下得车来，习习凉风扑面而来，并不觉得怎么热，目光所及之处幽谷含秀，叠翠流金，令人心旷神怡。

早就听说玉华宫是避暑胜地，唐高祖、唐太宗、唐高宗祖孙三代都在这里避过暑。导游小朱告诉我们，玉华宫的气温比西安低十三四度，素有“夏有寒泉，地无大暑”之美称，在这里空调无用武之地。身临其境，果然凉爽无比，不禁感叹：唐皇祖孙三人真会选地方！

风景之外，玉华宫最值得观光的是玄奘法师纪念馆。纪念馆正在修缮之中，陪同我们的秦风岗先生的学生在这里工作，为我们开了方便之门。纪念馆前虽有台阶，赖朋友们之力，我的轮椅轻而易举地进了大殿。

进得殿门，是尊高大的唐三藏石像。一部《西游记》让唐三藏成为妇孺皆知的大明星。然而，坐在这里莲花宝座上的唐三藏可不是《西游记》中的唐三藏。《西游记》中的唐三藏善良得糊涂、窝囊，甚至有点二，除了念经好像没有其他本事。面前这位唐三藏可是了不得的人物，他是唐代高僧，法号玄奘，俗称唐僧，又称玄奘法师、三藏法师、玉华法师，汉传佛教历史上最伟大的译师。

玄奘（602—664），生于隋仁寿二年，俗姓陈名祎，河南偃师人。十三岁被朝廷破格录取，在洛阳净土寺剃度为僧，不久便升座述经。在许多人的心目中，唐三藏是奉了唐太宗李世民的御旨去天竺印度拜佛求经的。《西游记》里说，唐太宗给他发了委任状和护照，率领百官送他到长安城外，还赐给他化缘用的紫金钵盂一个、侍从两名和御马一匹。其实不然，史实是，贞观元年（627 年），他结伴上表奏请朝廷，申请赴印取经。唐王因建国之初，社稷未稳，下诏不许。其他人纷纷退缩，而他不为所动，矢志不改。玄奘出国李世民是根本不知道的，用今天的话说，他有偷越国境的嫌疑。

贞观三年（629 年），玄奘单人独骑，历尽千难万险前往天竺取经求法，回到长安已是贞观十九年（645 年）正月，历时 17 年。去时他是一个风华正茂的青年（二十几岁），回来时已过不惑之年，期间饱尝了无法言说的艰难困苦。《西游记》虽是一部神话小说，却是以玄奘法师西去取经为原型创作的，西去道路的艰险由此可见一斑。

玄奘带回长安的经文有六百五十七部，另外还有释迦如来的肉舍利和佛像等。据说运载这些东西的骡马有二十几匹。

玄奘回到新疆喀什，给唐太宗送去上奏表文。毕竟他当年离开长安没有得到唐太宗的敕许，是所谓偷出国境的人，虽说现在取得了经文，要回长安，他还是很有点担心——会不会给他一个偷越国境的罪名，把他关进监狱。令人欣慰的是唐太宗看到奏文，龙颜大悦，发出御旨："朕欢喜无量，可即速来与朕相见。"

李世民不愧为一代英主！

贞观十九年（645 年）二月一日，唐太宗在陪都洛阳的仪鸾殿接见了玄奘法师。太宗一眼就看中了玄奘的人品，在交谈中更是赏识他的学识。太宗希望玄奘能还俗辅佐他，玄奘婉拒了。

贞观二十三年（649年），大慈恩寺落成，玄奘任该寺首任主持，专心致力于佛经翻译事业。并于唐永徽三年（652年）建造大雁塔，用以保存自印度取回的经像、舍利。唐显庆三年（658年），玄奘移居西明寺译经，又于次年奉旨率翻译诸僧与弟子至铜川玉华寺，居肃成院，从事《大般若经》的翻译。终在唐龙朔三年（663年）率众译成《大般若经》六百卷。唐麟德元年（664年）操劳一生的玄奘法师因病在玉华寺圆寂，其灵柩还京奉大慈恩寺并安葬于长安城东白鹿塬上。

玄奘法师没有译完他带回的经文，让世人感到遗憾。其实，他带回的经文已在归途中失落了一部分。《西游记》中有这样一段故事：唐僧师徒取经返回，来到通天河，因忘记了老龟所托之事，被老龟甩落河中，湿了经卷。经卷晒干之后，准备收拾，但其中几卷粘在石头上揭不下来，唐僧不胜惋惜。悟空笑道："盖天地不全，这经原是全全的，今沾破了，乃是应了不全之奥妙也。"（《西游记》原文）

毕竟是齐天大圣，这几句话说得意味深长很有哲理。

史实是：玄奘从印度回国，整好行装，乘上印度河的渡船，在途中遇上了疾风，加之浪大，渡船在风浪中颠簸摇晃，虽未覆没，但一部分行李坠落河中，失去了部分经文。

俱往矣！

玄奘法师今何在？莲花宝座上的便是。

此时此刻，面对玄奘法师的雕像，我双掌合十，默念：阿弥陀佛！

看海去

一

生在黄土高原，长在黄土高原，大海像一个遥远的梦，一直横亘在远方。打小就想着去梦游一回，弱冠之年，腿不幸伤残，这个愿望就更加强烈。

去年春节，一位在日照工作的侄子回家探亲，闲谝时我说想去看看大海。说者无意，听者有心。七月初侄子来电话约我们一家去日照看海，并定好了车票。说是侄子，我们并不同姓同宗，他只是按乡俗叫我叔的，我也只年长他七岁。因此，我很感激他圆我的梦。

出发那天正值中伏天，这样的天出门等于受罪，可看海的激动令我不顾一切。幸运的是，那天一位朋友去西安，顺便捎上我们一家。车到西安，车内的温度表显示地表温度48度！

因堵车，担心赶不上火车，虽然车里的空调开到最低限度，可我还是直冒热汗。妻子是个急性人，如坐针毡，脸上的汗水顺着脖子直往下淌，她也顾不上擦一把，眼睛直往窗外看，不时嘟囔一句：咋又是红灯！

还好，司机路熟，赶在开车前10分钟到达车站。我们匆匆上了车，都是大汗淋漓。

3 点 50 分，列车正点发出。此去目的地日照，看海，了却多年夙愿。

二

车行景移，我和女儿趴在窗口，只觉得一切都很新鲜。女儿不住地问这问那——咱们离大海有多远？大海有多大？大海里都有啥？好不好玩？七岁的她一脑子的为什么，心情好时我就给她解答（很多问题我根本无法回答），心情不好时觉得很烦，就大声呵斥她讨厌。此时此刻，我心情极佳，对女儿的问题有问必答。

时间久了，女儿觉得无趣，打着哈欠爬到上铺去睡觉。我也视觉疲劳了，便收回目光。目光上移，对面中铺的女孩趴在铺上玩手机，看模样像是个学生，也许是其他职业。我发现她对周围的一切熟视无睹，一上车就抱着手机不放，不是划拉就是煲电话粥，不时地发出格格的笑声。我忽然想：她给谁打电话？电话费谁支付？出了潼关可是长话啊，还要加漫游费，很贵的呀！想了一下，忽然觉得自己很可笑，太老土了，根本就“白天不懂夜的黑”。自嘲地笑了一下，转过目光去。

黄昏时分，车到灵宝。列车播音员说要停二十分钟。

有旅客下车去透气。闲着无聊，趴在窗口往外看，一道异样的风景映入眼帘——一对青年男女在抽烟，女的拿着打火机先给男的点着，然后自点，大口抽着，旁若无人。我认出他们是刚从车上下去的旅客，女的模样很是俏丽，抽烟的姿势也很有范儿，但有点模仿影视演员之嫌。我见不得青年女性抽烟，不管她的颜值有多高。

我又犯了老毛病，在肚里问自己：她真的有烟瘾？还是扮酷？这样的女人能嫁个好男人吗？那个壮实得像头野牛的小伙子是她的男朋友抑或是她的老公？如是，他俩可真是一对。转眼一想，管人家的闲事，碍着你啥了？便闭目去养神。

三

夜幕垂临，车外星星点点的灯光一闪而过，没有什么看头。我倒在铺位上，行进的列车犹如一个硕大的摇篮，很快就把我摇进了梦乡。

一阵砰砰声把我从梦中惊醒。睁眼一看，天光大亮，车不知什么时候停下了。趴在窗口往外看，车外大雨如注，雨点打在车窗玻璃上砰砰响。再仔细看，车站是菏泽。哦，进入山东地界了。

少顷，一声汽笛长鸣，列车徐徐驶出车站，愈来愈快。

顺着窗口极目远望，昨夜一场风雨把齐鲁大地洗涤一新，原野一片翠绿，成片的玉米被大风刮得趴在地上，看来损失不少。

车厢有人开始吃早餐，妻子和女儿还在上铺酣睡，我没有食欲。对面铺位的少妇带着一男孩，孩子还在睡。她打开食品袋，取出一盒快餐坐在我的对面吃了起来。我有意无意地看着她，她的吃相不雅，像个男人，狼吞虎咽的，还吸溜有声。说实话，我还从没这样近距离看过一位陌生的年轻女性吃饭，觉得很不自在。她发现我在看她，吸溜声消失了，显得很不自在。当着一个陌生男人的面吃饭，她可能比我还尴尬。她吃了两口，起身坐到过道那边的窗口去吃。

我莞尔，完全理解。若是一对情侣相对而坐，一个吃一个看，那可是别有一番滋味在心头，且“相看两不厌”。否则，除了尴尬还是尴尬。

少妇吃罢饭，孩子起来了。妻子和女儿也下了铺。孩子们很快就熟络了。听少妇口音，是关中人。一聊，果然是，娘家在乾县，外出打工，与山东临沂小伙相识，嫁给了他。这次是回娘家。乡音乡情让我们很快没了陌生感，旅途的寂寞也渐渐消失。

四

13 点 20 分，列车提前 10 分钟到达日照。出站恰逢下雨，不大，雨点打在脸上，凉飕飕的，很惬意。果如所料，日照没有家乡热。

侄子晓科来接站，他开着自家车，拉着我们一家绕着风景区转了一圈。车开得很慢，他说让我们欣赏欣赏日照的风景。海滨城市果然不同内地城市，天蓝云白，树木葱茏，绿地如毯，道路宽阔，车流却不拥挤。

车绕着着海边开，能嗅到海腥味，却树木遮掩，看不到海的尊容。时辰不大，车到一个名曰桃花岛的渔村。客房是晓科在网上预定的，说好是八十元一天，可房东却要一百七，翻了一番还要多。妻子发现墙上价格表上标着：标准间 78 元，便跟房东理论，房东说那是周一至周四的价钱，周五到周日是一百八，收你们一百七还算是优惠价。今天是周五，我们撞在枪口上了。晓科在一旁苦笑道：“现在的景点都是这么宰客，拿他们还真没办法。”妻子到了客房还愤愤不平。我劝她，出门游玩就是图个乐和，图个好心情，别为这事败了兴。

房间虽小，空调和淋浴还都是有的。洗了洗，吃饭。到了这里第一顿吃海鲜，饭菜端上来，几个大盘都是贝类，另几盘也是鱼。我们一家都不喜欢吃海鲜，不合口味，可没别的东西可吃。

草草吃罢饭，在房间跟晓科拉了拉家常，便去海边。经过吧台，妻子又有了小发现，指着墙上的价格表让我看，我仔细看，房东已给 78 前面添了个阿拉伯数字 1。我苦笑说：好快的手脚！

五

渔村距海边仅有一里地，大老远就闻到一股咸咸的海腥味。到了海边，我在心里喊：大海，我们来了！

极目去看海，水天相连，海天一色。我一时不知该用什么词去形容。

无边无际、苍茫辽阔、静谧幽深……的海！它披着烟灰色的薄纱，神秘莫测。在夕阳的辉映下，波浪一个接一个哗哗地扑向沙滩，后浪并不因前浪死在沙滩而停息。跟我梦中的大海很相似，却又不完全相似。

女儿拿着游泳圈欢快地朝海水跑去，妻子紧随其后。我坐在岸边含笑看着她们，母女俩兴致勃勃地赤着脚，踏入一处碧波轻漾的浅滩。女儿抢眼的泳装，犹如绽放在海面的花朵。妻子举着相机给她拍照，女儿摆出各种姿势，格格地笑着。我忽然觉得这幅景象十分的眼熟，仔细一想：这不是梦中的景象么！

海滩上游人很多，有坐汽艇的，有开沙滩车的，当然大多人在游泳；还有做生意的，卖泳衣游泳圈的，卖煎饼卷大葱的，卖水果矿泉水的。有语云：靠山吃山，靠水吃水，海边的人就靠海吃海了。

太阳落山了，海岸边的景色渐渐暗淡下来，极目远望，海上有星星点点的渔船，已经收网返航。晚风从海面袭来，拽起了女人的裙裾，揉乱了男人的头发。涨潮了，潮头一波接一波涌向岸边，岸边那个水泥柱渐渐被淹没。

跟海滩边一个旅游公司的看门人闲聊，他说海潮每天涨落两次，海岸线永远在那里，最大风浪时也只往前推四五米，那个水泥柱一米多高，就是标志，落潮时它就是海边，涨潮时，它也不会被吞没。

我忽然想起一则寓言——《海龟与井蛙》，寓言讲：井蛙对从东海中来的海龟说："我多么快乐啊！出去玩玩，就在井口的栏杆上蹦蹦跳跳；回来休息就蹲在井壁的砖窟窿里休息休息；跳进水里，水刚好托着我的胳肢窝和面颊；踩泥巴时，泥深只能淹没我的两脚。回头看一看那些赤虫、螃蟹与蝌蚪一类的小虫吧，哪个能同我相比！并且，我独占一坑水，在井上想跳就跳、想停就停，真是快乐极了！您为什么不常来我这里参观参观呢？"海龟左脚还没踏进井里，右腿已被井壁卡住了。于是，它退回来了，把大海的景象告诉青蛙："千里的确很远，可是它不能够形容海的辽阔；万仞的确很高，可是它不能够说明海的深度。夏禹的时候，十年有九年水灾，可是海水并不显得增多；商汤时，八年有七年干旱，可是海水也不显得减少。"

这就是大海！

面对大海，我们十分的渺小，渺小得如同沙滩上的一粒沙子。

脑子里忽然闪出一个问题：海的波浪会停息吗？波浪会疲倦吗？

我意识到问这个问题很傻。波浪停息了海不就死了吗？波浪就是海的生命，永不停息，永不疲倦。

海边的人群渐渐散去，喧嚣了一天的大海却不知疲倦，涛声依旧。

我们也该走了，大海永远在那里，涛声依旧。

春到渭河

春日的一个周末，闲暇无事，我去渭河踏青。刚从冬天走过的渭河还没有抖落一身霜尘，河道里是一片寂寥，裸露着鹅卵石和细沙，虽然新筑了橡皮坝，但水势不是很大。橡皮坝下游河流细如小溪，没有喧嚣声，静静地流淌，似乎在思考什么。

孔子曰：仁者乐山，智者乐水。我不是智者，可我打小就喜欢水。北方人是旱鸭子，但喜欢水的人比比皆是。渭河是家乡的母亲河，她在家乡人的眼里如同黄河、长江一样深沉、厚重，具有同黄河、长江一样的魅力和奉献。

凝望着东去的逝水，我在记忆深处捕捉儿时的渭河。那时站在家乡的塬头朝南遥望，视野尽头是终南山，山下缠绕着一条玉带，那就是渭河，她从西山飘出来，又飘进东边的天边，令人浮想联翩。一天，我和一伙小伙伴结伴去看渭河。来到河边，我们都惊呆了，河水远比我们想象的大得多，河面宽阔，水流湍急，浩浩荡荡，滚滚东去。几条大木船在摆渡，远远看去，似一叶小舟在漂荡；头顶有钓鱼郎盘旋，忽然一支箭似的朝河水扎去，再飞起时，长长的嘴中叼着一条鱼。河堤上芦苇丛一片葱绿，堤下是一块块稻田，稻子正在拔节灌浆，有农人荷锄除草；还有藕田夹杂其中，点缀出一派江南水乡的景象。家乡在塬上，很少这么近距离看到如此景象，我们一伙惊喜异常，挽起裤腿在水田捞田螺抓泥鳅。那一天我们玩得十分尽兴开心，直到日薄西山才回家。

不知从何时起，渭河渐渐衰败，水流一天一天在减少，没有了浩浩荡荡的气势，河上的木船搁浅在岸边，慢慢地腐朽了，最终不见了踪影。稻田、藕田也日渐消失。“田夫荷锄至，相见语依依”的景象成为梦境。

我再次来到渭河时，河堤上大片的芦苇丛不见了，到处胡乱地堆着沙石；河床高低不平，满目尽是人们采集沙石留下来的坑洞。河水细如小溪，柔弱迟缓地流淌着，别说渡船，赤着脚就能趟过去。不远处河滩上传来挖掘机、抽沙机、大卡车的轰鸣声。钓鱼郎在空中盘旋，嘎嘎地叫着，无处觅食栖息，无奈地飞向远方。

是谁伤害了母亲河，让母亲河变得如此满目疮痍？她给予我们以辽阔，我们却还之以阻塞；她给予我们以清澈，我们却报之以浑浊；她给予我们以甘泉，我们却报之以污秽……

也许有人会说，岁月改变着社会，也改变着山川河流。但无法想象，没有河流的滋养、浸润，万物还怎么生存？河流是大地的血脉，是养育人类的母亲！

我们应该反思：怎样去爱护我们的母亲、保护我们的母亲？

此时此刻，我在河堤上寻找着答案。

信步河堤，且行且看。时令将近清明，河风扑面而来，还带着一股料峭的寒意，河边的柳树在风中婆娑起舞，似乎发布着春的宣言。其实，当春的声音还未清晰明朗之时，河就准确无误地预报着春的气息。再远一点，千疮百孔的河床已改变了模样，挖掘机、抽沙机不见了踪迹，橡皮坝将河水拦起，昔日的野河滩变成一汪平湖，湖水清澈如镜，蓝天飘着朵朵白云倒映水中，白云下有水鸟飞翔。

多美的一幅油画！

新修的河堤大道宽阔平坦，车辆如梭般地穿行，几对情侣漫步在人行道上，相依相偎，窃窃私语，不时发出一阵轻笑，令人忍不住侧目，随即报以会心的微笑。

随手揪下一节蜜蜜草，在嘴中咀嚼，甜中透着一股野草的清香，顿时觉得找到了儿时渭河的影子。

生命的轮回让渭河再次迎来了灿烂的春光。你用心去听，可以听见泉水的叮咚声、小溪的潺潺声。放眼远眺，在和畅的春风中，远山愈来愈清晰，那是河的源头；收目近看，河堤上绿茵茵的一片，争俏的野花点缀其间，平添了无限姿色。河堤右侧，倾斜而下的缓坡上满是嫩生生的草芽儿，夹杂些蓝色的野花，娇媚而不招摇，像散落在草丛中的星星。新栽植的女贞生出的新叶宛如孩童娇嫩的小手，在风中摇摇摆摆。

我看到了，渭河的春天正在大步走来。她承载着两岸儿女的希冀，沿着季节的轮回把春的暖意推向柔情，把春的色彩涂染得更加多彩。

我听到了，渭河正在鼓荡着春潮，一路高歌，与梦远航。

大山深处有人家

朋友打来电话，邀我去富平参加一个活动。手头正写一个东西，本不想去，电话那头朋友再三盛情相邀，恭敬不如从命。

活动的主办方是一家乳业公司，他们在蓝田玉山有个奶山羊基地，邀请大家去参观参观。由于身体的原因，我一直有两个愿望：一是看大海，观海听涛；二是踏青山，乐山乐水。清明时节踏青山，是一件求之不得的快乐事。

晨六时，车从富平出发，此时天刚蒙蒙亮。为啥要赶这么早？公司老总给大家解释，羊群上山时的场景很壮观，羊群如白云，白云浮山间，就像一幅活灵活现的水彩画，去晚了就看不上这一幕景观了。他这么一说，令人十分向往。

八点到达了目的地。来时朋友就关照过我，山里冷，多穿点衣服。果然，山外已春意盎然，山里还是残冬的景象，山坡光秃秃的一片，只有枝干如铁的柿树坚守着岗位，在寒风中挺立着。有几位媒体的年轻女士，要风度不要温度，此时个个缩脖抱臂，“美丽冻人”得厉害。

一户养羊人临溪而居，羊舍也搭建在溪水边。养羊人是一对年过五旬的夫妇，带着他们四岁的孙女，孩子的父母去山外打工了。孩子抱着小羊羔，可能她从没见过这么多的人，很腼腆，不说话，只是看着我们。羊羔很可爱，孩子更可爱。

朋友抱来一只小羊羔，让我也抱一抱，说是跟动物亲近一回。

家里以前也养过羊，可那是多年前的事了，我也有三十余年没跟羊儿亲近了。我抱起了小羊羔，小羊羔一点也不怕人，也不安分守己，用小嘴巴撕我的衣领，又挣扎着要跳出我的怀抱。我抚摸着它的脑袋，它转过眼定定地看着我，那神情简直就像一个孩子。我心中突然有一种激情在涌动，多么可爱的小生灵！

这家人养了三百多只羊，严冬刚刚过去，而且刚产过羔，羊儿还没缓过劲来，有点瘦，而且皮毛看上去脏兮兮的，但精神头不错。栅栏门一打开，它们就蜂拥而出，在头羊的带领下，浩浩荡荡地上了山坡。公司老总并没有夸张，一眼看去，羊群在山坡游动，如同云彩在山腰缠绕飘荡，蔚为壮观，其情其景山外绝对是看不到的。

基地的杨场长给大家介绍说，秦岭盛产中药材，我们的羊吃的是中草药，喝的是山泉水，拉出来的都是六味地黄丸，羊奶那是没一点谈嫌的。话说得幽默，虽有点夸张，可我相信这里的羊产的奶质量绝对是上乘的。

随后我们又去参观了其他养羊户。山里人家居住很分散，这个山坳几家，那个山坳几家。这里的人家户户都养羊，一家一个山头，甚至几个山头，据说收入很不错。

虽说地处深山，交通倒也便利。公路沿着一条小溪蜿蜒盘绕，溪水不大，潺潺有声。溪叫什么名，当地人也说不知道。公路崎岖不必说，水泥路面，平坦却狭窄，仅有三米多宽。对面若是来了车怎么办？我很是担心。但一路行走，并未遇到一辆迎面的车。一位山民告诉我，再往前公路就没有了，只有人行道；再再往前，人行道也没有了，只有猴子走的路。我忽然明白为啥没有遇到迎面来的车了。

举目四望，大山一座连着一座，看不到尽头。山坡上有星星点点的羊群，却看不到人。越往前走山势越陡峭，头顶的天越窄。深吸一口，空气很清新，溪水也很清澈，但荒寂一片，连鸟声也听不到。常听城里人说，很想在山里买一块地，盖几间茅屋居住，春赏百花秋望月，夏沐清风冬听雪，过一过神仙的日子。我以为这是矫情话，真的让城里人移民到山里，别说一辈子，也别说一年，恐怕不到一个月就跑得没人影了。谁能耐得住这寂寞？

我忽然有了一个担忧：这里的孩子在哪里上学？我说出我的担忧，同车的杨场长告诉我，孩子们在峪口许庙镇的学校上学。可这里距许庙镇有二三十里地，且是山路！

杨场长说，这里的孩子四五点就得起床去学校，遇到雨天，还得起得更早，小娃娃还得父母送。

他又说，其实最要命的是，小伙子娶不上媳妇。山里的姑娘都想着法儿往山外嫁，没有姑娘愿意嫁到山里来。小伙子只好拼着命去念书考学，考不上学的就去山外打工，一旦出去就再不回来了。现在村里只剩下了老汉和老婆。

同车的一位朋友说，这么说来，再过几十年，这里就没人居住了。杨场长说，可不是么。

车里一阵静默。

望着窗外起伏的山峦，我在想：住在深山真是寂寞啊，倘若没有人居住，大山会不会感到寂寞？

瀛湖纪游

一直向往陕南的青山绿水，国庆长假，与朋友们结伴去了一趟安康。朋友们说，安康之美在瀛湖，来安康瀛湖不能不去。

匆匆在安康吃了早餐，一行人驱车前往瀛湖。瀛湖位于安康西南16公里处，片刻工夫就到了。

我们以为赶得早，谁知景点门前角角落落都泊满了车。长假难得好天气，各个景点人流如潮，人口大国在此时得到最有力的彰显。现在人们的腰包鼓起来了，注重生活质量，首选是养生，其次便是游玩。如果景点门可罗雀，那是时代的悲哀。

进景点大门遇到了难处，不知设计者出于什么考虑，钢管挡道，通道仅有五十公分宽，轮椅无法通行，又别无他途。乐山亲水对我来说是十分奢侈的享受，好不容易奢侈了一回，却受到阻碍，很是沮丧。

同行的朋友们要抬轮椅过去，怎奈挡在通道的钢管太高，抬不过去。这时妻子上前，背我过了通道。朋友们把轮椅折叠起来推过通道，这才化险为夷。

我长吁了一口气，暗暗庆幸。却没料到码头有面陡坡，五六十级台阶，怎的下去？我不禁又面露沮丧之色。朋友们一哇声说：“抬下去!”七手八脚抬起了轮椅。真是人众力量大，陡坡顿时化为坦途。

终于上了游船。

坐在船头，晨风扑面而来，虽说有几分凉意，但十分的惬意。环目四顾，但见瀛湖四面环山，湖面笼罩着薄雾，薄雾随风流荡，缠绕在山腰，平添了一道风景。收目俯视，湖水清澈透亮，流云在水里漂飞。我去过杭州西湖，西湖美则美矣，但湖水浑浊远不如瀛湖。若以此论，瀛湖在西湖之上。

游船驶出码头，犁开一道水沟，波浪起伏向远处荡去，渐渐消失。船行生风，插在船头的国旗迎风猎猎招展，啪啪作响，十分的气势。游客们争相站在旗下拍照。同行的俊辉、双朝来到船头说："留个影吧。"两人举起相机，我的形象定格在他们的相机里。

船行景移，湖岸苍山叠翠、层林尽染，星星点点的小楼湮没在丛林中，时隐时现。瀛湖既有宽阔清洁的水域，又有蜿蜒曲折的水境，如此美景十分难得。船随水转，驶近一个小岛边，岛边景致尽收眼底，岸上一片青翠，一座楼房耸立在青翠之中，"农家乐"的招牌格外醒目。

薄雾渐渐消散，蓝天再现，阳光倾泻而下，湖面波光粼粼，闪着碎银子似的光辉。片刻工夫，船到湖心，湖面宽阔，水清如镜，游船来来往往络绎不绝，湖水随风泛起波澜。一只快艇迎面而来，与游船擦肩而过，冲起一道浪峰，船头被浪峰托起，溅起一米多高的浪花，随后又落入波谷，颠簸了一下，复又平稳前进。

生活在关中平原，很少有如此体验，亦很少见到如此养眼的青山秀水，禁不住在心中赞叹："好一幅山水画！真是船在水中行，人在画中游啊。"

正在感叹时，船到玉兴岛（也称鸟语苑）。谁知泊船的码头不成样子，仅有十来平米的水泥地面，很是玷污"码头"这个词。更糟糕的是，这个“码头”只供游客上船用，上岛的游客只能从一旁的坡坎上岛。我的好心情顿时消减了许多。游客们相互搀扶，攀援登岛。尽管如此，游船络绎而来。看来是萝卜快了不洗泥。

我和轮椅被朋友们抬上“码头”，岛上尽是坡坎台阶，我不愿再给大家添麻烦，没有上岛。

半小时后，朋友们陆续下了岛。王波一脸喜气，原来他购得一个根雕。他在文体局供职，很有艺术修养，收集艺术品是他的业余爱好。

大伙争相观赏，一说似飞鹰，一说似蛟龙。问王波是啥，他笑答：“你说是啥就是啥。”其实，根雕艺术之妙就在似像非像之间。

少顷，船发金螺岛。

金螺岛因形似螺而得名，小如弹丸，岛上有一塔，名曰“金螺塔”，甚是雄伟，是瀛湖一大景观。

金螺岛的码头更是小得可怜，又摆满了柚子、炒板栗、烤鱼等小摊小吃，加之坡势陡峭，轮椅根本上不去。朋友们上岛而去，我怀抱王波交给我的爱物坐在码头角落，游客络绎不绝从身边走过，目光朝我打量。有人走了过去，还扭着脖子朝我看。我以为自己坐轮椅碍眼，心里很是不自在，但强作淡定，目不斜视。忽然有人问：“这是啥东西？根雕吗？”我这才恍然大悟，原来游客们看的不是我，是我怀中的根雕。

忽然，有玉米的清香飘进鼻孔。转脸一看，不远处有个老头在烤玉米棒，烤玉米的香味直往鼻孔钻，十分的诱人，忍不住嘴馋，买了一个不管不顾地坐在一旁大啃起来。老汉不光玉米棒棒烤得好，还很会做生意，大声问我：“甜吧？好吃吧？”我嘴里塞满了烤玉米，使劲地点着头，便有游客上前争相去买。

也是乐极生悲。一个游客撞了一下轮椅，我倒无碍，只是怀中的根雕掉在了地上。我急忙弯腰捡起，根雕的一个长枝摔劈叉了，还好没有折断。王波下岛，我十分歉意地诉说经过。他笑道："没事没事，用胶粘粘就行了。"事已至此，也只能这样了。

正午时分，船到翠屏岛。

翠屏岛的码头才像个码头，不仅宽阔，而且设有供游客休息的座椅。大伙稍事休息，又去岛上观光。我抱着根雕坐在码头遥望湖岸。湖岸那边突然响起爆竹声，虽说看不见烟花，但烟雾冲天而起，颇为壮观。是谁家儿女喜结连理吧？

忽然有人跟我搭话，问根雕多少钱。我转脸一看，是码头的保安，便笑着反问："你看值多少钱？"他说二百吧。我伸出一个巴掌。他说五百？我说五十。他连说便宜便宜。我们聊了起来，他问我来瀛湖有何感受。我说瀛湖的景色很美，美中不足的是景点的码头太糟糕，欣赏瀛湖美景不是年轻人的专利，还有老年人、小孩子、残疾人。应该把码头好好整饬整饬，无障碍通行。他说这个建议很好，他一定给上面反映。但愿"上面"能够重视这个建议。

返回时，远远看见一位汉子划着小木船，优哉游哉，自由自在。我忽发奇想：若能泛舟瀛湖，朝看水东流，暮看日西坠，闲唱秦腔戏，醉卧翠竹林，夫又何求？醒过神来，心里叹道：这辈子不能了，下辈子吧。

走韩城

拜谒司马祠

壬辰初冬，有幸去了一趟韩城。

但凡与文字结缘的人到韩城，首先一定会去拜谒司马迁祠墓。我们一行人都是与文字结缘的人，一踏上韩城这块热土，就迫不及待地去拜谒司马迁祠墓。

然，司马迁祠墓在山丘之上。韩城的朋友介绍，从司马古道（韩奕坡）到朝神道有九十九级台阶，都是石条铺砌，陡且不平，轮椅根本无法上去。同行的朋友们说来一次不容易，大伙要抬轮椅上去。我笑道："太史公已知我来，就坐在山门前与他老人家神聊吧。"

目送朋友们进了牌坊，我默然地坐在山门前，凝望着高大的牌坊出神。初冬的太阳高悬在头顶，暖洋洋地照在身上，颇觉惬意。

我知司马古道有一"高山仰止"牌坊，闻名遐迩。"高山仰止"，出自于《诗经·小雅·车辖》，司马迁在《史记·孔子世家》中有句："高山仰止，景行行止。虽不能至，然心向往之。"太史公此言就是此时此刻我心情的写照。

一阵风过，似乎从两千多年前刮来，吹乱了我的头发，撩拨着我的思绪……

"盖西伯拘而演《周易》；仲尼厄而作《春秋》；屈原放逐，乃赋《离骚》；左丘失明，厥有《国语》；孙子膑脚，《兵法》修列；

不韦迁蜀，世传《吕览》；韩非囚秦，《说难》、《孤愤》；《诗》三百篇，大底圣贤发愤之所为作也……”不知怎的，我蓦然想起太史公《报任安书》中的词句。低头看看自己的轮椅，轻叹一声，自惭形秽。

良久，环目四望，祠东有黄河泽润；西有山丘遮尘；南为峭壁山崖，峭壁下司马古道直通韩原；北为黄土高坡，坡下芝秀河盘桓祠前潺潺东流，为司马祠平添了一道亮丽的风景。真是风水宝地！

忽然，我感觉到有一双目光在注视着我，转过身来，这双目光是陌生的。我把轮椅转向了那双陌生的目光。

他，脸上皱纹纵横，肤色黝黑，俨然一位农人；但鼻梁上架着一副二轱辘水晶眼镜，镜片后的目光颇有几分深邃，很有一些老学究的气派。原来他是看手相的先生。我想：敢在圣人门前摆卦摊，手中必有金刚钻。

我认命，却从不算命。

老先生与我闲聊起来。我问他高寿几何，他说七旬有六，姓徐，家在附近的徐村，也就是司马迁的故里。随后我们聊起了太史公。提起太史公，他谈兴顿增，且面容生动。但凡韩城人说起太史公都是这般神情。我祖籍杨凌，跟人说起姜嫄圣母、农神后稷也是谈兴十足，兴奋异常，可能也是这般神情吧。

聊着聊着，老先生技痒，要为我摸脉。没想到他还懂脉理。我没有拒绝，把手腕伸向他。他伸开腿，示意我把手腕放在他的大腿上，我照办了。他的手指搭在我的脉穴上，二目微闭，摸完了左手摸右手，睁开眼睛说：“除了腿脚外，啥都好着哩，特别是胃，很好。”

我的胃的确很好，虽说饭量不大，但很少出过毛病。

他又要我把左手伸给他。我明白他要给我看手相。这么多年我从不算命看手相，天命已如此，还算什么命看什么手相？可他执意要给我看，我实在不好拒绝他，把手伸给了他。

他看了左手看右手，说我命中有三次大灾难，都过去了；说我命中有两个女人，不知何缘故，第一个女人没能跟我走在一起，现在这一个很好，很好，很好。他看着我的手一连说了三个好。他又说我面有福相，未来一切都会很好。我说我都这样了，还好个啥。他说："会好的，会好的，会好的。"又是一连三个好。最后说我寿高八十八。

我得承认老先生很有些眼力，更是能摸透人的心思。我仔细想想，确实我经历了三次似乎无法逾越的大灾难，但最终还是跨越了；也曾有一个女子跟我定过婚（父母之命，媒妁之言），又退了婚；现在的妻子是人见人赞，都说是我的好福气，我亦这样认为。至于寿数和未来的一切，有待验证。

我说："谢谢！借您的吉言，太史公保佑，我一定努力，好好生活。"

朋友们从祠院下来，累得满头大汗、气喘吁吁。妻子来到我身边，说："你的轮椅还真是上不去。只是来一趟不容易，不上去看看，有点遗憾。"

我说不遗憾，我在这里与太史公一番神聊，还得了吉言，不虚此行，知足了。

告别司马祠，正是日行中天。

访杜鹏程故居

告别司马祠，我们驱车去杜鹏程故居。同行的一位韩城文友自豪地说："韩城古有司马迁，今有杜鹏程。他们一个是史圣，一个是文豪，都是我们韩城的骄傲。"其实，我拜访杜鹏程故居还有另一层原因，杜老曾经来我老家看望过我。

杜鹏程的家乡在夏阳乡苏村，距司马祠大约十几里地。车在乡间公路上驰骋，我的思绪也飞回到上个世纪八十年代……

那时我因伤致残，悲痛之余，捉笔涂鸦，希望从精神上拯救自己。几经努力，有了一点小小的收获。

初夏的一天，区委宣传部一位同志专程来家告诉我："今天省文联组织一部分作家来咱们杨凌参观采风，晚上省作协副主席杜鹏程同志要来看望你。"杜鹏程？就是《保卫延安》的作者么？这可能吗？但我相信区委宣传部的同志是不会和我开玩笑的。

杜老是我敬慕的先辈作家。早在上中学时，我就在课本上读过他的《夜走灵官峡》，再后又读了他的《保卫延安》、《在和平的日子里》等作品。书中的英雄人物形象完全征服了我少年的心。在那时，我就渴望着能有一天见到这位老作家。万万没有想到我的夙愿今日将得以实现！

傍晚时分，门外一声汽车鸣笛，客人们到了。为首的是位身材魁梧、精神矍铄的老人——省文联的方杰副主席。他笑容可掬，握着我的手亲切地说；"我们看望你来了。"随后把他身边的一位老人介绍给我："这是省作协副主席杜鹏程同志。老杜为咱们陕西树立了一面旗帜，是我们的榜样。”

杜老含笑把他的手伸向我，我急忙握住他的手，凝望着他和蔼的面容，激动得不知所措。杜老并不像我想象中那么高大魁伟。他中等身材，有些发胖，身体不大好，脸上挂着慈祥的微笑，说话语速很慢。他关切地询问我的生活、学习和创作情况。我一一做了回答。临别之时，他握着我的手，叮嘱我注意身体，勉励我为文学尽力……

二十多年过去，往事历历在目，清晰如昨。杜老于 1991 年 10 月 27 日离开了这个世界，在追悼会上，他的夫人、同是作家的文彬先生没有让放哀乐，她用贝多芬的《英雄交响曲》为丈夫送行。杜老泉下有知，定感欣慰。

……

车身猛地一颤，刹住了。苏村到了，我的思绪也被掐断了。

下了车，只见村口竖立着一块石碑，刻着“著名作家杜鹏程故居”，十分的醒目。一行人穿过村街，拐进一个小胡同，胡同的路面很是不平，我的轮椅好几次受阻。

来到杜宅门前，但见门楼青砖砌就，被岁月的风雨剥蚀得颜色有些发灰，黑漆门早已没有了光亮，油漆剥落，破旧不堪；门楣上方刻着“迎曙光”三个大字，不知是谁的作品，笔力苍劲、刀工娴熟，为门楼增色不少。胡同口那家门楼高大巍峨，十分的气派，红漆大门闪着油光，泡钉刷得金黄；门口两侧还蹲着一对石狮子。与其相比，杜宅的门楼显得低矮破旧。胡同冷清清的，没有一个人影。不知从哪里传来几声犬吠，更是增添了几分冷落寂寞。一阵寒风过来，我忍不住缩了一下脖子。

据说，这宅院是杜老在 1958 年修盖的，现在住着杜老的侄儿。

我们拍了半天门，里边没有动静，这才发现“铁将军”把着门，看来主人不在家。

站在杜宅门前我心底涌上一股别样的滋味。杜老生前曾看望过我，现在我来到韩城，来到杜老的家门口，却不得进家门。这当然不是杜老的过错，是我来得不是时候。那时我是文学青年，如今已是文学老汉了。唉！我在心里喟然长叹，感叹时光流逝得太匆匆。

2010 年我去过凤县灵官峡。跨过横在嘉陵江上的吊桥，迎面的山体上刻着杜老的名篇《夜走灵官峡》，格外的醒目。把数千字刻在山体上，而且是汉白玉浮雕，真是令人惊叹不已。我以为，有灵官峡山体上的《夜走灵官峡》，苏村杜宅的冷落寂寞也没有什么。

既然来了，就得留点念想。

大伙在杜宅门前合影留念。

该走了。我回头再看一眼杜宅的门楼，寒风扑面而来，甚是猛烈。奇怪，我没有觉着冷。

烟雨铜川行

一

乙未仲夏，有幸再次去铜川。前年应文友之邀，也是在这个时节去过一次铜川，记忆犹存。

出发时薄云遮住阳光，夏至时节外出，这样的天气最宜人，因而心情很好。车过西安，下起了蒙蒙细雨，有点担心。天气预报说有连阴雨，生活经验告诉我，这个时节不会下连阴雨的，再者，天气预报往往很不靠谱，因此我不大相信天气预报。偏偏这次天气预报百分百准确。可见生活经验有时并不可靠，而天气预报也有靠谱的时候。

到达铜川下榻处，已是大雨滂沱，且颇有凉意。文友刘爱玲已迎候多时，她是这次活动的组织者，也是东道主，彼此十分熟悉，因此不用客套。迎候的还有铜川残联的同志，他们十分热情，服务周到，报到时就给大家发了生活补贴，这种细致入微的关怀，不仅令所有参加活动的残疾人作家朋友感动，也让我们感受到温暖。稍事休息，在二楼会议室举行“走进铜川　感受红色文化暨残疾人事业成果采风活动启动仪式”。

一个月前我们就开始筹划此次活动。去年六月份我们残疾人作协在省残联的大力支持下，在杨凌搞了一次“走进农科城　感受中国梦”的采风活动，活动搞得很成功。由于身体原因，残疾人作家很少有这样的采风活动，那次活动开阔了大家的视野，丰富了知识，增长了见识。大家强烈要求多搞这样的活动，至少一年一次。基于此，我们向省残联申请活动资金。此前，我心有忐忑，伸手要钱不好开口呀，但我还是打了电话。电话打过去，省残联宣文部的张未来主任爽快地答应了，但是他要求我们必须组织好，把活动搞好。此刻，他已先我一步到达，和他同来的还有省残联的两位女同志，可见他们对此次活动十分重视。见面时我向张主任表示谢忱。张主任笑着说：“自己人不必客气，我们是你们的娘家人。”这话暖人心窝啊！

这次采风活动不仅得到了“娘家人”的大力支持，也得到了铜川市残联以及省文学基金会的大力支持。铜川市副市长何尚民同志冒雨前来参加启动仪式并致辞，这是我没想到的。由此可见铜川市领导对此次活动十分重视，也可以看出刘爱玲的工作能力。我深感欣慰。

朋友们难得见一次面，聚在一起相聊甚欢。王益区作协主席秦凤岗老师是我的老朋友，一见面就送我他的四本新作。他年近七旬，笔耕不辍，真令人敬佩。如果我到了他这个年龄还能如此笔耕，那就是老天对我的垂怜。

是夜，窗外的风雨声时缓时急，久久不能入睡，自思：人生路上难免遇到风风雨雨，但彩虹就在风雨之后。

二

一觉醒来，天光大亮。匆匆洗漱，去吃早餐。

议程安排今天去鸭口矿参观路遥纪念馆。大家都是搞写作的，对路遥自然十分崇拜。前些日子，电视连续剧《平凡的世界》在多家电视台热播，不仅广获反响，而且引发了重读经典的热潮。《平凡的世界》故事发生地“大牙湾煤矿”就是铜川的鸭口煤矿，此时追寻路遥的创作踪迹，大家都十分激动。

昨晚一夜大雨，把铜川浣洗得格外清新。

蒙蒙细雨中，采风团在铜川市残联工作人员的陪同下抵达鸭口煤矿。远远地，就看见一群志愿者等在路口边。车子抵达，大家在志愿者的搀扶下走进路遥纪念馆。馆内陈设着路遥的遗物、手稿等。

路遥曾在这里体验生活，这里是《平凡的世界》的最初诞生地，此时此刻身临其境，感触绝非一般。

我与路遥曾有过交往。

最初认识路遥是在一本杂志上，那是一本1981年元月号《延河》杂志，那期杂志是陕西青年作家小说专号。路遥的短篇小说《姐姐》发在二条，篇头刊有路遥的照片和简介。是年的路遥很年轻，也还不大出名。我那时也刚捉笔涂鸦，十分关注陕西作家的作品，因此把那本杂志读得十分认真仔细。路遥这个名字很特别，《姐姐》这篇小说写得也很不错，因此，他的名字和作品在我心中留下了很深刻的印象。

此后，我又读了不少路遥的作品，诸如《惊心动魄的一幕》、《在困难的日子里》、《黄叶在秋风中飘落》等。《人生》发表后，我一连读了好几遍，这部力透纸背的作品深深地震撼了我。我在心底里为路遥鼓掌叫好。尽管那时我刚涉足文坛，可完全感觉得出《人生》是一部不可多得的好作品，"路遥"这个名字将因成功地塑造出"高加林"这个人物而不朽！

真正见到路遥是在1985年之秋。那年九月份省文联开了一个"陕西省青年文艺创作座谈会"，我有幸参加了那个会议。在会上我见到了路遥。是年，路遥已经是省作协副主席，名气很大。他中等身材，身体很壮实，乡音未改，鼻音很重。会议期间，我多次与他碰面，却愧于创作无绩，鼓不起勇气跟他打招呼，更别说谈话了。准确地说，我认识路遥，路遥不一定认识我。

1986年春，我应北京一家杂志社之邀去杭州参加一个笔会，途经西安，在省作协小住。清楚记得，那天中午我刚进省作协大门，就看见路遥站在一辆小汽车跟前正和人谈话。他也瞧见了我，快步走了过来，热情地跟我打招呼："绪林，你来了！"并伸出手来，我既惊又喜，急忙握住了他的手，一时竟不知说啥才好，只是一个劲儿地傻笑。

在此之前，我曾托朋友打电话到省作协，请求帮助预订车票，是路遥接的电话。路遥告诉我，订车票的事正在办，让我先住下小憩。正说着话，那边有人催他。原来某院校请他去做报告。他双手抱拳，连连道歉，说是不能陪我，祝我一路顺风。

路遥走了很久，我激动的心情却难以平静下来。我没想到他竟然认识我，而且准确无误地叫出了我的名字。此前我和他并没说过一句话，只不过碰过几次面而已。更没有想到他这个大作家竟然这样平易近人、和蔼可亲，半点架子也没有。我心里涌起一股欲望，回来时一定去拜访他，跟他好好谝一谝，请他指点迷津。当回到西安时，我又没了勇气。我生性怯弱，不戳撑，总觉得创作无绩，无颜拜访大师。我只想着来日方长，待自己在文学上有大的收获之时再去拜访他不迟。谁知一念之差，给我留下了永久的遗憾……

忽一日，电视新闻播出了路遥病逝的噩耗。最初的一瞬，我怎么也不能相信这是事实。路遥的身体那么壮实，且正值英年，也没听说过他有什么病，怎么就会匆匆地去了！然而，事实终归是事实，不为人的主观愿望而改变。路遥真的去了，一去不再回头……

命运已经把我的心磨砺得很坚硬了，我很少为人间的不幸再流泪，可我为路遥流泪了。我哭上苍无眼，摧折玉树；我哭文坛失英才，陕军殒大将……

一上午时间不觉过去了，我们与鸭口煤矿告别。

车子继续向前，而大家的心情还沉浸在刚才的参观里。省文学基金会副理事长、省残疾人作协名誉主席王芳闻女士，在行进着的车厢里深情地向大家讲述路遥一些不为人知的小故事，铜川市作协主席黄卫平也给大家讲述了他与路遥私交的点点滴滴。

一切成为过往，但路遥留下的皇皇五卷文集永远不会失色。

三

生活永远在路上。

车子在蒙蒙细雨中缓缓而行，此行目的地——陈炉镇。

车子在塬边的公路上盘旋，山路弯弯，颠簸的车子似乎是一个大摇篮，摇得大家昏昏欲睡。导游小陈是个活泼的姑娘，很会调动大家的情绪。她说：“各位都是作家，对文字一定很感兴趣，我班门弄斧，给大家出个字谜，两个口是什么字。”这也太简单了，几个人异口同声说：“吕字。”

“三个口呢?”

有人大声喊：“品。”

“四个口呢?”

没人吭声了。我思索了一下说：“田。”

“五个口呢?”

身边的左文革才思敏捷，说：“吾。”

小陈叫了声好，又问：“六个口呢?”

“晶字嘛。”后边有人应声答。

“七个口呢?”

半天没人吭声。小陈引导大家："按照吾字的思路猜。"

我脑子豁然开朗，答道："叱咤风云的叱。"赢得了一片叫好声。车厢活跃起来。

不知不觉，一座秀丽的古镇已经不知什么时候撞进了眼帘。公路两边罐罐垒墙、瓷片铺路的美景向大家展示了铜川的另一种风情。

陈炉制瓷历史延续了近千年，炉火一直不断，烧窑废弃的瓷器比比皆是。陈炉地处山坡，道路长年被雨水冲刷破坏，需要补修；冬季积雪，坡陡路滑，也需要铺垫防滑；居民家的墙体因常年风吹雨淋而颓败，需要修补。智慧的陈炉人便创造性地运用了这些废品，用废弃的匣钵和残缸摞起"罐罐墙"，又在最上面一层罐罐里植树种花，将院落掩映起来。当地人用"层洞错杂苑花城"来形容，列为陈炉八景之一。又用废弃的瓷片铺路，而且镶嵌上了地名及"一路平安"等吉祥文字和图案。走在瓷片铺就的路上，不仅安全，而且赏心悦目，还会感受到古镇陶瓷文化的古朴和厚重。

车刚到，一位中年汉子就迎了上来，他笑着向大家介绍："我长得不高，却姓高；长得丑，却叫个俊；没多少本事，却叫个杰；我叫高俊杰，欢迎大家！"他幽默的话语惹得大家哈哈大笑，旅途的疲劳顿时不翼而飞。

高俊杰是印台区残联理事长，一位风趣、幽默、热情的陈炉人。用餐时他给大家简要地介绍了陈炉镇的历史及耀州瓷特点。陈炉因"陶炉陈列"而得名，因"炉火千年不绝"而扬名，是中国古老名瓷耀州瓷的发祥地之一，素有渭北"瓷都"之誉。据考证，陈炉的制瓷历史至少可以追溯到一千四百多年前的唐代。宋、元以后，更成了延续生产耀州窑的唯一窑场。到了元代后期，陈炉窑的烧造规模及制瓷水平就已经赶上并超过了同时期的耀州窑黄堡窑场，耀州窑的生产中心逐渐向陈炉地区转移。此后陈炉窑逐渐发展成为黄堡耀州窑的继承和替代者，继而成为元、明、清时期陕西乃至西北地区最大的制瓷窑场和瓷业生产基地。明代陈炉窑场东西绵延五里，南北三里，炉火昼夜不息，呈现“炉山不夜”之奇观。“山外遥看常不夜，星流月奔互参差”生动描绘了那个时代陈炉陶瓷工业的繁荣景象。然而，陈炉在历经清末、民国初期的灾荒和战乱之后，逐渐走向萧条和衰落。

午后又下起了蒙蒙细雨。雨中的陈炉远山如黛，窑炉如画，民居依山而建，层层叠叠，状如蜂房，别有一番韵味。细雨中我们参观了王家瓷坊。这家瓷坊是王战军创办的，以生产传统民间工艺瓷为优势，在陈炉很有名气。大家来到制作车间，目睹了耀瓷制作工艺的全过程，欣赏了精美的耀瓷产品。

在耀瓷展馆，王战军拿出一个制作精美的壶向大家展示，他从壶底给壶中注水，然后提起壶，壶底竟然滴水不漏！看着大家一脸的惊奇，他微笑着向我们介绍：“耀州瓷的代表有龙凤倒装壶（又名倒流壶）、公道杯、良心壶（又名两心壶）、凤鸣壶。每件都有它的传说。我刚才向大家展示的就是倒流壶。”

的确，倒流壶构造十分奇特，设计更是巧妙，充分体现了古代能工巧匠的智慧和创造力，是我国陶瓷艺术中的一朵奇葩。在现代社会，倒装壶仍在普通百姓家中发挥着它的作用，并以其颇具趣味的独特使用方法引人入胜。大家在工匠们创作的艺术品前流连忘返，感叹这里的每一位工匠都是艺术家。

四

翌日清晨，潇潇雨歇。

吃罢早饭，我们驱车去照金。

照金是刘志丹、谢子长、习仲勋等老一辈革命家创建的第一个西北山区革命根据地，现在建成了“全国爱国主义教育基地、国家级国防教育基地”。

大老远就瞧见纪念馆广场的雕像——刘志丹、谢子长、习仲勋，三位伟人英姿勃发，指点江山，令人顿生崇敬之情。

“照金革命纪念馆”是全国百家红色旅游景点景区之一，参观是必需的。主展厅以波澜壮阔的陕甘边革命根据地为主线，用大量的历史资料、图片、文物和各种现代高科技手段再现了创建以照金为中心的陕甘边革命根据地的艰难历程。给我们讲解的是一位靓丽的姑娘，姓杨，一口流利的普通话，娓娓动听。杨姑娘一身绿军衣，挺拔秀丽，英姿飒爽。她知道我的身份后，显得很激动，讲解得十分详细。之后，她坚持要送我上二楼，并与我合影留念。

参观完后，驱车去薛家寨。1933 年，刘志丹、谢子长、习仲勋等老一辈革命家以薛家寨为根据地，创建了中国工农红军第二十六军，修建哨卡、吊桥等防御工事，并建设军械厂、被服厂、红军医院、指挥部等，留下了许多珍贵的文献资料和革命文物。

车到薛家寨，天空又飘起细雨。此地相传是薛刚反唐时的屯兵之地，地势果然险要。放眼看去，但见两边山峰林立，壁立如仞，雨雾缠绕峰间，神秘莫测。若是一夫把关，万夫莫开。刘志丹他们选此地做根据地，果然好眼光！

虽是仲夏，山风雨中袭来，颇有寒意。有语云：六月出门别忘带棉衣，可没谁把这句忠言记在心间。大家衣着单薄，一个个冻得缩头抱肩。妻子推着我的轮椅一路小跑，以驱寒意。

山上还有无限风光，但阴雨天索道停开，无法上去。虽然没有登上悬崖上的哨卡，然而仰望座座山峰，陡峭的山崖在缭绕的云雾中时隐时现，似乎听见远去的枪声在耳边回响……

匆匆而来，匆匆而归。

颇有遗憾，然，人生的旅途上谁没有遗憾？

蒿坪正午

夏末秋初，应太白山林业管理局朋友之邀，去了一趟蒿坪。

此前与管理局的马、何二位局长商谈好，在他们那里给我们杨凌作协建立一个创作基地，让我们的会员能体验一下大山里的生活。创作需要深入生活，需要接地气，需要开阔眼界，建立创作基地十分有必要。我们与马局长联系，他当即就答应了，说你们的会员体验了生活，也可以写写大山和山里人，这是双赢的事，何乐而不为？我们约定 8 月 15 日到蒿坪自然保护站去挂牌。应邀参加这次活动的还有眉县作协主席胡云波，副主席杨虎平、张秦等一行七人。

初次去蒿坪，眉县同行怕我们走错道，在岔路口迎候我们。十时许，到达蒿坪。稍作休息，负责这次活动的何晓光副局长还要接待一批客人，让我们先观赏观赏蒿坪的风景。眉县的几位同行是这里的熟客，带着我们观赏山景。

此处有一寺院——蒿坪寺，供奉着弥勒佛。有语云：山不在高，有仙则灵。无疑，这是一块风水宝地。定睛细看，宝殿立柱有楹联曰：居秦岭而名四海神清仰赖山水秀，立太白以兴八方气壮原为佛性灵。院内有功德碑两座，鼎炉一尊，鼎炉上篆文铭刻：国运恒昌。几株银杏干粗如桶，树枝上挂满了红布条，朋友说都是香客挂的。可见蒿坪寺虽居深山，但香火依然很盛。我喃喃自语："果然是修行的好地方，山清峰翠，幽静养性。"

眉县作协主席胡云波先生说："寺院西边三百米处有一条小溪，风景绝佳，一定要去看看。"可这段路是砂石路，且坎坷不平，轮椅很不好走。我心生怯意，不想去，怕给大家添麻烦。他笑着说："怕啥，这么多人抬都把你抬上去了。"恭敬不如从命。

于是，大伙推着轮椅前进。山路很不好走。眉县一位文友说："我来推吧，我父亲前些年病了，落下后遗症，出入都坐轮椅，是我一直推着他，有经验。"遇到坡坎，他便倒着拉，果然是老手。

边走边聊，我这才知道他姓黄，名耀中，在眉县公安局工作，任教导员。我顿觉不安，让公安局教导员推车，而且他已年过五旬，真是折杀我了。他却笑道："能推你是我的荣幸。"我越发诚惶诚恐。一位文友笑道："让黄教导表现一回吧，这也是警民一家亲的展示。"一行人都哈哈笑了，笑声驱走了我的不安。

黄教导的人品由此可见一斑。我敬重他的人品，也敬重他的才气。他是军人出身，从警已二十余年，但不乏书卷气。同行的朋友说他的书法作品堪称一流，曾获过全军书法大赛金奖。晚上我见识了他的书法作品，果然好字！他在红河谷“仙居山庄”泼墨献艺，一招一式，颇有大家风度。我向他求一幅墨宝，他大笔一挥：文以载道。笔力遒劲、老到、洒脱。众人齐声喝彩：好字！

我明白这是他对我的鼓励和鞭策。这是后话不提。

一路前行，但见山势险峻，石峡深邃，幽谷含秀，曲径通幽。群山幽壑的远处，依稀传来啾啾的鸟鸣，牵引着我们的目光。层层叠叠的风景，独自放逐在正午的阳光下，令人目不暇接。抬望眼，蓝天如洗，风赶着云朵从头顶飘过，如同群羊奔跑；深深呼吸，空气新鲜得蜜桃一般，沁人心脾。我顿觉心旷神怡。

我对身边的胡云波说：“好久没有看过这样的蓝天了，耀人的眼哩。”他说：“山里难得有这样的好天气，前两天一直在下雨，今天天气忽然放晴，你们是贵客，老天爷都欢迎你们哩。”

他这话我们爱听。大伙脸上心里都在乐。

忽地，一条小溪拦住了去路。一座造型优美的小桥架在溪水上，溪水潺潺有声，清澈见底；桥那边是一块不大的开阔地，种着高粱玉米大豆。环目四顾，群山环抱，满目青翠，清风从河谷吹来，清凉惬意。时令刚交立秋，山外火老虎还在逞凶，这里却是金风可人。大家异口同声说，这里是绝佳的避暑胜地。

眉县文友赵西林是营头镇兽医站站长，对这一带情况十分熟悉。他对我说：“以前这里的山都光秃秃的，那时一个村就有五千多头牛羊，全在山上放养，山不秃才是怪事哩。前几年政府出台了封山育林的政策，现在整个营头镇的牛羊不到三千头，一律都是圈养。现在山清了水秀了，都得益于好政策。”

谁说不是呢！

大家在小桥上合影留念。胡主席的夫人杨英女士古道热肠，跑前跑后为大家拍照，忙得不亦乐乎，遗憾的是照片里没有她的倩影。

腿脚不便之后，就一直向往山高水远的生活。今天得益朋友们之力，看了一回山景，甚感欣慰。带着闲散的心情，徜徉于山水之间，你会发觉，山水之间流转着聚散的回风，许多风景为你敞开胸怀，景可生情，情亦可生景，让你沉浸其中，留恋不已。

其实，山好水好不如人好。这里山好水好，人更好！

坎坷迷离交错的山路、清凉幽静的蒿坪，存下这一段沉静的光阴，存下这一刻我欣喜的好心情。

后　记

少年时代我有过许多彩色的梦想，唯独没想到要去写书当作家，是命运之神把我逼上梁山，今生今世与笔墨相伴。

十二岁那年，我以优异的成绩考入镇上的中学。入学的前一天晚上，父亲坐在煤油灯下吧嗒着旱烟锅，母亲在缝补衣服，他们满脸喜气地为我设计前程。因为我儿时多病，还因为父亲上过几天私塾，崇拜文化人，所以父亲希望我能成为医生或者教师。母亲则期望不高，只要我不去打牛后半截（种庄稼），能有大白蒸馍吃，干啥都行。我却在他们为我的好运设计中进入了自己的梦中——我身穿一身学生蓝，胸佩闪亮的校徽跨进大学的校门……

“文革”起，学校废。我辍学回家务农，这是始料不及的。父母仰天长叹，说我生不逢时。

俗话说：“七十二行，庄稼汉为王。”然而这“为王”的行当实在是个苦差事。尽管我是庄稼汉的后人，从小就赤脚下过田，但还是不堪重负。我曾在麦场上干过两天两夜不曾合眼；曾用稚嫩的肩膀扛过数不清的粮袋；曾在寒冷的冬夜赤着脚浇过麦田；曾用青春的身躯堵挡过决了堤的渠水……在那些苦不堪言的日子里，我皮肤黝黑，人瘦了一圈，一到晚上浑身的骨头都像散了架，可梦却没累垮。我梦见天漏了，雨下个不停，我一头栽倒在热炕上昏睡了七天七夜；梦见桌上摆满了红烧肉和大白蒸馍，我放开肚皮地咥；梦见公社的放映队驻在我们村，每晚都给我们放电影（那时我们两三个月也难得看上一场电影）……

1970年，学校复了课，我重返校园，去圆大学梦。我意识到这可能是我这一生跨进校门的最后一次机会，十分珍惜，刻苦努力。谁知高中毕业正逢“上山下乡”大潮，等待我的不是高等学府，而仍然是一片“广阔天地”。

从学校回家那天，我站在村南的黄土坡前仰首望天。“你命不好，生不逢时。”父母的感叹犹在耳畔。我真想大吼几声，问问苍天，出出胸口的闷气，却最终低下了头，默然无语地走回家。怨天尤人又有何用？

渐渐地，生活恢复了平静。日出而作，日落而息，日复一日，月复一月，梦也成了固定模式：我从深厚的黄土层里钻出来，用沾满牛粪的粗糙的双手挥动着老镢头，额上脸上胸膛上滚动着闪着油光的汗珠，摔在地上碎成八瓣；头顶上是蓝天红日，脚下是黄土绿地……

我想，这一生只能沿着父亲的足迹一直走到人生的终极，却没想到上苍用他那无边的法力改变了我生活的轨迹。那是一个秋风苦雨的日子，家里的电灯线出了问题，我爬上院中的核桃树去修复。鬼使神差，手抓住了一个枯枝，只听“咔嚓”一声响，我只觉得自己向万丈深渊掉下去……

噩梦醒时，四周一片素白洁净，窗口泻进一抹阳光，温暖柔和；窗外蓝天如洗，树木翠绿。我生性喜闹不喜静，不愿躺着，想出去走走，但一双腿全然不听使唤，似乎不是自己的了。

飞来的横祸把我完全击毁了。我躺在病床上，几乎成了个木头人。太阳失去了温暖，鲜花没有了颜色，世界上的一切在我眼里变成了一片灰色。我似一片残缺的落叶，凋零在早春的日子里。

那一年我二十一岁。

最初，我怎么也不相信这个事实。一个前程无限、风华正茂、活蹦乱跳的小伙子被钉在了病床上，连翻一下身都需要别人帮助，那狼狈样，窝囊劲儿使人望而生怜、望而生悲。

青春刚刚拉开大幕就要谢幕，我真想在人生的道路上画上句号。然而，我没有这样做。怕死吗？也许，但也不尽然。自己杀死自己太残酷了，我是个懦弱的人，没有这个勇气。

那个年代讲究学“毛选”，我不能免俗，虽然不是积极分子，但毛主席老人家有段语录我一直没有忘记：“我们的同志在困难的时候，要看到成绩，要看到光明，要提高我们的勇气。”我以为这段语录至今没有过时，能给人正能量。

于是，就活着，但又不想窝窝囊囊地活着。

我在想：人来在这个世界上是很不容易的，生不能由己，死亦不能自己做主，唯有活着这段时间里我们才有一些自主性，干自己想干的事，说自己想说的话，吃自己想吃的东西。虽然有时活得很累很不痛快，甚至很痛苦，但我们毕竟活着，实实在在、真真切切地表现着我们生命的自主性，如果死了，这一切都将化为虚有。再说，人都会末路逢凶，确切地说我并不是怕死，只是心有不甘。来人世一回也不易，还有太多的事未做，还有太多的心愿未了，就这么走了，心里实在不甘啊！

想是这么想，可路在何方？圣人度人，强者自度，我不是强者，更非圣贤，未来的路在哪里？我的眼前一片灰暗。

我常常羡慕地望着那些在绿茵茵的草地上戏耍蹦跳的儿童，那些无忧无虑漫步在街头的少男少女，那些步履潇洒矫健的男人们女人们。我觉得他们是那么的幸福和富有。我曾经是他们中的一员，却被命运之神推进了痛苦的深渊。我像一只受伤的小鸟，在人生的旅途上痛苦地、默默地煎熬着。幸运的是有母爱的温暖慰藉着我受了创伤的心灵。母亲的头发完全花白了，形容憔悴，眼窝跌进了深坑，然而，母亲在我面前没流过一滴泪，始终微笑着安慰我。母亲把极大的悲痛深藏在微笑之中，希望能唤起儿子重新生活的勇气和信心！

久卧病床，最难忍受的不是病痛，而是寂寞。母亲找出我过去的书，递到我面前，慈祥的面容挂着几丝微笑：“心里闷，就看看书吧。”

我双手颤抖着接过母亲手中的书，心里说不出是什么滋味。为我读书父母亲曾经倾注过多少心血啊（那时父亲已病故）！我岂能让母亲失望？翻开书页，我眼前又浮现出昔日五彩的梦……

书本把我带到了一个广袤无边的美好世界，我忘记了自己的痛苦和不幸。手边的书读完了，我便让常来闲聊的同学、乡友给我想法找书借书。

我得到了一本残缺不全的书——《钢铁是怎样炼成的》。保尔有句名言：人最宝贵的东西是生命，生命属于我们每个人只有一次。

一个人的生命应该这样度过，当他回首往事时，不因虚度年华而悔恨，也不因碌碌无为而羞耻。

那时没有“偶像”这个词，用现在的话来说，保尔是我心中的偶像。现在仔细想来，保尔其实不是偶像，是一种精神，是一种力量，是一种动力。

渐渐地，我萌发了学习写作的念头。人生在世谁不想为人类社会做出贡献？谁不愿尽最大可能地发挥自己的才能？谁不想在人类漫长的历史中留下一点自己的痕迹？

当厄运突然降临的时候，生命被可怕的黑暗和绝望吞噬着，几乎所有罹难者的精神都濒临崩溃的边缘。已故著名残疾人作家史铁生说过：在科学的迷茫之外，在命运的混沌之点，人唯有乞求自己的精神。为了从精神上拯救自己，我选择了文学。与其坐以待毙，不如拼尽全力与命运一搏！

于是，我拿起笔开始学着涂鸦。起初，我什么人也没有告诉，连母亲也瞒着。我知道文路极其艰难，我成功的希望十分渺茫，我不愿让母亲再一次失望。

我知道文路极其艰难，不敢奢望一下水就能捉住“鱼”。最初迎接我的是失败。这在意料之中，我并不气馁，屡战屡败，屡败屡战。习作几载，磨秃了几支笔，废稿纸塞了一麻袋，却还是没有一个字变成铅字。我只不过成了名副其实的退稿单收藏家。这样的无效劳动要做到何时？

把失败焊接成梯子并不难，但这梯子是否能伸到成功的彼岸？我有些惶惑，但信念没有改变，依然艰难地向前跋涉。我渴望着在寻梦的旅途上能以另一种形式站立起来，渴望残缺的生命能放射出火花，哪怕只是一个火星子。

寻梦的路狭窄拥挤，布满荆棘。我别无选择，拼尽全力向前跋涉。冷风苦雨敲打着窗棂，我坐在孤灯下面对稿纸倾吐着心中的喜怒哀乐，编织着人间芸芸众生的故事。

困难接踵而来，鸡屁股银行远远支付不起我养伤的花费和我们母子的生活费。为了生活下去，我学会了玉米皮编织手艺。有朋友建议我学家电修理技术，可叹的是家里拿不出买一套修理工具的钱。如今虽然已时过境迁，但昔日艰苦的生活，至今回忆起来还让我心酸。只有一点让我庆幸，我始终没有放弃坚守的信念，我被自己最初的选择诱惑着。冥冥之中我似乎看到遥远的地方有一点希望之光在闪烁，我便奋力朝那个方向跋涉。这时母亲已知道了我所要干的事情。写东西仅需要笔墨纸张，可家里困难得连这些东西都买不起。母亲为此很难过。后来，母亲不知向谁借了点钱，买来廉价的包装纸，裁得整整齐齐，默默无语地放在我面前。在最困难的时刻，伟大无私的母爱一直温暖着我，鼓励我奋勇向前。

遵照医嘱，我每天拄着双拐在小院里坚持六到八个小时的功能锻炼，读书写作只能在晚上和雨天进行。夏日的夜晚天气闷热，蚊子成群，我趴在小木柜支成的桌上爬格子，用书本当扇子轰赶蚊子。冬季朔风凛冽，我裹着被子蜷缩在土炕上挑灯夜读。每年冬季我们那里常停电，煤油灯熏黑了的我鼻孔，烧焦了我的头发。真是：夜夜桌前灯如昼，谁怜书生白发生。

我用残疾之躯抖动着生命的旗帜，腿不能走路就用手和脑去追。我坚信有耕耘就有收获，坚信希望就在不屈不挠的努力之中。

自我们出生的那一刻起，死神就同我们签约，没人可以违约。

每个人的最终结局相同，但生命的过程可以截然不同。我明白了一个道理：一个人肢体残废了并不可悲，最可悲的是精神残废。人生在世，是要有一点精神的，我希望自己不是一个最可悲的人。

1981 年 12 月 2 日——又是一个铭心刻骨的日子，年迈的母亲突患脑溢血，撒手人寰。

母亲离去了，带走了博大无私的爱，带走了温暖和慰藉。我是一叶遭遇恶浪的小舟，是母亲用她生命的全部力量鼓起了儿子生命的风帆，使儿子这艘遭到暴风雨袭击的小船没有沉没，而她心力交瘁，过早地闭上了眼睛。我的心又一次掉进了冰窖里。有母亲在，生活再艰难也有温暖。现在母亲到天国去了，我将依靠何人？

尽管我很懦弱，但不能不想到死！

就在这危难之时，和我同住一个院的叔伯兄嫂向我伸出了温暖的手。堂嫂康桂芳主动承担起料理我生活的责任。她对我说："兄弟，想开些，咱娘殁了，还有我们哩，只要有我们吃的就饿不下你。"没有客套虚伪的劝慰，朴朴实实的话语掏出了一颗善良、真诚、热情的心。我将要死去的心重新得到了温暖和慰藉，泪水又一次涌出了眼眶，但这次是热泪！嫂子二十年如一日照料我的饮食起居，给了我无微不至的关爱和亲如家人的温暖，使我在困境中得到人间少有的真情，重新鼓起了生活的勇气和信心。我怨苍天不给好人长寿，嫂子 2001 年身患恶疾，不治而逝。每每念及，我不禁泪水潸然……

在新的生活里我依然默默地笔耕着。我不是强者，只不过是不甘愿就此败下阵来。我自信有耕耘就有收获，自信希望就在不屈不挠的努力之中！

皇天不负苦心人。六个寒暑过去了，我的处女作《不发光的珍珠》终于在1982年第六期《陕西青年》上发表了！

手捧着散发着油墨香的刊物，我激动不已，流下了热泪。

我——一个身患残疾的人，终于得到了社会的承认！

我从文学中找到了另一种站立的方式。文学使我能够鼓起勇气，正视现实，以残缺的生命面对厄运，粉碎苦难，活得有尊严。

生活开始向我微笑了，但我并不敢乐观。我清楚地知道脚下的道路荆棘丛生，崎岖坎坷，一旦失去勇气和信心，路便到了尽头。

生命虽有残缺，我的内心依然美丽；生活虽多坎坷，我的精神依然前行；身体虽然有障，我的梦想依然飞扬。文豪契诃夫说过：大狗要叫，小狗也要叫。我是小狗，是身体残缺的小狗，但我也要叫。我希望自己的声音能被人们听见，能不被忽视；希望自己的劳动有所收获，能被社会承认。

文学现在已经完全边缘化了，也有人说过，文学不再神圣。但我以为文学是一盏永不熄灭的神灯，是我生命的阳光、雨露，她让我倍受创伤的心灵得到了滋养、慰藉和安抚，并从中汲取了力量、勇气和信心。

迄今，我发表各类文学作品四百余万字，多次获各类文学奖项。出版有散文集《生命的浅唱》；中短篇小说集《女俘》；长篇小说《昨夜风雨》、《人在江湖》、《爱情并不如烟》；“关中匪事”系列长篇——《兔儿岭》、《马家寨》、《卧牛岗》、《最后的女匪》、《野滩镇》，根据其中之一《兔儿岭》改编的30集电视连续剧《关中匪事》（又名《关中往事》），广获反响。“他大舅他二舅都是他舅，高桌子低板凳都是木头，金疙瘩银疙瘩还嫌不够，天在上地在下你娃甬牛”的歌谣唱响了大江南北……

在前行的路上，我遇到了一位贤惠善良的女人，这是一个美丽的意外，抑或是上天弥补对我的失误。可我坚定地认为她是上天派来的使者——她就是我的妻子邓亚苏。如今我和妻子、女儿，三位一体，幸福美满，其乐融融。

有首歌唱得好：

这世界，我来了
任凭风暴漩涡……
就算生活给我无尽的苦痛折磨
我还是觉得幸福更多

我感恩文学，文学使我活得有自信、有尊严，同时也让我的生命有了意义和价值。我感恩所有关爱和关注我的亲人和朋友们。有了亲人和朋友们的关爱和关注，在前行的路上我就有了信心和力量，也会走得更远。我感恩照耀我的每一缕阳光，他们给了无限的温暖，让我的生命蓬勃旺盛、气象峥嵘。

最后要说的是，2010 年华夏出版社出版了我的长篇小说《人在江湖》，这次又出版我的散文集。这是华夏出版社对我的关爱和扶持，亦是我的幸运。

再次感谢华夏出版社！感谢编辑刘晨老师！

作者

2015 年 9 月 6 日于家中